남매의 탄생

안세화
장편소설

비룡소

사랑하는 아빠, 엄마
그리고 하나뿐인 남동생에게.

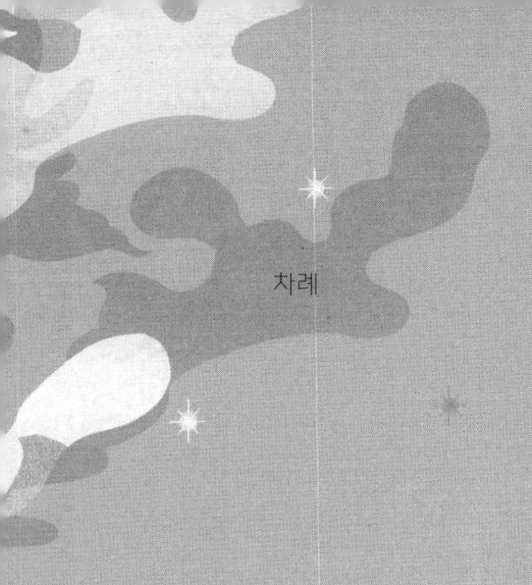

차례

1 미스터리한 오빠
한여름 밤에 오빠가 생겼다

1

살다 보면 별의별 일이 다 생긴다.

뜻밖의 행운, 뜻하지 않은 불행, 기대치 않은 만남, 예기치 못한 이별.

어쩌면 한 번쯤 상상해 본 일이 벌어질 수도 있고, 또 어쩌면 단 한 번도, 정말 꿈에도 상상해 보지 못한 일이 벌어질 수도 있다.

어떤 일이 일어나든 불평은 금물이다. 이미 일어난 일을 어떻게 맞이하느냐. 관건은 그뿐이다. 미래는 거기에 달려 있다.

"비 온다."

창가 자리에 앉은 연실이가 말했다. 그 한마디에 반 친구들의 시선이 일제히 창문으로 쏠렸다. 과연, 굵은 빗방울 한 줄기가 후드득 창을 치고 지나갔다. 오오, 몇몇 아이들이 소리 내어 반응했다. 순식간에 자습 분위기가 어수선해졌다.

옆자리에 앉은 미주가 인상을 찌푸리며 말했다.

"나 우산 없는데. 너 있어?"

나는 고개를 저었다.

"아니."

그리고 대수롭지 않게 덧붙였다.

"곧 그치겠지, 뭐."

하지만 내 예상은 보기 좋게 빗나갔다. 시간이 지날수록 빗줄기는 점점 거세어졌고, 하늘도 눈에 띄게 어두워졌다.

1시간 후, 미주가 다시금 인상을 찌푸리며 말했다.

"그치기는 개뿔."

나는 민망한 웃음을 지었다. 요즘 들어 뜻대로 되는 일이 하나도 없다.

비는 종례가 끝난 뒤에도 계속 쏟아져 내렸다. 도저히 우산 없이 나갈 엄두가 나지 않는 날씨였다. 결국 반 친구들 대부분은 교실에 남았고, 나 역시 비가 그치기를 기다리며 자리를 지켰다.

그때 어수선한 분위기를 뚫고 나를 부르는 소리가 들려왔다.

"유진아."

창가 자리에 앉은 연실이가 말했다.

"저 사람 너희 오빠 아니야?"

연실이가 창 너머를 고갯짓했다. 창밖을 보자, 과연 한 남자가 보였다. 정문 앞에서 검은색 우산을 쓰고, 여분의 장대 우산을 들고 있는 남자. 비 때문에 시야가 흐렸지만, 입고 있는 티셔츠가 눈에 익은 것이 오빠가 맞는 듯했다. 나는 경직된 표정으로 말했다.

"그런 것 같네."

연실이가 떠보듯이 말했다.

"설마 아직도 화해 안 했어?"

"화해하고 말고 할 일이 아니라니까."

"뭔진 몰라도 작작 하지? 그래도 오빠라고 데리러 왔나 본데."

나는 사정 모르는 친구와 쓸데없는 논쟁을 벌이지 않았다. 대신 조용히 가방을 챙겼다. 장난기 많은 짝꿍 미주가 실실 웃으며 놀려 왔다.

"야, 어디 오빠 없는 사람 서러워 살겠냐?"

나는 그 말을 가뿐히 받아쳤다.

"너 오빠 있잖아."

미주는 목을 긁적이며 고개를 끄덕였다. 나는 미주의 어깨를 툭툭 치고 교실을 빠져나왔다.

잠시 후, 일 층으로 내려오자 오빠가 곧장 다가왔다. 넓은 보폭으로 순식간에 내 앞에 다다른 뒤, 우산을 슥 내밀었다. 나는 어색하게 우산을 받아 들며 다음 말을 기다렸다. 평소대로라면 이쯤에서 '고마워 죽겠지? 넌 나 없이 어떻게 살래?'라는 넉살 좋은 대사가 나와야 했다.

그런데 웬걸, 내 예상은 또 비껴갔다. 오빠는 아무 말도 하지 않았다. 우산만 건넨 다음 돌아서서 앞서 걸을 뿐이었다. 순간 그렇지 않아도 낯선 오빠가 더욱 낯설게 느껴졌다.

집으로 돌아가는 내내 우리는 침묵을 지켰다. 나는 오빠와 일정한 간격을 두고 걸었다. 오늘따라 오빠는 이상하게 말을 아꼈다. 우리를 둘러싼 공간을 채우는 소리라곤 오늘 같은 날 자연스레 들려오는 소리뿐이었다. 쏴아, 비 쏟아지는 소리와 참방, 운동화가 물웅덩이를 밟는 소리.

그렇게 때아닌 묵언 수행을 하며 걷기를 15분, 드디어 201동 아파트 입구가 보였다. 오빠는 먼저 입구로 들어가 승강기 버튼을 눌렀다. 맨 꼭대기 층에 있던 승강기가 한 층씩 천천히 내려왔다. 뒤따라 들어온 나는 오빠와 조금 떨어진 곳에 팔짱을 끼고 섰다.

그때였다. 갑자기 오빠가 주머니에서 봉투 하나를 불쑥 꺼내 내밀었다.

"이게 뭐야?"

나는 얼결에 봉투를 건네받으며 물었다. 하지만 굳이 답을 들을 필요는 없었다. 겉면에 쓰인 발송지를 보는 순간, 단번에 무엇인지 알아챘기 때문이다.

상태를 보아하니 봉투는 이미 한 번 뜯긴 것 같았다. 나는 당혹감을 숨기지 못한 채, 안에 든 내용물을 꺼냈다.

반듯하게 접힌 흰 종이. 그 위에 인쇄된 검은 글자들. 알 수도 없고 알 필요도 없는 장황한 부연 설명. 그리고 최종 소견. 굵은 글씨로 쓰인 마지막 문구를 읽으며 나는 비명이 터지려는 걸 애써 참았다.

그때 마침 '땡' 소리와 함께 승강기 문이 열렸다. 오빠는 훌쩍 올라타 6층을 눌렀다. 그리고 내게도 타라며 눈짓했다. 나는 차마 떨어지지 않는 발을 떼어, 오빠 옆에 나란히 섰다. 그제야 내내 잠잠하던 오빠가 입을 열었다.

"이제 만족해?"

만족하냐고? 나는 기가 막혀 할 말을 잃었다. 설마 지금까지 이것 때문에 화가 나서 아무 말도 안 했던 건가. 도대체 본인이 왜? 당장에 미쳐 버릴 것 같은 사람은 난데.

나는 침착하게 손에 쥔 종이로 다시 시선을 옮겼다. 이 종이를 보낸 곳은 '휴먼연구센터'다. 얼마 전 내가 의뢰한 유전자 검사에 대한 답으로 말이다. 역시나, 다시 보아도 마지막 문구는 달라지지 않았다.

백도진과 백유진은 친남매 관계가 맞습니다.

미치겠네. 진짜 친남매라고? 나는 망연자실한 기분으로 옆에 서 있는 굳은 얼굴의 오빠를 올려다보았다. 이건 말도 안 된다. 뭔가 착오가 있었던 게 분명하다. 샘플이 오염되었거나, 결과가 조작되었거나, 아무튼 뭔가 문제가 있었던 게 틀림없다.

우리는 남매일 수 없다.

왜냐하면 불과 얼마 전까지, 나는 외동딸이었단 말이다.

나는 '외동딸'이다. 그런데 사람들은 내게 '오빠'가 있다고 말한다. 그래, 그게 현실적으로 아예 불가능한 일은 아니다. 그럴듯한 사연만 있다면야 오빠는 얼마든지 생겨날 수 있다. 예를 들어,

어릴 때 잃어버린 친오빠를 찾았다든지, 부모님 중 한 분이 부정의 상징으로 반쪽짜리 오빠를 데리고 왔다든지, 남아선호사상을 버리지 못한 조부모의 유언으로 뒤늦게 호적상의 오빠가 생겼다든지 하는 사연 말이다. 어떤 사연이 되었든 갑자기 생겨난 오빠가 달갑진 않겠지만, 아무튼 외동딸에게 오빠가 생기는 일은 얼마든지 가능하다.

문제는 우리 남매에게는 그런 최소한의 사연조차 존재하지 않았다는 데 있다. 우리의 만남은 기습적이고, 폭력적이고, 무자비하게 이루어졌다. 그 때문에 나는 오빠가 달갑지 않은 것과는 별개로 오빠를 오빠라고 받아들일 수 없다. 세상 모든 사람이 그러라고 해도 그럴 수 없다. 내가 오빠를 인정한다는 건 이제껏 살아온 나의 인생과 믿었던 세상을 등진다는 것과 같은 말이다. 다소 극단적으로 들리겠지만 결코 과장된 소리가 아니다. 나의 오빠는 그만큼 비현실적인 경로로 내 인생에 등장했다. 이 이야기를 하려면 약 두 달 전, 그러니까 7월 25일로 돌아가야 한다.

그날은 여름 방학이 시작되는 날이었다. 방학을 맞이하여, 나는 친구들과 함께 노래방에 갔다. 마지막으로 '유니버스' 오빠들 노래를 깔끔하게 불렀는데, 화면에 '20분 추가' 문구가 떴다. 벌써 세 번째였다. 마음씨 좋은 노래방 주인이 연달아 주는 보너스 시간을 과감하게 버리지 못한 나는 결국 한참 늦은 시간에 집으로 향했다.

하필 그날은 오늘처럼 비가 많이 내렸다. 덕분에 자정에 가까운 시간, 나는 홀로 빗속을 질주했다. 숨도 못 고르고 물웅덩이도 괘념치 않은 채 아파트 단지를 빠르게 가로질렀다. 그때까지 주머니 속 휴대폰은 잠잠했다. 평소 외동딸인 나를 애지중지 키우는 부모님이 아직까지 전화 한 통 하지 않았다는 건 보통 일이 아니었다. 나는 겨우 화를 삭이고 있을 부모님의 얼굴을 떠올리며 발걸음을 재촉했다.

덕분에 평소보다 두 배는 빨리 도착한 집. 201동 606호.

나는 서둘러 현관문을 열며 외쳤다.

"엄마 아빠, 나 왔어."

그런데 안에서 돌아오는 대답이 없었다.

"엄마? 아빠?"

한 번 더 불러 보았지만 들려오는 응답이 없었다. 집 안에서 나를 맞는 거라곤 화난 부모님이 아닌 깜깜한 어둠뿐이었다. 뭐지? 이 시간에 어디 갔을 리가. 나는 고개를 갸웃하며 현관 한가운데로 발을 들였다. 그러자 머리 위에서 팟, 하고 자동 센서 등이 켜졌다. 뒤이어 현관에 가지런히 정돈된 신발들이 눈에 들어왔다.

아빠의 구두, 엄마의 힐, 나의 샌들, 샛노란 캔버스.

샛노란 캔버스?

나는 캔버스화에 시선을 고정했다. 처음 보는 신발이었다. 군데군데 때가 타서 시커멓고 정체 모를 더러운 자국까지 나 있었다. 분명 누군가 엉망으로 신던 신발이었다. 누구 신발이지? 내 머리 위로 커다란 물음표가 두둥실 떴다.

그때였다. 등이 꺼지며 집 안에 다시 어둠이 드리웠다. 깜깜한 어둠 속에 빨간 점 하나가 눈에 들어왔다. 가만 보니 빨간 점은 이글이글 발광하는 듯 보였다. 나는 눈을 게슴츠레 뜨고 점을 뚫어져라 쳐다보았다. 그러자 점 주변으로 서서히 누군가의 실루엣이 나타났다. 희뿌연 연기를 뚫고 실루엣이 완전한 형체를 잡는 데는 오랜 시간이 걸리지 않았다.

실루엣의 정체는 후드 티를 입은 한 남자였다. 빨간 불빛은 남자의 입술 사이에 물려진 담뱃불이었다. 으악, 나는 본능적으로 뒷걸음질 쳤다. 그러자 센서 등이 다시 팟, 하고 켜졌다. 환한 불빛 아래서 나와 눈을 마주친 남자가 싱긋 웃으며 말했다.

"안녕. 생각보다 일찍 왔네."

2

남자의 목소리를 듣고 나는 거의 기절할 뻔했다. 다행히 기절하지는 않았지만, 딱히 그보다 낫게 대응한 것도 아니었다. 당시 내가 보인 반응은 이러했다.

"꺄악!"

현관에 서서 비명을 지르는 게 고작이었다. 태어나서 그렇게 날카로운 비명을 질러 보긴 처음이었다.

"당신, 당신. 뭐야?"

남자는 대답 없이 내게 한 발짝 다가왔다.

"와악!"

나는 괴성을 지르며 물러났다. 태어나서 그렇게 둔탁한 소리를 내 본 적도 처음이었다. 어두운 밤길을 뚫고 집까지 무사히 돌아왔는데, 집 안에서 침입자를 마주할 줄이야. 아니지, 이런 생각을 할 때가 아니었다. 일단은 저 남자에게서 멀어지는 것이 우선이었다.

나는 현관문을 열고, 튕겨 나가듯이 복도로 뛰쳐 나갔다. 상대가 남자인지라 도망칠 자신이 없었지만 어차피 다른 수도 없었다. 일단 도망칠 수 있는 데까지라도 가 보자는 심정으로 무작정 계단으로 몸을 틀었다.

바로 그때였다.

땡!

계단 반대쪽에서 경쾌한 기계음이 울렸다. 승강기가 도착한 소리였다. 그다음 5초간 벌어진 모든 일이 슬로 모션으로 보였다.

천천히 승강기 문이 열렸다.

열린 문 틈새로 빛이 쏟아져 내렸다.

그 빛 한가운데에 한 남자가 서 있었다.

오래 생각할 겨를이 없었다.

"도와주세요!"

내 외침을 들은 두 남자가 거의 동시에 움직였다. 조금 더 빨랐던 건 집 안에 있던 남자였다. 그는 곧장 복도로 튀어나왔다.

얼굴에는 조금 전의 여유 대신 낭패감이 가득했다. 낮게 욕을 읊조린 뒤 나를 지나쳐 계단을 뛰어 내려갔다. 그러자 승강기 안에 있던 남자가 단숨에 상황을 파악하고 쏜살같이 그 뒤를 쫓았다. 순식간에 일어난 일이었다. 다다다다. 두 남자가 계단을 내려가는 소리가 점점 멀어지더니 이내 사라졌다.

그제야 시간이 다시 제대로 흐르기 시작했다. 나는 계단 난간을 붙들고 바닥에 주저앉아 두 남자가 사라진 계단을 지켜보았다. 세상에, 이게 다 무슨 일이야. 그리고 한참 만에야 벌벌 떨리는 손으로 112를 눌렀다.

비가 주룩주룩 내리던 그날 새벽, 나는 난생처음 경찰서에서 진술이란 것을 했다.

"분명히 남자였어요. 이십 대. 많아 봐야 삼십 대. 키는 보통? 몸도 보통? 그냥 평범한 체형이었어요. 목소리도 평범했는데. 뭘 입고 있었냐고요? 아, 후드 티요. 더러운 캔버스랑. 특이했던 점 없냐고요? 음, 담배를 피우고 있었어요. 종류까진 모르겠는데. 그리고 또……."

달랑 10초 정도 마주한 침입자를 묘사하려고 장장 20분 동안이나 머리를 쥐어짰다. 하지만 아무리 쥐어짜도 이 이상 기억나는 바가 없었다.

경찰 아저씨가 노골적으로 답답한 표정을 지었다. 답답하긴 나도 마찬가지였다. 그렇지만 기억이 안 나는 걸 어째. 나는 민망한 마음에 애꿎은 턱을 긁적였다.

이런 나와는 달리, 내 옆에 앉은 남자는 다른 경찰관에게 꽤나 구체적으로 진술했다.

"남자 맞아요. 키는 175센티미터 정도. 몸무게는 60킬로그램쯤 나갈 거예요. 검은색 후드 티랑 청바지를 입고 있었어요. 신발은 노란색 캔버스였고요."

침입자의 인상착의는 물론이고, 걸음걸이나 목소리에 관해서도 상세하게 설명했다.

"왼쪽 다리를 살짝 절었어요. 계단을 내려가면서 소리를 지르던데 남자치고는 조금 높은 톤이었어요. 아, 아, 이 정도 톤이었던 것 같아요."

내 진술을 받던 경찰 아저씨는 어느새 내 옆에 앉은 남자에게 집중했다. 어차피 할 말이 동이 난 나도 잠자코 남자의 말에 귀 기울였다.

"그 남자를 왜 쫓아갔냐고요? 그야 누가 봐도 도둑이었으니까요. 우리 집에 도둑이 들었는데 가만있을 순 없잖아요."

우리 집? 그 단어를 듣는 순간 나는 고개를 갸웃했다. 하지만 뭐 자기네 집이라고 생각해서 도와주었다는 말이겠거니 싶어 가만히 있었다.

"어디로 갔냐고요? 글쎄요. 역 쪽으로 가는 것 같긴 했는데 정확하진 않아요. 저는 주차장에서 추격을 멈췄거든요. 아무래도 동생이 뒤에 혼자 있다 보니 멀리 갈 수 없었어요."

동생? 웬 동생? 설마 날 두고 하는 말인가? 나는 고개를 돌려 남자를 쳐다보았다. 이 사람 생긴 건 멀쩡한데 말을 좀 이상하게 하네. 뭔가 미심쩍은 기분이 들었다. 하지만 감히 남자의 진술을 방해할 엄두가 나지 않았다. 게다가 별안간 경찰서 안이 소란스러워져서 끼어들 순간도 놓쳤다.

"유진아!"

소란을 일으킨 건 부모님이었다. 경찰서 문을 박차고 들어온 엄마 아빠가 다짜고짜 내게 달려왔다.

"다친 데 없어? 이게 웬일이야!"

엄마는 나를 끌어안고 집을 비운 상황을 빠르게 설명했다.

"병원에서 이모가 교통사고를 당했다는 전화가 와서 갔었어. 정신이 없어서 너한테 연락도 못 했는데 나오는 길에 이번에는 경찰서에서 네가 여기에 있다잖아. 아휴, 오늘 왜 이러니. 진짜 심장 떨어지는 줄 알았다."

엄마는 거의 울기 직전이다. 아빠가 그런 엄마를 다독이며 분위기를 풀었다.

"왜 그래. 다들 무사하잖아. 유진이도 무사하고. 이렇게 도진이도 무사하고."

아빠가 옆에 앉은 남자의 어깨에 손을 올리며 말했다. 그 말에 눈물을 글썽이던 엄마가 고개를 끄덕이며 남자를 끌어안았다.

"그래, 마침 네가 와서 다행이다."

그 광경을 황당하게 지켜보던 내가 입을 뗐다.

"엄마 아빠, 잠깐만. 이분이랑 아는 사이야?"

내 말을 끝으로 경찰서 안에 잠시 정적이 흘렀다. 엄마와 아빠, 심지어 경찰관들까지 나를 이상한 눈길로 쳐다보았다. 뒤이어 엄마가 내 이마에 손을 얹으며 말했다.

"뭐야? 안 다친 거 아니었어? 어디 머리라도 박았니?"

"아이, 왜 이래. 뭔 소리를 하는 거야?"

그러자 이번엔 남자의 진술을 받던 경찰관이 혼란을 더했다.

"여기 이분이 친오빠 아니었어요? 아까 이분이 그렇다고 했는데."

"네? 친오빠요?"

나는 언성을 높여 물었다. 그 순간, 별안간 하늘이 번쩍했다. 곧이어 우렁찬 천둥소리가 하늘 가득 울려 퍼졌다. 마치 우리 남매의 탄생을 알리는 폭죽처럼 말이다.

경찰서에서 돌아온 이후, 부모님은 예민했다. 아무래도 집에 도둑이 들어왔다 나갔으니 그럴 수밖에 없었다. 새벽 내내 엄마 아빠는 온 집 안을 돌아다니며 없어진 물건을 확인했다. 장 속에 숨겨 놓은 패물부터 책상 위의 저금통까지 하나하나 살폈다.

물론, 나 역시 예민했다. 이유는 좀 달랐지만.

"지금 도둑이 중요해?"

나는 거실 한가운데에 서서 외쳤다.

"물건 좀 없어진 게 대수냐고!"

소리를 빽 지른 나는 손가락으로 소파 위를 척 가리키며 말했다.

"저 인간이 우리 집에 있는데?"

내 손가락 끝에 하얀 셔츠의 남자가 걸렸다. 거실을 지나가던 엄마가 나를 타박했다.

"애가 왜 이래. 머리 다친 것도 아니라며."

"머리를 안 다쳤으니까 이러지. 나한테 오빠가 어디 있어?"

"그만해. 1년 만에 보는 오빠 서운하게."

내가 엄마와 티격태격하는 사이, 부엌 옆에 있는 창고 방에서 아빠가 나왔다. 아빠는 우리를 보며 무슨 상황인지 감 잡았다는 듯 자신 있게 말했다.

"알았다. 이거 그거지? 서프라이즈 환영식."

나는 딱 잘라 부정했다.

"아니야."

하지만 엄마는 지나치게 긍정적인 아빠의 추리를 믿었다.

"어머, 그런 거였어?"

"아니라니까."

당사자인 내가 아무리 아니라고 말해도 소용없었다. 부모님은 멋대로 현재 상황을 오해했다. 그때였다. 줄곧 가만히 있던 소파 위의 남자가 불쑥 끼어들어 말했다.

"저기, 나 먼저 들어갈게."

그 말에 부모님은 곧바로 나와의 대화를 멈추고 대답했다.

"그래, 먼 길 왔는데 들어가 쉬어."

남자는 기지개를 켜고 소파에서 일어났다. 그러고는 조금 전 아빠가 나온 부엌 옆 창고 방으로 향했다. 방문이 열리는 순간, 나는 경악했다. 거긴 더 이상 창고 따위가 아니었다. 침대, 책상,

옷장이 제대로 갖춰진, 사람이 쓰는 방이었다. 고개를 돌려 내 표정을 확인한 그는 잘 자, 하고 웃었다. 그의 양 볼에 인디언 보조개가 생겼다.

나는 내 방으로 들어가 문을 잠갔다. 그것이 그 새벽 할 수 있는 최선의 방어였다. 누군가 내 머리 뚜껑을 열고 거꾸로 들어 탈탈 털어 버린 것처럼, 머릿속이 텅 비어 버렸다. 이 상황을 설명할 수 있는 어떤 상식적인 사례도 떠오르지 않았다. 누구에게, 어떤 말이라도 듣고 싶은 심정이었다. 잠시 고민하다가 나는 결국 한 친구에게 전화를 걸었다.

연결음이 오래갔다. 못 받나? 하긴 시간이 시간인지라 못 받는데도 할 수 없었다. 그만 전화를 끊어야 할 것 같았다. 바로 그때 여보세요, 하는 목소리가 들려왔다. 반가운 마음에 불쑥 친구의 이름이 입 밖으로 튀어나왔다.

"연실아."

김연실. 같은 초등학교, 같은 중학교를 졸업하고 지금은 같은 고등학교에 다니고 있는 가장 믿음직스러운 친구.

연실이가 갈라진 목소리로 말했다.

"너 지금 몇 신 줄 알아?"

"응. 4시 반."

"어. 알고 걸었구나."

연실이가 한숨을 한 번 쉬고는 물었다.

"들어나 보자. 뭐야?"

나는 흥분을 가라앉히고 침착하게 말했다.

"대박 사건이야. 놀라지 마. 나한테 오빠가 있대."

잠시 정적이 흘렀다. 너무 놀랐나? 나는 다시 한번 강조해서 속삭였다.

"나한테 친오빠가 있다고. 지금 우리 집에 있어."

그래도 정적은 깨지지 않았다. 그래, 놀랄 일이지. 나는 재촉하지 않고 친구에게 시간을 주었다. 그러자 한참 만에야 반응이 돌아왔다.

"도진 오빠 돌아왔어?"

어? 그 말을 듣는 순간, 화들짝 놀라서 휴대폰을 귀에서 떼어냈다. 마치 수화기에서 불꽃이라도 튄 것처럼. 갑자기 온몸에 소름이 쫙 돋고, 가장 가깝던 친구가 낯설게 느껴졌다. 도진 오빠 돌아왔냐고? 어째서 나도 모르는 내 오빠를 네가 알고 있는 거지?

한참 동안 이쪽에서 아무 말이 없자, 이번에는 저쪽에서 나를 불러 왔다.

"여보세요, 백유진. 듣고 있어?"

나는 요동치는 심장을 부여잡고 휴대폰을 다시 귀에 대었다. 그리고 떨리는 목소리를 애써 누르며 말했다.

"어. 새벽에 미안. 내일 얘기하자."

수화기 너머로 "왜 그래? 괜찮아?" 하는 소리가 들려왔다. 하지만 못 들은 척 그냥 전화를 끊었다. 그리고 바닥에 털썩 주저앉았다.

말도 안 돼.

엄마, 아빠, 연실이까지 다들 무슨 소리를 하는 거야?

나는 넋을 놓고 허공을 바라보았다. 그러다 무심결에 책장에 시선을 두었다. 문득 불길한 예감이 뇌리를 스쳤다. 나는 무릎걸음으로 책장까지 기어갔다. 그리고 책장에 꽂혀 있는 앨범을 미친 듯이 끄집어냈다.

앨범 안에는 사진이 연도별로 정리되어 있었다. 나의 과거를 고스란히 담고 있는 사진들. 보행기를 타고 있는 사진, 유치원 장기 자랑 사진, 제주도 여행 사진, 초등학교 입학식 사진, 사촌 언니 결혼식 사진, 중학교 수련회 사진, 고등학교 축제 사진.

나는 개중 조금이라도 수상해 보이는 사진을 죄 꺼냈다. 내가 모르는 남자아이나 청년이 보이면 일단 꺼내 바닥에 깔았다.

날이 밝아 올 때쯤, 앨범 속은 텅텅 비었다.

대신 방바닥에는 정체불명의 남자가 찍힌 사진 천지였다.

3

살다 보면 별의별 일이 다 생긴다. 그런데 별일에도 정도가 있지 않나?

처음에 나는 이 사태에 관해 이렇게 생각했다. 이건 꿈이다. 현실적으로 있을 수 없는 일이 벌어졌으니까 당연히 꿈이지. 하지만 다음 날에도 그다음 날에도 나는 잠에선 깼을지언정 꿈에선 깨지 못했다.

어느 날 갑자기 등장한 나의 오빠를 사람들은 '백도진'이란 이름으로 불렀다. 그는 올해 나이 스물다섯 살, 명문대 공대생, 현재는 어학연수를 마치고 휴학 중이라는 배경을 가지고 나타났다. 그의 등장 시점은 최근이지만, 역사는 훨씬 오래된 듯했다.

백도진이 나타난 후, 우리 집에 친척들의 전화가 끊이지 않았다는 것이 그 근거였다. 전화의 용건은 대개 그의 귀국을 축하한다는 것이었다.

처음에 나는 우리 집엔 그런 사람이 없다고 바락바락 우겨 댔다. 하지만 그때마다 돌아오는 건 어른들의 질타와 눈총뿐이었다. 집에서 첫째인 백도진은 부모님과는 물론 친척들과도 상당히 긴밀한 유대를 맺고 있는 것 같았다.

집에서의 이러한 형국은 집 밖이라고 다르지 않았다. 어째서인지 내 친구들은 모두 나를 '오빠 있는 애'로 알고 있었다. 이제와 "난 외동이잖아."라고 주장해 봐야 믿어 줄 친구는 아무도 없었다. 하긴 소꿉친구인 연실이도 믿지 않는 이야기를 누군들 믿어 줄까. 오히려 이런 식의 주장을 계속했다간, 누군가 나를 정신병원에 신고해도 이상하지 않을 상황이었다.

결국, 백도진이 등장한 지 며칠 안 되어 나는 사람들의 기억에 의존하는 것을 그만두기로 했다. 대신 사람들을 설득할 만한 객관적인 증거를 찾기로 했다. 백도진의 존재를 부정할 수 있는 직접 증거물. 예를 들면, 가족 관계 증명서, 주민 등록 등본, 학교 생활 기록부, 병역 증명서 같은 것들.

나는 방학을 통째로 할애하여 뒷조사를 했다. 그런데 웬걸, 공문서 사문서 할 것 없이 모든 기록을 뒤져 보아도 백도진의 과거에는 어떤 구멍도 없었다. 학교 은사라는 분을 찾아가 인터뷰를 했을 때도 조그만 틈조차 찾을 수 없었다. 오히려 이 모든 노력의 결과는 하나로 귀결되었다. 이 세상에서 백도진의 위치가 상당히 공고하다는 쪽으로 말이다.

백도진을 부정하지 못하는 나날이 이어지며, 자연히 동거 기간도 길어졌다. 머지않아 나는 백도진을 오빠라고 부르는 생활에 적응했다. 어차피 오빠란 말을 대체할 마땅한 호칭도 없었다. 오빠란 단어가 입에 붙는 동안, 그와 함께 식사하고, 가족 모임에 가고, 화장실을 공유하는 일에도 익숙해졌다. 심지어 주변 사람들이 오빠 이야기를 할 때 장단을 맞춰 줄 연기력도 생겨났다. 하긴 정글에 떨어지든, 사막에 떨어지든 정신만 차리면 사는 것이 인간인데, 어느 날 하늘에서 오빠가 떨어진 상황에서도 나름의 요령만 터득한다면 못 살 것도 없었다.

그렇게 눈치껏 동거를 이어 가다 보니, 자연스럽게 백도진이란 캐릭터가 파악됐다. 한마디로 그는 한량이었다. 늘 여유롭고, 능글거리고, 뻔뻔한 태도를 유지했다. 생활 패턴은 단조롭고 규칙적이었다. 주말에는 친구를 만나고, 평일에는 집에 있었다. 정말로 지켜보는 게 허무할 정도로, 종일 소파에 누워 텔레비전만

봤다. 어떤 때는 저거 텔레비전 못 봐 죽은 귀신이 아닌가 싶을 정도였다. 그만큼 별다르거나 수상한 움직임을 보이지 않았다. 덕분에 나는 방학이 끝날 때까지 오빠를 쫓아낼 어떤 증거물도 찾지 못했다.

그리하여 큰맘 먹고 시도한 것이 유전자 검사였다. 8월 22일 개학을 맞아 '휴먼연구센터'에 오빠와 나의 머리카락을 보냈다. 머리카락을 구하는 건 일도 아니었다. 방바닥을 한 번 훑는 것으로 충분했다. 유전자 검사는 그를 부정할 증거를 확보하기 위해 거금을 들여 한 마지막 시도였다. 그런데 기껏 받은 결과가 백도진과 백유진은 친남매가 맞다니. 이런 어이없는 경우가 어디 있는가.

나는 방에 들어가 창문을 열었다. 창밖으로 손을 뻗고, 잘게 조각낸 유전자 검사 종이를 바람에 실어 보냈다. 하얀 종잇조각이 동쪽으로 나부껴 갔다. 그 모습을 지켜보며 생각했다. 이대로 있을 수는 없다. 오빠를 부정하고, 두려워하고, 피하는 것은 이제 됐다. 그쪽에서 먼저 움직이지 않는다면, 움직이게 해서라도 반격해야만 한다. 충격적인 등장에 비해 다음 행보가 밋밋하긴 했지만, 어쨌든 백도진은 보통 인간이 아니니까 말이다. 아니, 애당초 인간이 아닐 가능성이 컸다.

'어떻게 해야 오빠의 본모습을 볼 수 있을까?'

살다 보면 별의별 일이 다 생긴다. 물론 별일에도 정도가 있긴 하지만, 이미 벌어진 일은 벌어진 일. 그 일이 얼마나 말이 안 되는지는 상관없다. 정말 꿈이라고 믿고 싶을 만큼 말이 안 되더라도, 일단 일이 벌어진 순간 모두 매한가지다.

어떻게든 헤쳐 나가야 한다.

밤새 내리던 비는 새벽녘에야 잦아들었다. 덕분에 방 안의 공기마저 쌀쌀한 아침이었다. 나는 교복을 입고, 앞머리를 정돈하고, 마지막으로 립밤을 바르며 등교 준비를 마쳤다. 때마침 바깥에서 엄마 목소리가 들렸다.

"유진아, 학교 안 가?"

"가."

방문을 열고 나오자 엄마가 토마토 주스를 건넸다. 잔을 비우는 사이, 부엌 옆 방에서 오빠가 나왔다. 한 손은 주머니에 찔러 넣고, 다른 한 손으론 부스스한 머리를 긁적이고 있는 오빠. 어제의 봉투 건이 떠오른 나는 괜히 몸을 움찔했다. 하지만 오빠는 아무렇지도 않게 나를 지나치며 말했다.

"설마 그러고 학교 가려는 건 아니지?"

내가 등교 준비를 마친 걸 뻔히 알면서 하는 소리였다. 평소와 같은 장난, 평소와 같은 말투. 어제는 그렇게 불쾌한 티를 내더니 하루 만에 풀린 모양이었다. 하긴 저도 양심이 있으면 그깟 유전자 검사 좀 했다고 오래 삐질 수는 없겠지. 자기는 정체 자체가 미스터리면서.

내심 안도한 나는 서둘러 현관으로 향하며 말했다.

"엄마! 다녀올게."

여유롭게 15분을 걸어 도착한 학교. 여느 때처럼 시끌시끌한 교실. 나는 교실 한가운데에 있는 내 자리에 앉았다. 일찍이 와 있던 짝꿍 미주는 이미 책상에 엎드려 자고 있었다. 나도 나지만, 얘도 참 얘다. 나는 얇은 담요를 꺼내 미주에게 덮어 주었다. 그 때, 연실이가 뒤에서 폴짝 나타났다.

"어제 오빠랑 잘 들어갔어?"

연실이의 물음에 나는 아무렇지 않게 대꾸했다.

"잘이야 들어갔지."

"화해도 했어?"

"글쎄, 애당초 싸운 게 아니라니까."

대답을 하며 괜히 고개를 숙이고 가방을 뒤적였다. 연실이는 아무런 말도 하지 않았다. 그렇다고 자리를 뜨지도 않았다. 뭔가 이상해서 고개를 들자, 별안간 두 손이 내 얼굴을 꽉 붙잡았다. 나와 억지로 시선을 맞춘 연실이가 토라진 목소리로 말했다.

"아, 그럼 대체 왜 이러는데? 진짜 말 안 할 거야? 너 요새 좀 이상한 거 알지?"

연실이의 손아귀에 잡힌 나는 말없이 눈만 깜빡였다.

사실, 이 친구가 이러는 데는 이유가 있다. 그리고 그 원인 제공자는 변명할 여지 없이 나다. 오빠가 등장했던 새벽, 나는 연실이에게 전화를 걸어 이상한 소리를 하고 일방적으로 전화를 끊었다. 그리고 그 일에 관해 아직까지 해명하지 않았다.

그러니 오해가 생긴 것도 무리는 아니다. 연실이는 내가 오빠와 틀어져서 이상하게 행동하는 것이리라 추측했다. 방학 내내 친구들과 연락을 끊고, 개학 후에도 혼자 공상에 잠기는 일이 많아진 것이 그 때문이라고 여겼다. 물론 이는 진실과 먼 추측이지만, 아직은 진실을 알려 줄 때가 아니었다. 할 수 없이, 나는 또 거짓말로 당면한 위기를 벗어났다.

"정말 할 말 없어. 이상하기는 뭐가 이상해."

내 말에 연실이가 못 믿겠다는 표정을 지었다. 하지만 더 따져 묻지는 못했다. 1교시 수업을 알리는 종이 울렸기 때문이다. 연실이는 미심쩍다는 얼굴을 숨기지 않고 창가 자리로 돌아갔다.

1교시 수업이 시작되자마자, 나는 어젯밤부터 하던 생각에 빠져들었다.

'어떻게 해야 오빠의 본모습을 볼 수 있을까?'

샤프 꼭지를 딸깍거리며 생각에 생각을 거듭했다. 하지만 아무리 생각해도 뾰족한 수가 보이지 않았다. 과목이 여섯 차례 바뀌는 동안 한 가지 생각에만 몰두했는데도 그럴듯한 방책이 나오지 않았다. 어느덧 7교시 자습 시간, 마침내 나는 샤프를 내려놓았다. 내 머리로 답이 안 나오면 다음 수는 하나다. 남의 머리를 빌려야지.

나는 주위를 두리번거렸다. 친구들은 모두 책상에 코를 박고 저마다의 일에 집중하고 있었다. 교과서를 읽거나, 문제지를 풀거나, 오답 노트를 작성하고 있었다. 나는 바로 옆자리로 고개를 돌렸다. 역시나 짝꿍 미주는 기대를 저버리지 않고 졸고 있었다. 그래, 네가 좋겠다.

나는 미주의 어깨를 흔들며 속삭였다.

"미주야, 이상하게 생각하지 말고 들어."

미주가 한쪽 눈을 게슴츠레 뜨고 말했다.

"벌써부터 이상한데."

"그럼 그냥 들어. 어떤 인간이 인간인지 아닌지 알아내는 좋은 방법이 없을까?"

"뭐?"

"그러니까 어떤 인간이 있는데 사실은 인간이 아닌 것 같아. 그걸 어떻게 확인할 수 있을까?"

"질문 자체가 이상하네."

미주가 책상 서랍에서 언어 책을 꺼내 내밀었다. 나는 심각한 질문이라며 언어 책을 돌려주었다. 그때였다. "아!" 하는 짧은 신음이 교실에 울렸다. 소리의 근원지는 내 앞자리에 앉은 혜수였다. 나는 샤프 꼭지로 혜수의 어깨를 콕 찌르며 물었다.

"왜 그래?"

그러자 혜수가 휴대폰 액세서리에 베였다며 새끼손가락을 들어 올렸다. 혜수의 손가락엔 핏방울이 몽글몽글 맺혀 있었다.

"으, 그거 짜증 나지. 잠깐만."

나는 가방을 뒤져 항상 들고 다니는 일회용 밴드를 찾았다. 그 사이 혜수는 휴지로 상처를 싸맸다. 내가 일회용 밴드를 건네자, 혜수는 고맙다는 인사와 함께 이렇게 말했다.

"피를 한번 내 보는 건 어때?"

나는 순간 잘못 들었나 해서 반문했다.

"뭐라고?"

"방금 네가 궁금해했잖아. 어떤 인간이 인간인지 아닌지 확인할 방법. 피를 한번 내 보라고. 인간이라면 빨간 피가 흐르지 않겠어?"

혜수가 상처를 싸맸던 휴지를 보이며 말했다. 휴지에는 빨간 핏자국이 선명하게 남아 있었다. 음, 아이디어를 내 준 건 고맙지만, 뭐랄까. 나는 특별히 대꾸할 말을 찾지 못했다. 그때 미주가 나를 대신해 불쑥 말했다.

"그럼 뭐 인간이 아니면 초록 피가 흐르냐?"

"아니, 난 그냥. 혹시나 해서."

혜수가 어깨를 으쓱하고 몸을 앞으로 돌렸다.

피를 한번 내 보라니. 인간이라면 빨간 피가 흐른다는 건 너무 일차원적인 소리다. 게다가 솔직히 혜수는 좀 특이한 친구다. 근데 어차피 마땅한 생각도 없던 참 아니었나. 혹시 모르는 일인데. 나는 내려놓았던 샤프를 다시 집어 꼭지를 딸깍거렸다. 그리고 혜수의 의견을 긍정적으로 검토해 보았다. 백도진의 피라. 그러고 보니 한번 보고 싶기도 하네.

4

하루가 넘어갈락 말락 하는 늦은 시간, 나는 집으로 돌아왔다. 현관문을 열자 거실에서부터 흘러나오는 희미한 불빛이 보였다. 한밤중의 고요함을 깨는 어수선한 잡음도 들렸다. 거실에 발을 들이자 역시나 오빠가 소파에 누워 텔레비전을 보고 있었다.

"엄마 아빠는?"

이례적으로 먼저 말을 걸자, 짧은 대답이 돌아왔다.

"주무셔."

대화를 이어 갈 여지가 없는 간결한 답이었다. 하지만 나는 평소처럼 쌩하니 방으로 들어가지 않았다. 대신 어정쩡하게 거실 중앙에 섰다. 그러든지 말든지, 오빠는 텔레비전에만 집중했다.

축구 프로였다.

나는 관심도 없는 축구에 괜히 관심 있는 척하며, 준비한 말을 꺼낼 순간을 노렸다. 오빠의 피를 보기 위해 저녁 내내 준비한 단 한 마디.

그런데 막상 때가 되니, 그 말이 쉽게 입 밖으로 나오지 않았다. 잠시 망설이는 동안 순식간에 10분이 지났다. 그사이 화면엔 전반전의 끝을 알리는 자막이 떴다. 그때부터 갑자기 마음이 조급해졌다.

결국 나는 최악의 타이밍에 비장의 한마디를 던지고 말았다.

"과일 먹을래?"

뜬금없는 내 말에 오빠의 고개가 천천히 내 쪽으로 향했다.

"이 시간에?"

시침은 이미 12를 넘어가 있었다. 역시 이상했나? 하지만 한번 뱉은 말을 주워 담는 게 더 이상했다.

나는 단호하게 대답했다.

"응. 갑자기 사과가 먹고 싶네."

그러자 오빠가 대수롭지 않게 말했다.

"마음대로 해."

그 말이 떨어지기 무섭게, 나는 부엌에서 사과와 과도를 가져

왔다. 그리고 일부러 소파 근처에 자리를 잡고 앉았다. 타이밍이 나쁜 건 아무래도 상관없었다. 중요한 건 지금부터니까. 다음 할 일은 이러했다. 적당히 과일을 깎는 시늉을 하다가 실수인 척 오빠의 팔뚝이나 허벅지를 살짝 긋는 것.

너무한 감이 없지 않아 있었지만, 너무한 걸로 따지면 애초에 오빠의 존재 자체가 너무했다. 이렇게라도 정체를 간파할 수만 있다면 못 할 일도 아니었다.

나는 과도를 슥 들어 올렸다. 심장이 두근거렸지만 이제 와 그만둘 수는 없었다. 나는 떨리는 손으로 사과를 깎았다. 울퉁불퉁 일정하지 않은 굵기로 사과 껍질이 떨어졌다. 최대한 굵기를 맞추려고 심혈을 기울였지만 쉽지 않았다.

그때 머리 위에서 장난기 가득한 목소리가 들려왔다.

"조각해?"

오빠는 무슨 재미난 구경이라도 하듯 고개를 빼고 나를 지켜보았다. 조바심이 난 나는 오빠의 주의를 딴 데로 돌리려고 시도했다.

"축구 안 봐?"

하지만 오빠는 여전히 내 손에서 눈을 떼지 않고 말했다.

"광고하잖아."

잠시 후, 광고가 끝나고 후반전이 시작됐다. 그사이 나는 오빠의 감시를 받으며 사과 하나를 다 깎았다. 오빠는 엉망으로 깎인 사과 한 조각을 통째로 입에 넣고 말했다.

"고마워."

나는 아무 말 없이 사과 껍질과 과도를 부엌에 두고, 내 방으로 들어갔다.

오빠의 피를 보기 위한 첫 시도가 허무하게 실패하고 나는 계획을 전면 수정했다. 그래, 아무래도 내 쪽에서 칼을 들고 나서겠다는 발상부터가 별로였다. 그런 직접적이고 폭력적인 행위는 내게 어울리지도 않는 데다 위험하기까지 했다. 그보단 좀 더 우회적인 방법이 나을 듯싶었다.

예를 들면, 오빠가 날카로운 무언가를 들고 있을 때, 스스로에게 상처를 내도록 실수를 유도하는 방법. 구체적으로는, 면도를 하고 있을 때? 처음 방법보다 얍삽한 면이 없지 않아 있지만, 알게 뭔가. 목적을 달성할 수만 있다면.

다음 날 아침, 나는 화장실 세면대에서 면도를 하고 있는 오빠를 발견했다. 생각보다 빨리 찾아온 기회에 당황한 것도 잠시, 기회란 아무 때나 오는 게 아니므로 왔을 때 잡아야 했다.

나는 망설이지 않고 오빠의 등 뒤로 다가갔다. 그때, 오빠가 빙그르르 뒤돌며 말했다.

"왜?"

나는 깜짝 놀라 물러났다.

"뭐가?"

"왜 내 뒤로 다가오냐고?"

"내가 언제 다가갔어?"

그러자 오빠가 고갯짓으로 세면대 위의 거울을 가리켰다. 아, 거울. 나는 속으로 짧게 탄식하고, 얼른 다른 변명거리를 내놓았다.

"이거 가지러 온 거야."

변기 위에 놓인 방향제를 가리키며 말했다. 말하면서도 스스로의 임기응변에 실망했다. 차라리 수건을 가리킬걸. 아침부터 웬 방향제. 하지만 갑자기 말을 바꾸는 건 더 이상했다. 나는 세상 그 무엇보다 방향제가 필요했던 사람처럼, 최대한 자연스럽게 방향제를 집어 들고 화장실을 나왔다. 그러면서 나를 위로했다.

'괜찮아. 내일도 아침은 오고, 내일도 오빠는 면도를 할 테니까.'

역시나 다음 날에도 해는 떴다. 그리고 다음 날에도 오빠는 화장실 세면대 앞에 서 있었다. 이번에는 휴대폰을 보느라고 고개를 숙인 채였다.

'그래, 지금이야말로 진짜 기회다.'

나는 메고 있던 가방을 팽개치고 어제보다 빠른 걸음으로 돌진했다. 그리고 오빠의 등을 팍 밀어 버렸다. 그러자 아, 낮은 신음이 화장실에 울렸다.

"어머, 미안해. 괜찮아?"

나는 깜짝 놀란 척하며 재빨리 오빠의 얼굴을 쳐다봤다. 그런데 얼굴에 묻은 건 빨간 피가 아니었다. 하얀 거품이었다. 뭐야. 면도가 아니라 양치 중이었어? 오빠의 손에 들린 칫솔을 본 순간 실망한 표정을 감출 수 없었다. 그래서 괜히 큰소리를 쳤다.

"그러게 왜 세면대를 막고 서 있고 그래."

나는 얼떨떨해하는 오빠를 밀쳐 냈다. 그리고 세면대에서 손을 한 번 씻었다. 이거 생각보다 쉽지 않네. 찬물로 손을 씻으며 애써 또 다른 내일을 기약했다.

하지만 기약은 무슨. 다음 날도, 그다음 날도, 그다음 다음 날도, 며칠이 가도록 나는 아무것도 하지 못했다. 어째선지 오빠는 면도를 할 때마다, 꼭 거울을 뚫어지게 보았다. 또는 내가 학교에 가기 전까지 아예 면도를 하지 않든지.

이쯤 되니 오기가 생겼다. 처음에는 피라도 한번 보자는 가벼운 마음이었는데 점점 피를 꼭 보고야 말겠다는 각오가 생겼다. 기왕 작정한 김에 면도가 아닌 다른 상황까지 노려 보기로 했다. 시야를 넓히면 생각지도 못했던 기회를 잡을 수 있으니까. 역시나, 머지않아 새로운 기회가 찾아왔다.

때는 이른 저녁이었다. 오빠는 부엌에 혼자 있었다. 도마 위에 햄을 올려놓고 식칼로 뭉텅뭉텅 자르는 중이었다. 거울도 없고, 오른손에 칼을 든 것도 확실하고. 망설일 이유가 없었다. 나는 먹이를 발견한 초원의 맹수처럼 몸을 낮추고 다가갔다. 숨소리조차 죽여 가며 겨우 등 뒤까지 다다랐다. 그리고 오빠의 오른팔을 내 팔꿈치로 툭 쳐 버렸다.

그 순간, 믿을 수 없는 일이 벌어졌다. 오빠의 손에서 빠져나온 칼이 곧장 아래로 떨어지지 않고, 공중으로 두둥실 떠올랐다. 천장 근처까지 도달한 칼은 두세 바퀴를 돈 후 수직으로 낙하했다. 오빠는 찰나를 놓치지 않고 칼자루를 탁 움켜잡았다. 그 광경을 지켜본 나는 입을 딱 벌리고, 멍청하게 말했다.

"미안해."

오빠는 아무렇지도 않게 대답했다.

"괜찮아."

그러고는 다시 햄을 잘랐다. 나는 다물어지지 않은 입을 벌린 채 돌아섰다.

그때였다. 등 뒤에서 갑자기 "아." 하는 외마디 소리가 들렸다. 천천히 고개를 돌리자, 손을 감싸 쥔 오빠가 보였다. 오빠는 울상을 지으며 반지 낀 새끼손가락을 들어 보였다.

"베였어."

과연 손가락 가장자리에는 상처가 나 있었다. 살짝 벌어진 틈새로 빨간 피가 비쳤다. 어느새 피가 봉긋 솟더니 곧 동그랗게 멍울졌다. 오빠는 내게 피를 몇 초간 보여 준 뒤, 손가락을 쪽 빨았다. 그리고 다시 칼질을 했다.

누가 봐도 명백하게, 고의적으로 나를 놀리는 행위였다. 동시에 자신이 나보다 한 수 위라는 것을 보여 주기 위한 행위였다. 어느 쪽이든 효과가 있었다. 내가 분노와 함께 무력감을 느꼈기 때문이다.

나는 주먹을 꽉 쥔 채 방으로 돌아갔다. 그것 말곤 달리 할 수 있는 일이 없었다. 원하던 대로 빨간 피가 흐른다는 걸 확인했지만, 그건 중요하지 않았다. 빨간 피가 꼭 인간이라는 걸 보장하는 것도 아니고, 빨간 피가 흐르든 초록 피가 흐르든 어차피 나는 백도진을 오빠로 인정할 마음이 없었으니 말이다. 현재 확실한 건 나의 첫 반격이 무참히 실패했다는 사실뿐이었다.

나는 씁쓸하게 패배를 인정했다. 그리고 전의를 간직한 채, 일보 후퇴했다.

2 뜻밖의 아군

비밀을 공유하는 순간 아군이다

5

그날 이후, 나는 매일 밤 이를 갈며 잠이 들었다. 하지만 섣불리 오빠를 건드리는 우를 범하진 않았다. 그 정도 눈치는 남아 있었다. 덕분에 하루하루 평화로운 나날이 이어졌다. 8월이 지나고 9월이 찾아올 때까지 나와 오빠 사이엔 아무런 문제도 없었다.

다만, 좀 다른 차원의 문제가 있었다. 9월 첫째 주 수요일, 평소보다 30분이나 늦게 일어난 나는 시계를 보고 소리를 질렀다. 다른 날이었다면 전혀 문제가 되지 않았겠지만 그날이어서 문제였다. 결코 지각해서는 안 되는 날.

나는 곧장 침대에서 빠져나와 평소와 비교할 수 없는 속도로 등교 준비를 시작했다. 양치를 하면서 머리를 감고, 드라이를 생략하고 교복을 입었다. 앞머리를 정돈하고, 립밤을 바르고, 현관으로 달려가 운동화 끈을 동여맸다. 그때 엄마가 부엌에서 토마토 주스를 들고 뛰쳐나왔다. 엄마는 내 교복 깃을 정돈해 주며 파이팅을 외쳤다.

"힘내, 우리 딸. 무리하지 말고."

나는 주스를 마시면서 고개를 끄덕였다. 그때 부엌에서 오빠가 걸어 나왔다. 나와는 달리 여유로운 자태로 주스를 마시던 오빠는 뜬금없이 두 손가락으로 브이를 만들어 보였다. 뭐야? 힘내라는 건가? 가지가지 하네. 나는 오빠를 무시하고 밖으로 나갔다. 그리고 본격적으로 발에 시동을 걸어 학교까지 질주했다. 덕분에 지각만은 면할 수 있었다.

아슬아슬하게 교문을 통과한 뒤 숨을 고르며 교실로 들어갔다. 문을 열자 엄숙한 분위기가 흘렀다. 항상 엎드려 있는 미주까지 꼿꼿하게 앉아 있으니 말 다 했다.

잠시 후, 담임이 교실에 들어와서 말했다.

"예정대로 오늘은 9월 모의고사를 치른다. 다들 좋은 결과 있기를."

시험은 안내 방송에 따라 진행되었다. 감독은 옆 반 담임이 맡았다. 언어, 수리, 외국어, 사회탐구. 각 과목의 시험이 순차적으로 치러졌다. 나는 평소 실력대로 정직하게 시험을 봤다. 그러다 보니 첫 과목인 언어 영역부터 시험 종료 1분을 남기고 못 푼 문제가 여덟 개나 남은 것 또한 여느 때와 마찬가지였다. 남은 문제를 처리할 길이 없던 나는 평소처럼 모두 3번에 마킹할 생각으로 컴퓨터용 사인펜을 들었다.

그때, 내 머릿속에 두둥실 한 얼굴이 떠올랐다. 정확히는 오늘 아침에 본 오빠의 얼굴이었다. 여유로운 미소와 함께 보여 줬던 '브이'. 왜 하필 브이였을까? 나는 펜을 돌리며 잠시 생각에 잠겼다. 그러다 이내 정신을 차리고 고개를 저었다. 하필 지금 이런 생각을 하다니. 오빠는 오빠고 시험은 시험이지. 나는 다시 답안지에 집중하며 3번으로 향하던 펜을 2번으로 옮겼다. 특별한 이유는 없었다. 그냥 그 브이가 뇌리에서 사라지지 않았다는 게 이유라면 이유였다. 이후, 남은 세 과목에서 모르는 문제가 나타날 때마다 2번에 마킹을 했다.

오후 4시경, 감독이 OMR 카드를 수거하여 퇴장했다. 그때까지 별다른 사건은 일어나지 않았다. 수리 시험이 끝나고, 부회장이 답을 밀려 쓴 것 같다며 한바탕 눈물을 쏟은 일만 빼면, 전반적으로 9월 모의고사는 무사히 치러졌다.

감독이 나가자마자, 나는 미주와 함께 창가 자리로 갔다. 언제나 전교 5위권 안에 드는 연실이의 답과 우리의 답을 맞춰 보기 위해서였다.

"2번."

연실이가 불러 주는 답에 따라, 시험지에 빨간 펜으로 동그라미를 쳤다.

"2번."

또 동그라미를 쳤다.

"2번."

내가 세 번째 동그라미를 쳤을 때, 미주가 내 시험지를 흘끗 쳐다보며 말했다.

"너 아까 점심시간에 다 찍었다고 하지 않았어?"

"맞아, 다 2번으로 찍었어."

"타율 좋다. 이 컨디션이면 나중에 로또를 사라."

나는 어깨를 으쓱했다. 뭐, 직접 푼 게 많이 틀려서 연실이하고는 비할 수 없는 점수였지만 나름대로 선방이었다. 이만하면 다음 일정에 갈 자격은 충분했다. 나는 산뜻한 기분으로 시험지를 접으며 말했다.

"그만 나가자. 애들 기다리겠다."

나와 연실이와 미주는 사이좋게 운동장으로 나갔다. 정문에는 이미 다섯 친구들이 모여 있었다. 모두 중학교 2학년 때 같은 반이었던 애들이다. 우리 지역에는 중고등학교가 많지 않아, 여기서 학창 시절을 보낸다면 친구가 거기서 거기일 수밖에 없다.

먼저 와 있던 친구들 중 가장 먼저 우리를 발견한 수빈이가 손을 흔들었다.

"애들아, 빨리 와."

나는 방방 뛰고 있는 수빈이에게 다가가며 말했다.

"신났네, 신났어."

수빈이는 웨이브 준 머리를 휘날리며 답했다.

"그럼, 내가 오늘을 얼마나 고대했는데."

오늘로 말할 것 같으면 두 가지 중요한 일정이 있던 날이다. 하나는 9월 모의고사, 다른 하나는 화원중학교 2학년 3반 동창회.

이번 동창회는 졸업 후 처음으로 갖는 동창회다. 아직 졸업한 지 2년도 안 지났고, 그때 그 시절 친구들이 지금도 같은 반 또는 옆 반 친구들이라 따로 동창회를 하는 것도 웃겼지만, 그럼에도 수빈이의 강력한 추진으로 일은 성사되었다.

수빈이가 이렇게 적극적으로 일을 벌인 데는 이유가 있었다. 자기가 얼마 전부터 동창생 김동우와 사귀기 시작했기 때문이다. 우리에게도 좋은 일이 생기길 바란다나 어쩐다나. 아무튼 기분 전환거리라면 뭐든 좋았던 나는 일찍이 동창회에 참석하기로 약속했다.

"그나저나 이제 어디로 가?"

내가 묻자 수빈이가 발랄하게 앞장서며 말했다.

"일단 따라와."

잠시 후, 우리가 도착한 곳은 한 체인 뷔페 앞이었다. 안으로 들어가기 무섭게 한 남자의 굵은 목소리가 들려왔다.

"애들아, 여기야."

세상에나. 목소리의 주인은 김동우였다. 중학교 졸업식 때까지만 해도 꼬마 같았는데 언제 저렇게 장성했담. 나는 김동우를 요리조리 살피며 그쪽 테이블로 다가갔다. 그러자 김동우 옆에 나란히 앉아 있는 남학생 일곱 명이 보였다.

어색한 분위기가 테이블 주위를 감돌았다. 한때는 모두 친한 친구들이었는데, 막상 판을 깔아 놓고 보니 불편하기 짝이 없었다. 마주 앉은 남자애들은 2년 사이 조금씩 변해 있었다. 2차 성징의 폭발적 발현으로 생김새가 변한 녀석도 있었고, 외관은 크게 달라지지 않았는데 분위기가 딴판이 된 녀석도 있었다.

꼬마에서 어엿한 남자가 된 김동우, 지적인 기운이 물씬 풍기는 윤성현, 말라깽이에서 근육질이 된 이운기, 선이 굵어지고 분위기가 더해진 서강일, 살 빼고 용 된 박민성…….

나는 친구들을 한 명 한 명 살펴보았다. 그동안 다른 친구들도 서로를 탐색하는 것 같았다. 마주 앉은 열여섯 명은 눈치 게임만 거듭할 뿐, 누구 하나 나서서 대화를 이끌려 하지 않았다. 역시 이럴 때는 주최자가 나서는 게 도리지. 시간이 지나자 친구들의 시선이 점점 수빈이와 김동우에게로 쏠렸다. 결국 압력을 못 이긴 김동우가 총대를 메고 말했다.

"저기, 얘들아. 다들 모의고사는 잘 봤어?"

순간 어색하던 분위기가 차갑다 못해 싸늘해졌다. 아무리 급해도 시험 얘기는 좀 아니지 않나? 시간이 지나도 아무도 질문에 대답하지 않자, 수빈이가 아하하, 웃으며 꽁꽁 얼은 분위기에 심폐 소생술을 시도했다.

"미주야, 동주 오빠 화보 찍었더라."

역시 수빈이. 어색할 때는 연예인 얘기가 최고지. 다행히 미주도 수빈이의 의도를 알아채고 자연스럽게 대화를 이어 갔다.

"어, 사진이 완전 사기급이야. 요샌 기술도 좋아."

이번에 화보 찍은 연예인, 동주 오빠는 미주의 친오빠이자 현재는 아이돌 그룹 '유니버스'의 소속 멤버다. 동주 오빠는 연예인이 되기 전부터 동네에서 얼굴 하나로 유명했다. 내가 외동딸이던 시절, 단 한 번도 오빠 있는 애를 부러워한 적이 없었는데 미주만은 예외였다.

아무튼 수빈이의 선택은 탁월했다. 동주 오빠 이야기는 동결된 분위기를 풀기에 적절한 주제였다. 친구들은 저마다 그 얘기에 한마디씩을 보태곤 자연스럽게 화제를 바꿨다.

"근데 원석이는 오늘 왜 안 왔어?"

"김원석? 걔 요새 장난 아니야. 학교도 잘 안 와."

"왜? 엄청 착했잖아."

"지금도 착하긴 해. 근데 학교를 안 나와."

과거 친구에 관한 이야기는, 우리들을 과거의 관계로 돌려놓는 데 큰 도움이 됐다. 그때부터가 진정한 동창회의 시작이었다. 모두들 자유롭게 음식을 들고 나르고, 자리도 바꿔 앉으며 정신없이 놀았다. 특히, 나는 한 친구의 옆에 붙어 떠날 줄 몰랐다.

"박민성, 빨리 말하라고. 너 어떻게 살 뺐어?"

"와, 유진아. 넌 진짜 그대로다. 난 너 하면 그 일밖에 생각 안 나. 옛날에 수련회 가서 새벽에 숙소 이탈한 일. 그때 진짜 웃겼는데. 내가 아직도 우울할 때마다 그 생각으로 버틴다."

"언제 적 얘기야. 누군 그러고 싶어서 그랬냐. 딴소리하지 말고, 다이어트 어떻게 했는지나 말해 보라고."

나는 박민성의 멱살을 잡고 흔들었다. 하지만 끝내 비법을 듣지는 못했다. 그러는 사이 3시간이 훌쩍 지났다. 그러니까 대략 8시쯤이었을 거다. 갑자기 내 휴대폰이 울린 건. 발신인을 확인한 나는 잠시 망설이다 전화를 받았다. 그리고 최대한 빨리 통화를 끝냈다. 그런 나를 바로 옆에서 지켜보던 윤성현이 의미심장하게 말을 건넸다.

"백유진, 남자 친구 생겼어?"

"뭔 소리야. 집이다."

"아닌데? 남자 목소리였는데."

"오빠야, 오빠."

아, 하고 윤성현은 대수롭지 않게 고개를 끄덕였다. 이미 이런 반응에 익숙한 나는 아무렇지 않게 원래 하던 이야기를 이어 하려 했다. 그런데 그때…….

"너 외동 아니었어?"

누군가가 말했다. 순간 나는 내 귀를 의심했다. 그래서 다시 물었다.

"뭐라고?"

그러자 멀찍이 떨어져 앉아 있던 서강일이 고개를 갸웃하고 또 한 번 이렇게 말했다.

"너 외동이잖아."

6

테이블 위로 무거운 침묵이 맴돌았다. 나는 용기 내어 대화를 재개했다.

"너 외동이잖아. 분명히 그렇게 말했어."

"그래, 나도 들었어."

조금 전, 천기누설과 같은 나의 고백을 들은 연실이의 표정이 어두웠다. 목이 타는지 순식간에 아이스티를 비운 연실이는 카운터에 가서 찬물을 가져왔다. 그리고 그 찬물마저 단숨에 비우고 간신히 말을 이었다.

"일단 지금까지 네 말을 정리해 볼게. 그러니까 너는 원래 외동이라는 거지. 도진 오빠는 약 한 달 전에 갑자기 나타난 사람이고."

"응."

"그런데 나를 포함한 모든 주변 사람이 도진 오빠를 알고 있었다고."

"그래."

"앨범부터 공식 기록까지 모조리 도진 오빠의 존재를 증명하는 쪽으로 바뀌어 있고."

"맞아."

여기까지 대화를 이끈 연실이가 고개를 푹 숙였다가, 별안간 바짝 들고 언성을 높였다.

"그게 말이 되냐?"

나는 지지 않고 맞받아쳤다.

"말이 안 돼도 사실이라니까."

"내가 너랑 알게 된 그 옛날부터 도진 오빠는 있었어. 내 기억에 똑똑히 있다고. 그런데 오빠가 올여름에 갑자기 나타난 사람이라니. 너 같으면 믿겠어?"

"안 믿지. 그래서 여태까지 말 안 했잖아. 근데 상황이 달라졌다니까. 이제야 진실을 밝힐 때가 온 거야. 아까 서강일이 한 말 너도 들었다며. 나한테 외동이라고 했어."

"걔가 뭔가 착각했겠지. 중학생 때도 너희 그렇게 친하진 않았잖아."

"그게 뭐가 중요해? 중요한 건 지금 걔가 내 말을 증명해 줄 유일한 사람이란 거야."

나와 연실이 사이에서 불꽃이 일었다. 우리가 설전을 벌이는 건 처음이었다. 이제껏 나는 나보다 논리정연하고 침착한 연실이와 말싸움을 벌여 본 적이 없었다. 하지만 이번엔 경우가 다르다. 진실의 키를 쥐고 있는 건 내 쪽이란 말이다. 그깟 말발 좀 딸린다고 물러설 수 없었다. 우리 사이에 끊어질 것처럼 팽팽한 대화가 오갔다. 그러다 아주 잠깐 정적이 흘렀다.

그때, 그 정적을 뚫고 들어오는 낮은 목소리가 있었다.

"저기, 너희 둘이 이럴 거면 우리는 왜 부른 거야?"

연실이와 나는 동시에 고개를 돌렸다. 그러자 맞은편에 앉은 두 사람이 보였다. 테이블에 팔을 괴고 우리에게 말을 건 윤성현. 팔짱을 끼고 우리를 지켜보고 있는 서강일.

동창회는 1시간 전에 파했다. 9시가 넘자 누가 먼저라고 할 것 없이 다들 자연스럽게 일어났다. 열여섯 명의 친구들은 뷔페 앞에서 소란스러운 작별 인사를 나누었다. 나중에 또 보자는 기약

없는 약속이 난무했고, 집 방향이 같은 사람끼리 삼삼오오 뭉쳤다. 몇몇 친구가 나에게도 함께 가자고 권했지만 나는 그 제안을 거절했다.

"먼저들 가. 잠깐 들를 곳이 있어서."

10분 후, 친구들이 모두 뿔뿔이 흩어졌다. 나는 옛 기억을 되살려 서강일 집 방향으로 뛰어갔다. 다행히 얼마 가지 않아 서강일의 뒤통수가 시야에 들어왔다. 나는 앞뒤 재지 않고 곧바로 돌진했다. 그리고 서강일의 가방을 확 움켜쥐며 말했다.

"나랑 얘기 좀 해."

서강일이 황당한 표정으로 나를 내려다보았다. 서강일 옆에서 있던 윤성현도 고개를 갸웃하며 나를 쳐다보았다. 늦은 시간 집과 반대 방향으로 가는 나를 이상하게 여겨 쫓아온 연실이도 의아한 표정으로 멈춰 섰다.

나는 세 친구를 데리고 근처 카페 '카산드라'로 향했다. 구석에 자리를 잡고 앉아, 먼저 연실이에게 그간의 일을 설명했다. 어차피 한 번은 해명하려고 했던 터. 지금보다 좋은 기회는 없을 듯했다. 생각보다 이야기가 길어진 게 변수였지만. 연실이가 내 말을 믿지 않는 통에 우리는 무려 30분 동안이나 둘이서만 이야기를 주고받았다. 결국 인내심이 다한 윤성현이 정적을 틈타 대화에 끼어들었다.

“저기, 너희 둘이 이럴 거면 우리는 왜 부른 거야?”

“미안. 어쩌다 보니 너까지 잡아 놓고.”

“그건 괜찮은데 기왕 넷이니까 같이 얘기 좀 하자고.”

“나야 당연히 좋은데, 어째 넌 내 얘길 듣고도 하나도 안 놀란 것 같다?”

“그야 이미 한 번 들었던 얘기니까. 안 그래도 얼마 전부터 이 새끼가 너랑 똑같은 소리를 해서 미치기 직전이었거든.”

윤성현이 옆자리를 고갯짓으로 가리켰다. 그러자 잠자코 있던 서강일이 팔짱을 풀며 말했다.

“7월의 비 오던 날. 나한테도 똑같은 일이 있었어.”

“똑같은 일이라면?”

“갑자기 누나가 생겼어.”

테이블 위로 다시 한번 무거운 침묵이 맴돌았다. 나와 서강일은 선고를 기다리는 죄수처럼 두 친구가 돌아오기를 기다렸다. 외동인 우리에게 각각 오빠와 누나가 생겼다는 이야기를 듣고 연실이와 윤성현은 잠시 자리를 비웠다. 우리를 빼고 둘이서 상의할 일이 있다나. 나는 그 둘이 정신 병원에 전화하러 간 것만 아니길 바랐다.

약 20분이 지나자 두 친구가 돌아왔다. 다행히 하얀 가운을 입은 사람들과 함께는 아니었다. 굳은 얼굴로 돌아온 두 친구는 우리 앞에 서서 이렇게 말했다.

"믿는 걸로 칠게."

일반적인 상황이라면, 조건부의 믿음은 믿음직스럽지 않다. '일단은 믿을게', '당분간은 믿을게', '어떠한 경우엔 믿을게'와 같은 사족이 붙는 믿음은 조건이 성립되지 않았을 경우 언제든지 깨어질 것을 전제하고 있기에 믿을 수 없다. 하지만 상황이 일반적이지 않다면, 비상식적이고 초자연적이고 우주 만물의 모든 법칙을 거스르는 상황이라면, 그런 조건부의 믿음조차 눈물 나게 고마울 수 있다. 나는 감격에 겨워 되물었다.

"정말로? 믿는 걸로 치겠다고?"

윤성현이 깔끔하게 설명했다.

"물론 너희 말을 그대로 믿긴 어렵지만, 너희가 동시에 거짓말을 한다고 생각하기도 어려우니까. 이 상황을 설명할 보다 나은 가설이 생기기 전까진, 일단 믿는 셈 치겠다는 거야. 그래야 대화를 진전시킬 수 있을 것 같아서."

역시 똑똑한 친구들. 나는 조건부고 뭐고 아무튼 고맙다며 친구들에게 매달렸다. 하지만 나와 달리 모가지가 뻣뻣한 서강일은 퉁명스럽게 대꾸했다.

"너희가 믿고 말고가 무슨 의미가 있어. 사실이 그런데."

연실이가 서강일을 째려보며 언성을 높였다.

"친구니까. 믿어 주는 척이라도 하겠다는 거야! 솔직히 이 상황을 설명할 가장 훌륭한 가설은 너희 둘이 미쳤다는 거지."

"그래그래, 나도 그렇게 생각해. 아무튼 당분간은 그냥 넘어가 주라."

나는 행여나 연실이가 마음을 돌릴까 봐 노심초사하며 달랬다. 그제야 연실이는 침착하게 가방에서 펜과 연습장을 꺼냈다.

"그럼 모인 김에 뭐라도 해 보자. 브레인스토밍 알지? 아무거나 괜찮아. 도진 오빠…… 아니지, 그것들의 정체에 관해 생각나는 대로 말해 봐."

연실이의 말이 끝나기 무섭게 툴툴대던 서강일이 일 번 타자로 말했다.

"외계인."

순간 우리 세 사람은 어이없는 표정을 숨기지 못했다.

"뭐? 아무 얘기나 하라며."

서강일이 입을 삐죽 내밀었다. 그래 뭐, 싸늘하게 앉아 있는 것보다는 뭐라도 적극적으로 얘기해 주는 게 낫지. 뒤이어 나와 연실이와 윤성현도 한마디씩 던졌다. 혼령? 요괴? 마법사? 연실이는 나오는 단어를 모조리 공책에 적으며 말했다.

"뭐가 됐든 아무도 인간이라곤 생각 안 하는 거네."

"응, 아무리 생각해도 인간은 아닌 것 같아."

내가 고개를 끄덕이자 윤성현이 피식 웃으며 말했다.

"혹시 찌르면 막 초록 피 나오고 그러는 거 아냐?"

나는 정색하고 말했다.

"아니야, 빨간 피더라."

"뭐야. 피는 어느 틈에 봤대. 그 밖에 달리 특징적인 점은 없었어? 수상쩍은 움직임을 보인다거나, 이상한 말을 한다거나, 또는 어떤 패턴 같은 거."

윤성현의 질문에 나는 잠잠히 생각해 보았다. 글쎄, 오빠의 외모는 평범하고, 일상은 단조롭고, 그 밖에 능력이라면…….

"아, 맞다. 칼을 공중에 날려서 잡은 적이 있어. 오늘 모의고사 때 2번을 찍으라고 힌트를 주기도 했고."

"그게 다야?"

누가 들어도 실망이 가득 담긴 목소리였다. 나는 민망해져서 어, 하고 말끝을 흐렸다. 윤성현은 같은 질문을 서강일에게도 던졌다. 그렇지 않아도 아까부터 혼자만의 생각에 잠겨 있던 서강일은 한참을 더 숙고하다 이내 고개를 저었다.

"없는데."

윤성현은 우리 둘을 번갈아 보며 한숨을 쉬었다.

"하, 너흰 지금까지 뭘 한 거야?"

그 말에 갑자기 울화가 확 치밀었다.

"야, 어느 날 갑자기 오빠가 생겨 봐. 정신 병원 안 끌려가고 맨정신으로 오늘까지 버틴 게 얼마나 대단한 건 줄 알아?"

그런 나를 이번엔 연실이가 달래며 저지했다.

"그래, 지금까지 혼자 속앓이했던 거 이해해. 그러니까 이제부터는 우리가 너를 '믿는 셈 치고' 함께하겠다는 거잖아."

"꼭 그렇게 믿는 셈을 강조해야겠니?"

"아무튼 지금부터 우리에게 가장 필요한 게 뭔지 알아?"

나는 고개를 세차게 끄덕이고 자신 있게 답했다.

"응! 협동!"

그러자 연실이가 내 손을 꼭 잡고 고개를 저었다.

"아니, 정보지."

7

모의고사를 치르고, 동창회에 참가하고, 뜻밖에 아군까지 얻은 하루. 나는 11시가 넘어 집에 돌아왔다. 부모님은 이미 침실에 들어 계셨다. 집 안에서 나를 맞아 주는 사람은 소파에 누워 텔레비전을 보고 있는 오빠뿐이었다. 오빠가 생긴 이후 이런 날이 잦아졌다. 나밖에 모르고 나만 애지중지하던 부모님의 관심과 집착이 부쩍 줄었다. 무엇이든 독차지하는 게 당연한 외동 생활을 기꺼이 여기던 나로선 이러한 변화가 달갑지 않았다. 거실에 발을 들이며 나는 변화의 주범인 오빠를 흘겨보았다. 그러자 오빠가 살갑게 말을 붙여 왔다.

"시험 잘 봤어?"

나는 짧게 답했다.

"덕분에."

평소 같으면 이쯤에서 쌩하니 내 방으로 들어갔을 터였다. 그런데 머릿속에 떠도는 연실이의 목소리가 그러지 못하도록 내 발길을 붙잡았다. '지금부터는 정보전이야.' 나는 마지못해 오빠가 누워 있는 소파 끄트머리에 앉았다. 오늘도 오빠는 축구 중계를 보고 있었다. 내가 옆에서 눈치를 살피자 오빠가 또 말을 걸어왔다.

"오늘은 사과 안 줄 거야?"

말을 걸어도 하필. 나는 단호하게 말했다.

"다시는 안 줄 거야."

오빠는 실실 웃으며 그래, 하고 대꾸했다. 그리고 다른 제안을 건넸다.

"그럼 라면 끓이기 내기할래?"

"갑자기 웬 라면이야."

"내가 먹고 싶어서. 넌 싫어?"

특별히 라면이 먹고 싶지는 않았다. 이 밤중에는 더더욱. 하지만 누군가와 친해지고 싶다면 밥을 같이 먹으란 얘기도 있지 않나. 나는 덥석 그 제안을 받아들였다.

"좋아. 뭐로 내기할 건데?"

"전반전 스코어 내기."

오빠가 텔레비전을 가리키며 말했다. 브라운관 안에선 축구 경기가 한창이었다. 상단에는 독일과 스페인 국기가 걸려 있고, '1:0'이라는 점수가 나타나 있었다. 전반전 스코어 내기인데, 전반전 종료까지 남은 시간은 고작 3분뿐이었다.

나는 빠르게 말했다.

"1 대 0."

정정당당한 승부는 아니었지만, 어차피 내가 선수 쳐서 말하지 않았으면 오빠가 먼저 말했을 거다. 역시나 오빠는 곤란해했다.

"먼저 말하는 게 어딨어? 무효다, 이건."

"그런 게 어딨어. 먼저 말한 사람이 임자지. 빨리 걸어."

오빠는 마지못한 듯 말했다.

"그럼 난 1 대 1."

우리는 중계 상황에 집중하며 3분이 지나기를 기다렸다. 기다리는 동안 나는 다른 질문을 슬쩍 던졌다.

"저기, 이번 주말엔 뭐 해?"

"왜?"

"그냥. 물어볼 수도 있지."

그다지 답하기 곤란한 질문 같지 않았는데 이상하게 오빠는 뜸을 들였다. 그러다 한참 만에야 겨우 이렇게 말했다.

"약속 있어."

곧바로 '어디서? 누구랑?' 따위의 다음 질문이 떠올랐다. 하지만 그 질문을 할 순 없었다. 갑자기 함성 소리가 거실을 메웠기 때문이다. 텔레비전으로 시선을 돌리자 부둥켜안은 스페인 선수들의 모습이 보였다. 동시에 '1:1'이라고 적힌 큼직한 자막이 보였다. 뭐야. 설마 3분 안에 골을 넣은 거야? 나는 텔레비전에 시선을 고정한 채 얼빠진 목소리로 물었다.

"무슨 짓을 한 거야?"

"무슨 짓이라니?"

오빠는 영문을 모르겠단 듯 태연한 목소리로 말했다. 그리고 나를 툭 치며 빨리 라면이나 끓여 오라고 했다. 나는 얼떨떨하게 소파에서 일어나 부엌으로 향했다. 왠지 당한 기분이 들었지만 딱히 따질 말이 없었다.

백도진. 정말 무슨 짓을 한 게 아닌가? 대체 무슨 능력이야? 게다가 주말에 뭐 하냐는 질문에는 왜 예민하게 반응하지? 지금까지는 텔레비전 귀신 같은 모습에만 집중해서 잊고 있었는데,

생각해 보니 오빠는 주말마다 밖으로 나돌았다. 도대체 누굴 만나는 걸까?

나는 라면 봉지를 팡 뜯으면서 입술을 깨물었다. 어찌됐건 내게도 지원군이 생긴 이상, 더는 안 피한다. 당장은 무리해서라도 많은 정보를 모으는 게 급선무다.

다음 날부터 나는 기회가 되는 대로 오빠를 쫓아다녔다. 나는 오빠가 거실에 있을 때, 방에 있을 때, 운동을 할 때, 슈퍼마켓을 갈 때, 시간과 장소를 가리지 않고 따라다녔다. 심지어 통화 내용을 엿듣기도 하고, 문자를 훔쳐보기도 했다.

며칠 만에 한계에 다다른 오빠는 방긋 웃으며 말했다.

"내가 약속 있다고 하지 않았나?"

"좀만 있다 갈게."

"중요한 친구라니까."

"그러니까 친구 오면 간다고."

우리는 테이블을 사이에 두고 신경전을 벌였다. 테이블 위에는 잔이 하나만 놓여 있었다. 오빠의 커피 잔 딱 하나만. 이유야, 당연히 오빠가 자기 것만 시켰기 때문이다. 평소에 이렇게까지 치사한 놈은 아니었는데, 아마도 짜증이 난 걸 일부러 보여 주려는 듯했다.

오빠가 짜증이 난 건 백번 이해가 된다. 나라도 누군가에게 스토킹을 당한다면 싫을 거다. 게다가 주말에 있는 약속까지 방해받는다면 더욱더 말이다.

오빠는 웃으며 나를 노려보았다. 올라간 입꼬리와 달리 눈에서는 불빛이라도 뿜어져 나올 기세였다. 하지만 이렇게 나올수록 나는 더 물러설 수 없었다. 도대체 누굴 만나기에 이래.

"여자 친구야?"

나는 아까부터 오빠가 만지작거리고 있는 은반지를 보며 물었다. 반지는 약지가 아닌 새끼손가락에 끼어 있었지만 그냥 한번 떠보았다.

"아니야."

오빠는 건성으로 대답하고는 귀에다 이어폰을 꽂았다. 대놓고 나를 무시하겠다는 행동이었다. 마음대로 해라. 어차피 내 눈으로 확인하면 될 일. 나는 오빠에게서 시선을 거두고 창밖을 내다보았다. 건너편엔 여러 가게들이 있었다. 나는 옷 가게에 진열된 옷들을 눈으로 훑고, 프랜차이즈 카페에 오고 가는 손님들을 지켜보았다. 그렇게 잠시 방심하고 있을 때였다. 갑자기 한 여자의 나긋한 목소리가 귓가에 울렸다.

"도진아."

고개를 돌리자 테이블 옆에 서 있는 여자가 보였다. 뭐지, 이 사람? 기척도 없이 어느 틈에 왔지? 어쨌거나 오빠의 이름을 부른 것으로 보아, 오빠의 약속 상대임은 확실했다.

나는 빠르게 여자를 훑어봤다. 긴 생머리, 흰색 블라우스, 'H'형 치마, 높은 하이힐. 차림새 때문인지 도시적이고 세련된 인상이 강했다. 차분한 표정과 균형 잡힌 자세가 그런 분위기를 더해 주었다.

여자가 나를 보고 말했다.

"그런데 이분은 누구야?"

"동생이야. 금방 갈 거야."

재빨리 답한 오빠가 이제 진짜로 가라는 눈짓을 보내 왔다. 알았다. 가면 될 거 아니야. 여자의 얼굴을 똑똑히 눈에 새긴 나는 미련 없이 자리를 비켜 주었다. 그리고 카페 문 앞에서 슬쩍 뒤돌아 어느새 마주 앉은 둘을 한 번 더 보았다. 오빠는 나를 볼 때와는 전혀 다른 다정한 눈빛으로 여자를 보고 있었다. 여자는 미소 띤 얼굴로 무언가를 말하고 있었다. 분위기가 미묘한데. 대체 무슨 사이지? 나는 고개를 갸웃하며 카페 문을 열었다.

그때였다. 갑자기 한 남자가 앞으로 고꾸라졌다. 아마도 카페

문에 기대서 있다가 내가 문을 여는 바람에 중심을 잃은 듯했다.

"어머, 죄송합니다."

내가 사과하자 간신히 무게 중심을 잡은 남자가 말했다.

"아니에요. 제가 잘못……."

하지만 말을 다 잇지는 않았다. 대신 내 이름을 불렀다.

"백유진?"

뒤늦게 남자의 얼굴을 쳐다본 나도 이름을 불렀다.

"서강일?"

서강일은 바닥에 떨어진 스냅백을 주워 툭툭 털며 물었다.

"네가 왜 거기서 나와?"

"오빠를 따라왔어. 정보를 모으기로 했잖아."

"따라왔다고? 아예 같이 왔단 말이야?"

"응."

나는 아무렇지 않게 고개를 끄덕였다. 그리고 같은 질문을 던졌다.

"넌 왜 여기 있는데?"

"나도 정보를 모으려고 누나 뒤를 밟았어."

"미행을 했다는 거야?"

"응."

우리는 아무 말도 하지 않았다. 하지만 말을 않아도, 서로 무슨 생각을 하는지 알 만했다. 서강일은 필시 내가 조심성이 없다고 생각했을 거다. 나는 아무리 그래도 미행은 좀 과하다고 생각했다. 아무튼 생각은 생각일 뿐, 우리는 그것을 입 밖으로 내지 않았다. 대신 좀 더 생산적인 이야기를 나누었다.

"혹시 누나 못 봤어? 방금 들어갔는데."

"네 누나인진 모르겠는데 방금 막 누굴 마주치긴 했어. 긴 생머리에 흰 블라우스를 입고 있는."

"맞아, 그 사람."

"그 사람이라면 지금 우리 오빠랑 같이 있어."

우리 사이에 다시 정적이 흘렀다. 어느 날 형제자매로 나타난 정체불명의 그들이 아는 사이라. 놀랍다면 놀랍고 당연하다면 당연한 전개였다. 우리는 선 채로 각기 다른 생각에 빠졌다. 그러다 머지않아 동일한 결론에 이르렀다. 먼저 그 결론을 말한 건 서강일 쪽이었다.

"이렇게 있어 봤자 별수도 없는데, 밥이나 먹으러 갈래?"

"그래, 주말에 여기까지 왔는데 그냥 갈 순 없지."

"그럼 애들 부른다."

말이 끝나기 무섭게 서강일은 윤성현과 연실이에게 전화를 걸었다. 그사이 나는 근처 맛집이라고 알려진 돈부리 가게의 위치를 검색했다.

8

비밀을 공유한 두 사람과 그 비밀을 마지못해 믿어 주는 두 사람이 다시 뭉쳤다. 나흘 만에 인기 만점의 돈부리집에서.

"와, 나 여기 꼭 와 보고 싶었어."

나와 서강일이 미리 줄을 서 둔 덕에 오자마자 가게에 들어서게 된 윤성현이 말했다. 우리는 일자형 테이블에 자리를 잡았다. 들어온 순서대로 윤성현, 서강일, 나, 연실이가 나란히 앉았다. 젓가락 뭉치를 옆으로 돌리며 윤성현이 말했다.

"너희들 열심이네. 그사이 특별히 발견한 점은 없어?"

서강일이 젓가락을 받으며 말했다.

"글쎄. 난 딱히. 너는?"

나도 젓가락을 챙기며 말했다.

"나도 없어. 하나 있다면 오빠랑 애네 누나가 아는 사이라는 정도?"

마지막으로 연실이가 젓가락으로 허공을 찌르며 말했다.

"수상한 두 사람이 아는 사이라. 확실히 이상하긴 하네."

모두 동의의 뜻으로 고개를 끄덕였다. 그러자 이번에는 연실이가 물 잔을 반대쪽으로 넘기며 다른 주제로 넘어갔다.

"그 두 사람 연인 같았어?"

나는 고개를 저으며 대꾸했다.

"분위기는 그랬는데, 오빠는 여자 친구가 아니라고 하던걸."

마찬가지로 서강일도 고개를 저었다.

"물어보진 않았지만 누나도 애인은 없는 눈치였어. 애네 오빠랑 달리 집에 있는 경우가 별로 없어서 확실하진 않지만."

마지막으로 물 잔을 받은 윤성현이 물을 따라 마시며 핵심을 찔렀다.

"연인이든 친구든 그게 중요해? 둘이 주말마다 작당 모의를 한다는 게 중요하지."

맞는 소리였다. 그때 마침 주문한 돈부리 네 그릇이 테이블 위에 놓였다. 우리는 대화를 멈추고 일단 배를 채웠다.

돈부리는 일부러 기다린 보람이 있을 만큼 맛있었다. 밥알이 입에 들어가는 순간, 오빠니 누나니 하는 복잡한 일 따위 까맣게 잊혀졌다. 나는 모락모락 김이 오르는 밥그릇에 얼굴을 묻고 먹는 데 집중했다. 친구들도 누구 하나 뒤처짐 없이 열심히 젓가락을 움직였다. 하지만 시간이 흐르면서 우리 사이에 점점 순위가 매겨졌다.

가장 먼저 젓가락을 내려놓은 사람은 누구보다 밥에 성의를 보였던 윤성현이었다. 윤성현은 휴대폰을 보고 있다가 두 번째로 식사를 마친 서강일에게 속삭였다.

"2 대 2다."

"거봐, 새끼야. 내가 무승부일 거랬지?"

"아, 요새 독일 왜 이러냐."

둘의 대화를 유심히 듣던 내가 세 번째로 식사를 마치고 끼어들었다.

"그거 혹시 축구 얘기야? 독일이랑 프랑스?"

내 말에 윤성현이 화색을 띠고 물었다.

"오, 어떻게 알았어? 너 축구 좋아해?"

"아니, 아까 오빠가 혼잣말하는 걸 들었어. 카페에서 둘이 있을 때 혼자 휴대폰으로 그 경기 보면서 '2 대 2야.' 하고 중얼거리던데."

"잘도 찍었네."

"응, 그 인간 항상 스코어를 기가 막히게 맞혀. 어떻게 아는 건진 모르겠지만."

내 말에 서강일이 대수롭지 않게 말했다.

"나도 스코어 잘 맞혀. 축구에 관심이 많으면 아주 이상한 일은 아니야."

"그런가?"

귀가 얇은 나는 별 의심 없이 넘어갔다. 그때 연실이가 마지막으로 젓가락을 내려놓았다. 우리는 곧바로 자리에서 일어났다. 더치페이로 계산을 마치고 서둘러 밖으로 나가 빠르게 걸음을 옮겼다. 그때였다. 문득 주위가 허전하단 생각에 옆을 둘러보니 한 친구가 없었다. 뒤를 보자 아직 가게 앞에 우두커니 서 있는 연실이가 보였다.

"왜 그래?"

나는 연실이를 향해 소리쳤다. 내 외침을 듣고 서강일과 윤성현이 동시에 뒤를 보았다. 하지만 여전히 연실이는 움직이지 않았다. 대신 입술을 앙다물고 귓불을 매만졌다. 내가 익히 아는 신호였다. 나는 가게 앞으로 뛰어가며 물었다.

"뭐야? 뭐가 생각난 거야?"

그러자 연실이가 허공을 쳐다보며 잠꼬대하듯 반응했다.

"그 두 사람 말이야."

"응."

"혹시 미래에서 온 게 아닐까?"

갑자기 황당한 소리를 들은 나는 미심쩍은 표정을 숨기지 않고 말했다.

"설마. 축구 스코어를 잘 맞힌다고 해서 그래?"

어느새 나를 따라온 서강일도 황당한 표정으로 덧붙였다.

"스코어 맞히는 거 별거 아니라니까. 그 정도로 미래를 안다고 할 수 없어."

하지만 연실이는 모처럼의 주장을 굽히지 않았다.

"두 사람이 외계인일 가능성은 있는데, 시간 여행자일 가능성은 없는 이유가 뭐야?"

"아니, 이유야 없지만……."

서강일이 말끝을 흐렸다. 그러자 윤성현이 연실이의 주장을 긍정적으로 받아들였다.

"좋아. 그걸 추가 못 할 이유가 없지. 시간 여행자라고도 생각해 보자."

나는 윤성현을 향해 박수를 쳤다.

"너 보기보다 되게 열려 있구나."

"고맙다. 아무튼 그 둘이 시간 여행자라면 타임머신은 어딨지? 왜 영화 같은 데 보면 있잖아. 과거와 미래를 연결해 주는 매개물. 너희들 뭐 특이한 물건 본 적 없어?"

특이한 물건이라. 나는 턱을 매만지며 생각했다. 글쎄, 오빠 외모는 평범하고, 일상은 단조롭고, 칼을 던져 잡는 재주가 있고, 특이한 물건을 갖고 있었으면 진작 말했지. 여기까지 생각이 미친 순간 나도 모르게 힉, 숨 들이마시는 소리가 나왔다.

친구들의 시선이 일제히 내게 쏠렸다. 나는 얼굴에 떠오르는 미소를 숨기지 못했다. 이런 유레카를 외쳐도 될 만한 생각이 돈부리집 앞에서 떠오르다니.

"있어."

한밤중에 방문이 벌컥 열렸다. 나는 침대에 앉아서 말했다.

"노크해."

문지방을 밟고 선 오빠가 웃으며 말했다.

"우리 사이에 노크는 무슨. 그나저나 너 내 반지 못 봤어?"

"무슨 반지?"

"내가 항상 새끼손가락에 끼고 다니던 반지."

"몰라. 반지를 끼는지도 몰랐다."

"그래? 알았어."

오빠는 미련 없이 방문을 닫고 떠났다. 나는 침대 위에 벌러덩 누웠다. 모르기는. 다 큰 남자가 새끼손가락에 반지를 끼고 다니는데 모를 리가 있나. 윤성현이 특이한 물건 본 적 없냐고 물었을 때, 떠오른 게 바로 그 반지였다. 낡은 은반지.

오빠는 처음 등장했을 때부터 그 반지를 끼고 있었다. 커플 링이나 패션 반지라고 하기엔 너무 닳고 투박하여 기억에 남았다. 물론 이제까지는 그 반지에 어떤 의미가 있으리라곤 상상도 못 했었지만, 연실이의 추론대로 오빠가 시간 여행자라면 윤성현의 짐작대로 특이한 물건이 매개물이 돼 줘야 했을 것이다. 반지가 그 매개물인지 아닌지를 확인해 볼 수 있는 방법은 간단했다. 빼어 보면 그만이었다.

어제저녁 6시경, 나는 친구들과 헤어져 집으로 돌아왔다. 오빠는 아직 집에 없었다. 내가 들어오고도 한참 뒤에야, 자정에 가까워져서야 들어왔다. 술에 잔뜩 취한 채로.

나는 엄마와 함께 오빠를 부축해 방으로 옮겼다. 엄마는 오빠를 방에 눕히고, 등짝을 한 대 후려치고 나갔다. 나는 엄마를 따라 나가는 척하다 방에 남았다. 그리고 오빠의 눈가 위로 손을 몇 차례 흔들어 보았다. 오빠는 아무런 반응도 보이지 않았다. 죽은 듯이 가만히 있었다.

하늘이 준 기회였다. 나는 오빠의 손을 조심스럽게 당긴 다음 새끼손가락에 낀 반지를 살살 돌려 보았다. 그런데 반지는 같은 자리에서만 맴돌 뿐, 위로 잡아당기는 순간 마디에 걸려 빠지지 않았다. 워낙 오래 끼고 다닌 반지라 그런가.

할 수 없이 화장실에서 비누 거품을 묻혀 왔다. 오빠의 손가락에 거품을 묻히고 다시 시도하자 잠시 후, 반지는 쉽게 빠졌다. 나는 반지를 주머니에 넣고, 오빠 손에 묻은 거품을 내 옷으로 대강 닦은 다음 방을 빠져나왔다.

그것으로 끝이 아니었다. 원래 장물은 취득보다 처리가 더 어려운 법. 나는 반지를 처리하기 위해, 오늘 점심시간에 옆 반 수빈이를 찾아갔다. 아무것도 모르는 수빈이는 내 부탁대로 하교 후 남자 친구 김동우에게 반지를 건넸다. 그리고 역시나 아무것도 모르는 김동우는 내 부탁을 받은 수빈이의 부탁대로 학원에서 다른 친구에게 반지를 건넸다. 순서에 따라, 지금쯤 반지는 서강일의 손에 들어갔을 터였다.

오빠가 방문을 닫고 나간 후, 침대에 누운 나는 환희의 발장구를 쳤다. 소리를 죽이고 마음속으로 쾌재를 불렀다. 처음으로 오빠에게 한 방 먹인 기분이었다. 지난 몇 달간 혼자서 눈치 보며 만만찮은 상대를 대적하느라 얼마나 고생했던가. 이제야 싸움다운 싸움을 시작한 기분이 들었다.

3 새끼손가락의 은반지

달리기의 관건은 페이스다

9

석 달 동안 늘 자신만만하던 오빠가 처음으로 전전긍긍하는 모습을 보였다.

순전히 낡아 빠진 은반지 하나 때문에.

내게 반지의 행방을 물은 다음 날부터 오빠는 온 집 안을 샅샅이 뒤지고 다녔다. 열 수 있는 서랍은 다 열고, 가구 밑이란 밑도 모조리 훑었다. 진공청소기를 분해해서 내부를 살펴보기도 하고, 변기 뚜껑을 열어 물 밑을 확인하기도 했다.

아빠는 온종일 먼지를 일으키고 다니는 오빠에게 물었다.

"그게 뭔데 그래? 커플 링이야?"

"아니야."

그러자 엄마가 먼지떨이를 들고나와서 말했다.

"패션 반지야? 돈 줄게. 새로 사."

"안 돼. 반드시 그 반지여야 해."

오빠의 사전에 포기란 없었다. 날이 새도록 집 안을 뒤지고는 다음 날부턴 집 밖을 뒤지고 다녔다. 반지를 잃어버린 날 들렀던 모든 장소를 다시 찾아간 것은 물론 쓰레기 처리장까지 다녀온 듯했다. 그렇게 꼬박 사흘을 미친 사람처럼 여기저기 헤집고 다녔다. 하지만 제아무리 애써도 이미 서강일 손에 들어간 반지를 찾을 길은 없었다. 결국 뜻을 이루지 못한 오빠는 다시 시작점으로 돌아왔다.

한밤중에 방문이 벌컥 열렸다. 나는 침대에 앉아서 말했다.

"노크해."

문지방을 밟고 선 오빠는 평소처럼 장난을 치는 대신 짧고 간결하게 용건을 말했다.

"내놔."

"뭘?"

"내 반지. 아무리 생각해도 너밖에 없어."

"뭔 소리야. 난 모른다고 했잖아. 저번엔 쿨하게 나가 놓고 왜 이래?"

"그때는 집에 있는 줄 알았어. 취해서 세면대나 책상에 놔둔 줄 알았지. 내가 빼 두었는데, 이렇게 안 나온다는 건 말이 안 돼. 네가 일부러 빼 간 거야."

오빠는 침착하게 나를 몰아붙였다. 나는 모르쇠로 일관했다.

"난 모르는 일이야."

그러자 오빠가 내게 한 걸음 다가오며 말했다.

"네가 이렇게 나오면 나도 다 생각이 있어."

"뭐 하자는 거야? 협박이야?"

오빠는 말없이 한 걸음 더 다가왔다. 나는 최대한 당당하게 소리쳤다.

"자기가 잃어버려 놓고 왜 괜한 데 와서……."

하지만 차마 말을 끝맺지 못했다. 오빠가 침대에 무릎이 닿을 만큼 가까이 다가왔기 때문이다. 그러고는 가만히 서서 내 눈을 뚫어지게 쳐다보았다. 마치 내 속을 읽으려고 시도하는 것처럼. 말도 안 되는 일이라고 생각했다. 하지만 혹시나 하는 마음에 속으로 노래를 불렀다. 신경전은 약 3분간 이어졌다. 내가 속으로 노래 한 곡을 완창했을 즈음에야 오빠는 겨우 시선을 거두고 쌩하니 방을 나갔다. 그제야 나는 후유, 긴 숨을 뱉었다. 그리고 침대에 있던 휴대폰을 집어 서강일에게 문자를 보냈다.

조심해.

오빠가 등장한 이래, 저렇게 노골적으로 화내는 모습은 처음 보았다. 유전자 검사를 했을 때나, 스토킹을 했을 때와는 확연히 다른 태도였다. 웃으며 속을 긁으며 긁었지, 대놓고 협박하는 건 이제까지의 방식이 아니었는데. 네가 이렇게 나오면 나도 다 생각이 있다니. 다시 떠올려도 소름 끼치는 말이다. 그만큼 그 반지가 중요한 물건이란 뜻이겠지. 나는 오빠의 반응을 최대한 긍정적으로 해석하기로 했다. 그리고 양팔에 쭈뼛 선 잔털을 억지로 눌렀다.

다음 날 아침, 눈을 뜨자마자 휴대폰을 찾았다. 어젯밤 서강일에게 문자를 보내고 깜빡 잠이 드는 통에 답신을 확인하지 못했기 때문이다. 그런데 웬걸, 휴대폰에 와 있는 메시지는 한 통도 없었다. 아직 못 봤나?

아침 조회가 끝나고 다시 휴대폰을 보았다. 그렇지만 여전히 답신은 없었다. 시간이 시간인지라 못 봤을 리 없었다. 그때부터 불안한 마음과 서운한 마음이 번갈아 고개를 내밀었다.

'설마 무슨 일이 생긴 건 아니겠지?'

'아니, 알았다는 답 정도는 하는 게 예의 아닌가?'

무소식이 희소식이란 말이 있다. 옛말 틀린 것 없다지만, 그 말은 이 동네에서 저 동네까지 소식 전하는 데 한나절이나 걸리던 시절에 만들어진 말이다. 이 나라에서 저 나라까지 10초면 소식을 전할 수 있는 21세기에도 여전히 유효한 말인지는 모르겠다. 나는 오전 내내 울리지 않는 휴대폰을 보며 한숨을 폭 쉬었다.

결국, 점심시간까지 오지 않는 메시지를 기다리다 지친 나는 휴대폰을 주머니 깊숙이 넣었다. 더는 신경 쓰지 않을 작정이었다. 안 그래도 신경 쓸 일이 얼마나 많은데. 답신 하나에 일일이 매달릴 여유 따위 없었다. 그 순간, 내내 잠잠하던 휴대폰에서 진동이 울렸다. 뭐야, 드디어 왔네. 나는 비죽 새어 나오는 웃음을 참으며 액정을 보았다.

내일 새 문제지 배포합니다.

카운터에서 받아 가세요.

— 필승국어

학원에서 보낸 단체 문자였다. 이 판국에 문제지는 무슨. 기대가 컸던 만큼 실망을 배로 얻은 나는 휴대폰을 주머니에 도로 넣었다. 그리고 이제부터는 정말로 신경을 끄기로 했다. 다행히 휴대폰만은 내 편이었던지 그날 오후 내내 다시는 울리지 않았다. 아, 딱 한 번을 제외하고.

종례 시간, 나는 다시금 주머니 속 진동을 느꼈다. 담임 몰래 확인해 보니, 발신인은 의외의 인물이었다. 뭐지? 나는 창가 자리로 눈을 돌렸다. 그러자 조금 전 내게 메시지를 보낸 연실이가 고갯짓으로 창 너머를 가리켰다. 나는 소리를 내지 않고 입 모양으로 물었다.

'왜?'

그러자 연실이 역시 입 모양으로 답했다. 나는 연실이의 입술 변화를 유심히 살폈다. 하지만 도통 무슨 말인지 알 수 없었다. 내가 못 알아들었다는 뜻으로 고개를 젓자, 연실이는 연습장에 몇 글자를 크게 휘갈겨서 보여 주었다. 거기에는 이렇게 적혀 있었다.

정문에 서강일

순간 온몸의 잔털이 꿈틀거리며 일어났다. 동시에 온갖 복잡했던 마음들이 마냥 불길하게 바뀌었다. 종례가 이뤄지는 동안 나는 조급함을 감추지 못하고 시계를 초 단위로 보았다. 그리고 생각했다. 역시 옛말 틀린 것 하나 없다고. 무소식일 때가 백배 낫다고 말이다.

종례가 끝나자마자 쏜살같이 교실을 빠져나와 정문까지 질주했다. 멀리서 손을 흔드는 서강일이 보였다. 나는 속도를 늦추지 않고, 그대로 서강일의 손을 홱 낚아채서 끌고 달렸다. 그리고 학교에서 좀 떨어진 공터에 도착해서야 손목을 놔주었다.

"뭐야? 왜 달린 거야?"

서강일이 내게 잡혔던 손목을 털면서 말했다.

"학교가 얼마나 말 나기 좋은 곳인데 이렇게 대놓고 찾아와? 그냥 메시지로 하지."

"아니, 서로 학교가 코앞인데 못 올 건 뭐야. 너한테 할 말이 있기도 하고."

할 말이 있다고? 그 말을 듣는 순간, 불길한 예감이 한층 더 강해졌다.

"설마. 아니지?"

내 말에 서강일이 민망한 표정을 지으며 눈썹을 매만졌다. 그러다 빨리 헛된 희망을 앗아 가기로 결심했는지 지체 없이 말했다.

"맞아. 반지 뺏겼어."

순간적으로 표정 관리가 되지 않았다. 하지만 최대한 침착하게 물었다.

"언제? 누구한테?"

"오늘 아침에. 누나한테."

우리는 공터 벤치에 나란히 앉았다. 나는 근처 편의점에서 산 이온 음료를 한입에 쭉 들이켜고 고개를 꺾어 하늘을 보았다. 그동안 서강일은 양손으로 탄산음료를 꼭 쥐고 바닥을 보고 있었다.

아무리 생각해도 분이 안 풀렸다. 그 반지가 어떤 단서인데, 그렇게 허무하게 뺏겨. 나는 하늘을 향하던 고개를 서강일 쪽으로 휙 꺾어서 남은 화를 쏟아 냈다.

"난 진짜 이해가 안 된다. 아무리 누나라도 고등학생쯤 되면 피지컬은 네가 우세한 거 아니야? 전에 보니까 그 언니 되게 말랐던데. 너 설마 여자라고 봐주고 그런 거 아니지?"

그러자 서강일이 기죽은 강아지 같은 눈초리를 하고 억울하다는 듯 말했다.

"봐주긴 누가 봐줘. 난 진짜 최선을 다했다고. 집 밖으로 도망도 가고 몸싸움도 하고."

"근데?"

"근데……."

서강일은 여전히 바닥을 보며 맥없이 말을 이었다.

"진짜로 진 거야."

나는 혀를 찼다.

"자랑이다. 비록 졌지만 최선을 다했으니 아름다웠다, 뭐 이런 거야?"

"아니, 그런 거라기보단."

서강일이 풀 죽은 목소리로 대꾸했다. 그러다 별안간 무언가 생각난 듯 항변했다.

"아니, 근데 이 사태가 전적으로 내 잘못만은 아니다. 반지를 뺏기 전에 누나가 그랬어. 너희 오빠가 나한테서 반지를 갖다 달라고 했다고. 반지가 나한테 있는 걸 너희 오빠가 어떻게 알았겠어?"

"오빠가 알았다고? 어떻게 알았지? 중간에 수빈이하고 동우를 통해서 전달했는데."

"그럼 뭐 하냐고. 그 이후에 네가 나한테 직통으로 문자를 보냈는데."

문자? 그 단어를 듣는 순간 머릿속 퍼즐 조각이 하나씩 맞춰졌다.

어젯밤, 나는 '네가 이렇게 나오면 나도 다 생각이 있다'는 오빠의 말에 지레 겁을 먹고 서강일에게 문자를 보냈다. 이후, 휴대폰을 침대 위에 무방비하게 올려놓고 잠들었다. 새벽에 쥐새끼처럼 내 방에 들어온 오빠가 그 문자를 훔쳐보고 반지를 가진 사람이 서강일이란 걸 알게 됐다. 오빠는 자신과 작당한 사이인 서유일에게 그 얘기를 전했고, 오늘 아침에 서유일이 완력으로 반지를 빼앗았다, 하는 이야기가 완성되었다. 뭐 이거야…….

"완전 놀아났네."

나는 입술을 잘근거렸다. 그사이 평정을 되찾은 서강일이 내 어깨에 손을 턱 얹었다.

"좋게 생각하자. 최소한 그 반지가 굉장히 중요한 물건이란 사실은 알았잖아."

"그럼 뭐 해? 뺏겼는데."

"괜찮아. 다시 찾으면 되지."

"또 뺏기겠어? 한 번이야 방심했다지만, 이제부터는 그쪽도 철통같이 방어하겠지. 머리로도 몸으로도 그쪽이 우리보다 훨씬 우세한 것 같은데."

"머리는 빌리면 그만이고, 몸은 키우면 그만이야."

서강일은 내 어깨를 툭툭 두드리고 일어났다.

"아무튼 뺏긴 건 나니까 뭐든 책임지고 해 볼게. 그럼 이따 연락한다."

10

이따 연락하겠다며 자리를 뜬 서강일은 정말로 그날 저녁, 해가 다 떨어질 무렵에 내게 문자 한 통을 보냈다. 다소 뜬금없는 내용이긴 했지만 책임을 지겠다고까지 말했으니 믿어 보기로 했다. 나는 학원이 끝나고 집이 아닌, 서강일이 부른 곳으로 향했다.

'이 시간에 자기 학교는 왜?'

화원남고 운동장에 발을 들이며 생각했다. 9월 말에 접어들면서 일교차가 심해진 탓에 카디건 사이로 찬바람이 숭숭 들어왔다. 나는 옷깃을 여미며 운동장 한가운데까지 발을 들였다. 그때 바람 소리와 함께 누군가 나를 부르는 소리가 들려왔다.

"백유진!"

소리는 점점 더 또렷이 들려오는데, 서강일의 목소리는 아니었다. 가만 보니 건물 안에서 웬 커다란 남자가 뛰어오고 있었다. 나는 가까이 오는 남자를 보며 말했다.

"이운기?"

얼마 전에 동창회에서 만났던 이운기였다. 중학생 때까진 말라깽이였다가 못 본 사이 근육질이 된 이운기는 빠르게 내 앞까지 다가와 선 자리에서 제자리 뛰기를 하며 말했다.

"딱 맞춰 왔네. 가자!"

"잠깐만, 어디를?"

"응? 강일이하고 얘기하고 온 거 아니야?"

분명 서강일이 불러서 온 거긴 한데 여기서 이운기를 만날 줄은 몰랐던 나는 대답을 보류했다. 내가 말을 않자 이운기는 스스로 아는 바를 설명했다.

"고3이 되기 전에 체력을 기르고 싶다고 했다며."

아하, 얘기가 그렇게 되어 있군. 그러고 보니 동창회 때 이운기가 체대 입시생이라는 얘기를 얼핏 들었다.

"맞아. 잘 부탁해."

이운기는 걱정 말라며 웃어 보이곤 헛둘헛둘 앞서 뛰어갔다. 나는 그 뒤를 종종걸음으로 따랐다. 잠시 후, 우리가 도착한 곳은 화원남고 뒤쪽 건물에 있는 체육관이었다. 문을 열자, 체육관 구석에서 줄넘기를 하고 있는 서강일이 보였다. 서강일은 땀에 젖은 얼굴로 눈인사를 해 왔다.

몸은 키우면 그만이라더니 이런 뜻이었어? 평소 운동을 즐기지 않는 나는 서강일을 마뜩잖게 쳐다보았다. 그사이, 이운기가 줄넘기를 가지고 와 내게 건넸다.

"그럼 시작해 볼까?"

나는 헤헤 웃으며 빠져나갈 구실을 만들어 보았다.

"저기, 너 운동해야 하는데 괜히 내가 방해하는 거 아닐까?"

"괜찮아. 어차피 난 체육 선생님이 꿈이거든. 너희를 내 첫 제자로 삼아 보지 뭐."

이운기가 사람 좋게 허허 웃으며 말했다. 어느새 줄넘기는 내 손에 쥐여 있었다.

그날 이후, 나는 매일 2시간씩 화원남고 체육관에서 서강일과 함께, 팔자에도 없는 특별훈련을 받게 되었다. 처음 일주일 동안 이운기는 내게 달리기와 줄넘기만 시켰다. 기초 체력을 잘 다지는 게 중요하다나. 이후 내가 부쩍 지루함을 표하자 낙법, 뿌리치기, 급소 차기, 멀리뛰기 등의 기술도 알려 주었다.

그동안 오빠는 완전히 자신의 페이스를 되찾았다. 서강일이 반지를 뺏겼다고 말한 당일, 문제의 그 반지를 끼고 나타나서는 여유롭고 능글맞은 본래의 모습대로 돌아왔다. 종일 소파에 누워 텔레비전을 보는 것도 그대로고, 주말에 서유일을 만나러 다니는 것도 그대로였다.

한 가지 달라진 점이 있다면, 그 사건 이후 어떤 경우에도 반지를 빼지 않는다는 것뿐이었다. 샤워를 할 때도, 설거지를 할 때도 절대로 반지를 빼지 않았다. 티를 내진 않았지만, 나를 경계하는 게 분명했다.

훈련을 시작한 지 열하루째 날, 나는 이 점을 강조하여 서강일에게 불만을 토로했다.

"이제 9월도 다 지나는데, 우리가 지금 이러고 있을 때야?"

"그럼 뭘 하고 있을 땐데?"

"빨리 반지를 되찾을 방책을 세워야지."

"계략은 한 방에 나오지만, 체력은 매일 꾸준히 쌓아야 한다니까. 가만있어서 뭐 해. 시간 있을 때 단련해 놓으라고."

"그러니까 왜 가만있냐고. 얼른 뭐라도 하자고."

"할 거야. 좀만 기다려 봐."

서강일은 마치 남의 일처럼 무심하게 굴었다. 자기만 믿으라더니, 자기야말로 무슨 믿는 구석이 있는 건지 알 수 없었다.

슬슬 인내심이 한계에 부딪치기 시작했다. 뭣도 모르고 도와주고 있는 이운기에게는 미안하지만, 이런 체력 훈련 따위가 의미 있을 리 없었다. 백날 노력해 봐야, 어차피 내가 오빠를 체력적으로 이길 순 없을 테니 말이다.

나는 이번 주 안에 이 지긋지긋한 훈련을 때려치우리라 마음먹고 트랙을 달렸다.

9월 마지막 주 금요일 8시, 학원이 끝나자마자 화원남고로 향했다. 두꺼운 점퍼를 입고 홀로 운동장을 가로질렀다. 빈 체육관에 들어서서는 스스로 불도 켰다. 천장에 열을 지어 달린 형광등이 팟, 팟, 하나씩 켜졌다.

남의 학교에서 뭘 하고 있는 건지. 나는 구석에 가방을 던져놓고 결심을 굳혔다.

'이 짓을 하는 건 오늘이 마지막이다.'

그리고 서강일을 기다리며 혼자 스트레칭을 했다. 다리를 양옆으로 쫙 찢고 바닥으로 고개를 숙여 팔을 쭉쭉 뻗었다. 머지않아 체육관 문이 홱 열리며 찬바람이 들어왔다. 귀신도 제 말 하면 온다더니. 나는 마지막으로 팔을 쭉 늘리고 고개를 들며 소리쳤다.

"야! 서강일."

그런데 문 앞에 서 있는 이는 서강일이 아니었다. 심지어 이운기도 아니었다. 완전히 예상 밖의 인물이었다. 나는 목소리를 누그러뜨리고 상대의 이름을 불렀다.

"윤성현?"

나와 시선을 교환한 윤성현이 인사도 없이 성큼성큼 다가왔다. 그리고 아무 설명 없이 내 주머니에 무언가를 슥 밀어 넣었다. 깜짝 놀란 나는 윤성현을 밀쳤다. 뒤이어 주머니에 담긴 물건을 꺼내려고 손을 넣었다. 그 순간, 윤성현이 내 팔목을 잡고 물건을 꺼내는 걸 저지했다. 그리고 속삭였다.

"운기 오기 전에 얘기할게. 지금부터 내 말 잘 들어."

윤성현은 내 귓가에 입술을 대고 빠르게 용건을 뱉었다. 잠시 후, 밖에서 누군가 다가오는 인기척이 들렸다. 이번에야말로 틀림없이 기다리던 사람이었다.

"미안, 버스가 늦는 바람에."

체육관 안으로 발을 디디며 이운기가 말했다.

"근데 왜 문을 열어 놨어?"

"어, 그게, 더워서."

나는 말도 안 되는 소리를 하며 이운기를 맞았다. 체육관 한가운데에서 혼자 덩그러니 스트레칭을 하며. 이운기가 주변을 휙 둘러보고 다시 질문을 던졌다.

"너 혼자야? 강일이는?"

나는 1분 전 윤성현이 떠나기 전에 한 말을 고대로 전했다.

"오늘 못 온대. 집에 일이 생겼다나 봐."

"그래?"

"응. 나 저기서부터 뛰면 되나?"

나는 이운기가 다른 의문을 품지 못하도록 곧바로 운동을 시작했다. 평소와 달리 적극성을 보이며 트랙을 뛰었다. 그러자 이운기가 보람 가득 찬 눈으로 나를 바라보았다. 선의의 오해니까 굳이 풀 필요는 없을 듯했다. 나는 이운기를 향해 미소 지으며, 평소보다 훨씬 빠른 속도로 달렸다. 그러면서 속으로 끊임없이 되뇌었다.

'윤성현, 미친 거 아니야?'

윤성현이 넣어 둔 물건이 복부 언저리에 닿으며, 그 자리만 맥이 빠르게 뛰는 것처럼 느껴졌다. 호흡이 가쁘고 심장이 쿵쿵 뛰는 것이 달리기 때문인지 흥분 때문인지 알 수 없었다.

그렇게 2시간의 훈련을 꽉 채우고 집으로 돌아가는 길에 연실이에게 전화를 걸었다. 그제야 속으로만 내내 되뇌었던 생각을 말로 뱉을 수 있었다. 나는 거리에서 큰 소리로 외쳤다.

"윤성현, 미친 거 아니야?"

갑작스러운 나의 고함에 연실이는 침착하게 대응했다.

"무슨 일인데?"

"걔가 아까 나를 찾아왔어. 갑자기 무섭게 나타나서 지 할 말만 하고 가 버렸다니까. 걔가 뭘 줬는지 알아? 수면제야, 수면제! 약을 아예 봉지째로 내 주머니에 넣고 갔다고. 오빠가 잠든 사이에 반지를 되찾으래. 대단하지 않냐? 어떻게 약을 쓸 생각을 했지? 무섭다, 무서워."

나는 몸서리를 치며 말했다. 하지만 연실이의 반응은 나와는 달랐다. 연실이는 까르륵 숨넘어가게 웃으며 말했다.

"와, 그걸 진짜 하겠대?"

"웃음이 나? 너도 알고 있었어?"

"응, 아까 전화해서 그런 소릴 하더라. 자기 사촌 형이 약사인데, 강일이가 불면증 병력이 있어서 수면제를 받아 올 수 있을지도 모른다고."

그 말인즉 서강일도 가담했다는 거네. 머리는 빌리면 그만이라더니, 그 빌릴 머리가 윤성현이었어? 어쩐지 뭘 믿고 그렇게 가만있나 했다.

내가 고개를 절레절레 흔드는 사이, 어느새 웃음을 멈춘 연실이가 본래의 차분한 목소리로 물어 왔다.

"그래서 넌 어쩔 거야?"

"뭘?"

"어쨌든 결행은 네가 하는 거잖아. 동의하는 거야?"

"글쎄. 좀 갑작스러워서. 아직은 윤성현 미쳤다는 생각밖엔 안 해 봤는데."

"그럼 제대로 생각해 봐. 네 '말대로' 도진 오빠가 진짜 미스터리한 인간이라면. 넌 이번에 그쪽에 제대로 싸움을 거는 꼴이니까. 그 반지 진짜 뺏을 가치가 있어? 아니, 그보다 할 수 있겠어?"

11

할 수 있겠냐고? 그럼, 할 수 있지. 싸움은 어차피 오빠의 등장과 함께 시작된 것이었다.

현재로서 오빠의 약점으로 추정되는 단서는 반지뿐이고, 한순간에 돌변했던 태도로 미루어 짐작건대 그 반지는 반드시 빼앗을 가치가 있었다. 일찍이 나는 오빠의 피를 보겠다며 칼을 들고 설쳤던 인간인데 수면제라고 못 쓸 이유가 없었다. 마음의 준비만 되면 언제든지 일을 결행할 것이었다. 내 말을 잠잠히 듣던 서강일이 물었다.

"그래서 그놈의 마음의 준비는 언제 되는 건데?"

"조만간 될 거야. 왜? 수면제에 유통 기한이 있나?"

"아니. 그런 건 아니야."

"그런 게 아니면 좀 기다려."

"저기, 무리다 싶으면 안 해도 돼. 다른 방법을 생각해 볼게."

"할 수 있다니까."

내 고집에 서강일이 굽혔다.

"알았다."

서강일은 전화를 끊으려다 말고 이렇게 덧붙였다.

"참, 운기가 너한테 수능 전까지 체력 관리 잘하라고 전해 달라더라."

이운기 생각보다 섬세하네. 이렇게 마음 써 주는 줄 알았으면 제대로 인사나 하고 훈련을 끝낼걸. 나는 고맙다고 전해 달라고 하고 전화를 끊었다.

서강일과 대화를 하는 건 사흘 만이다. 나는 휴대폰을 주머니 안에 넣었다. 그때, 주머니 안에 있던 수면제 봉지가 손끝에 닿았다. 주머니에 이걸 넣고 다닌 지도 사흘째다.

아직은 차마 이걸 써 볼 엄두조차 못 내고 있다. 딱 한 번 큰마음 먹고 봉지를 열었다가, 냄새를 맡고 관두었다. 봉지 안에서 아무런 냄새도 나지 않았기 때문이다. 그 사실이 소름 끼쳤다.

오늘은 가능하려나. 나는 터벅터벅 어둑한 아파트 단지 안을 가로질렀다.

저녁 7시, 귀가한 나를 맞아 주는 건 오늘도 변함없이 오빠였다. 오빠는 소파 위에 누워 텔레비전을 보고 있었다. 이제는 보지 않아도 알 수 있었다.

"또 축구야?"

나는 거실을 지나쳐 곧장 부엌으로 갔다. 일단 저녁부터 먹을 생각이었다. 무슨 일을 하든 밥심이 기본이니까 식탁에 밑반찬을 깔고 밥통을 열었다. 그런데 웬걸, 밥통이 텅텅 비어 있었다. 그러고 보니 오늘은 엄마 아빠가 부부 동반 모임에 간다고 한 날이었다. 옛날에는 아무리 약속이 있대도 내 끼니는 꼭 챙겨 주고 나갔는데 지금은 얄짤없었다. 역시 외동 시절이 좋았다. 나는 입을 삐죽이며 빈 밥통을 쾅 닫았다.

그때였다. 문득 번뜩이는 아이디어 하나가 섬광처럼 떠올랐다. 역시 큰일을 해야 할 땐 밥심보다 헝그리 정신인가. 나는 슬그머니 쌀통으로 시선을 옮겼다. 어쩌면 오늘은 가능할 것도 같았다. 그길로 곧장 거실로 나갔다. 그리고 소파에 누워 있는 오빠를 향해 한마디를 했다.

"우리 내기에서 지는 사람이 저녁밥 만들기로 하자."

소파에 누워 있던 오빠는 별 고민 없이 응했다. 내기 종목은

또다시 축구 스코어 맞히기였다. 결과는 볼 것도 없이 오빠의 승리였다. 오빠는 의기양양한 표정으로 나를 부엌으로 쫓아냈다. 모든 일은 계획대로였다.

부엌으로 돌아오자마자 머그잔에 물을 받고 수면제를 부었다. 약은 생각보다 쉽게 녹았다. 섬뜩하게도 알갱이 하나 안 남고 순식간에 사라져 무색무취의 물로 남았다. 이제 이 물로 밥을 지어 오빠에게 주면 끝이었다. 지금까진 약 탄 물을 직접 먹이기가 무서워서 감히 시도를 못 했는데 약 탄 밥이라면 조금 더 쉬울 것 같았다. 나는 각오를 다지며 머그잔을 식탁 위에 올려 두었다. 바로 그때, 오빠가 부엌으로 들어오며 말을 붙였다.

"아직도 쌀 씻어?"

괜히 움찔한 나는 대답 대신 고개만 끄덕였다. 그러자 오빠가 개수대 앞으로 바짝 다가와 쌀을 더 깨끗이 씻으라고 훈수를 두었다. 문득 오빠의 감시 아래 사과를 깎던 밤이 떠올랐다. 오늘도 그날처럼 허무하게 일을 그르치면 안 된다는 생각에 서둘러 오빠를 쫓았다.

"내가 알아서 해. 텔레비전이나 봐."

"알았어. 보지도 못하냐."

다행히 오빠는 순순히 물러났다. 순순하게 부엌을 지나쳐 거실로 향했다. 식탁 위에 올려 둔 머그잔을 들어 원샷 한 후에.

어?

말릴 새 없이 벌어진 일이었다. 나는 쌀 씻던 손을 멈추고, 다음 일을 지켜봤다. 오빠는 아무렇지도 않게 소파로 가서 누웠다.

5분 후, 거실에는 새근새근한 오빠의 숨소리가 가득했다. 살금살금 다가가 손목을 짚어 보니, 다행히 맥은 규칙적으로 뛰는 듯했다. 그냥 잠든 건가? 살짝 안도한 나는 오빠의 이름을 한번 불러 보았다.

"백도진."

하지만 오빠는 깨지 않았다. 좀 더 과감하게 손뼉을 짝 쳐 보았다. 그래도 깨지 않았다. 진짜 잠들었구나. 확신이 생긴 나는 화장실에서 조용히 비누 거품을 묻혀 왔다. 그리고 미동 않는 오빠의 새끼손가락에 거품을 발랐다. 잠시 후, 반지를 살살 돌리자 미끄덩거리는 거품을 타고 부드럽게 돌아갔다. 나는 반지를 위로 쑥 끌어 올렸다. 손가락 마디 부분에서 고비가 찾아왔지만, 못 넘을 정도는 아니었다. 살짝 힘을 주자 반지는 쏙 빠져서 바닥으로 툭 떨어졌다.

동시에 오빠의 눈이 번쩍 뜨였다.

오빠의 눈동자와 나의 눈동자가 정면으로 마주친 순간, 잠시 사고 회로가 정지했다. 하지만 어차피 더 생각할 것도 없었다. 나는 얼른 바닥에 떨어진 반지를 주워 들고 바깥으로 내달렸다.

복도로 나갔을 때, 마침 엘리베이터는 6층에 멈추어 있었다. 서둘러 버튼을 누르고 엘리베이터에 올라탔다. 그때 막 오빠가 집 안에서 나왔다. 약 기운 때문인지 몸을 심하게 휘청였다. 나는 그 기회를 놓치지 않고 닫힘 버튼을 연속으로 눌러 문을 닫았다.

엘리베이터는 지체 없이 아래로 내려갔다. 나는 빠르게 신발끈을 고쳐 매고 달릴 준비를 마쳤다. 그리고 3, 2, 1, 땡. 1층에서 문이 열리자마자 깜깜한 바깥을 향해 무작정 달렸다. 목적지는 없었다. 일단 잡히지 않는 게 목적이었다.

이운기의 훈련 덕분인지 발걸음이 가벼웠다. 하지만 안심할 수 없었다. 어쨌든 상대는 건장한 성인 남자. 역시나 계단을 통해 단숨에 1층까지 내려온 오빠는 아파트 단지를 벗어나기도 전에 무서운 속도로 따라붙었다.

집에서 3분 거리의 놀이터 앞에서 첫 위기가 찾아왔다. 오빠가 손을 뻗어 내 옷깃을 붙잡은 것이다. 그 순간, 나는 운기에게 배운 대로 옷을 반대로 비틀어 꺾었다. 그리고 정강이를 제대로 걷어찼다. 효과가 있었는지 오빠는 자리에 주저앉았다. 나는 그

틈을 놓치지 않고 빠르게 뛰어 거리를 벌렸다.

하지만 이도 잠시, 집에서 5분 거리의 초등학교 앞에서 곧바로 두 번째 위기가 찾아왔다. 나는 순간의 판단 미스로 초등학교 운동장 안으로 들어왔다. 이렇게 막다른 곳은 나에게 불리하겠단 생각이 뒤늦게 들어 후진하려 했지만, 오빠가 이미 따라붙은 뒤였기에 불가능했다. 별수 없이 나는 오빠를 뒤에 단 채로 운동장을 한 바퀴 빙 돌아 나가기로 했다. 그렇지만 이것이야말로 진정한 판단 미스였다. 운동장을 반 바퀴밖에 돌지 못했을 때, 오빠에게 다시 붙잡혔으니 말이다.

"잡았다."

자신의 몸을 날려 뒤에서 나를 끌어안은 오빠가 외쳤다. 그 외침과 동시에 우리는 함께 넘어져 운동장을 뒹굴었다. 몇 바퀴를 구른 후, 순식간에 내 위에 올라탄 오빠는 내 주먹을 억지로 벌려 반지를 빼냈다.

열 며칠간의 훈련의 결과는 고작 이거였다. 놀이터에서 운동장까지, 달랑 2분 더 버틴 것. 이럴 줄 알았어. 체력적으로 상대될 리가 없지.

나는 헉헉대며 자리에서 일어나 앉았다. 그리고 팔꿈치에 묻은 흙을 털어 냈다. 그러는 사이, 오빠는 어느새 철봉 위로 훌쩍 올라가 있었다. 오빠의 머리 위로 뜬 보름달이 밝고 커서 거슬렸다. 한껏 달빛을 받은 오빠는 나를 내려다보며 활짝 웃었다. 상황이 이쯤 되니 더 사릴 것도 없었다. 나는 단도직입적으로 물었다.

"너 정체가 뭐야?"

"네 오빠지."

"웃기지 마. 어차피 우리 둘뿐이잖아."

나는 오빠의 눈을 쳐다보고 다시 한번 물었다.

"진짜 정체가 뭐냐고?"

그러자 오빠가 손안에서 반지를 이리저리 굴리며 헤실헤실 웃었다. 그리고 내게 되물었다.

"뭐라고 생각해?"

나는 조금의 망설임도 없이 솔직하게 대답했다.

"시간 이동자."

내 대답을 들은 오빠의 입꼬리가 씩 올라갔다. 그 미소가 하도 야릇하여 내가 제대로 답한 건지 아닌 건지 알 길이 없었다. 잠시 후, 오빠는 뜻밖의 제안을 해 왔다.

"너도 한번 해 볼래?"

"뭐를?"

"시간 이동."

말을 마치자마자 오빠는 내 쪽으로 반지를 던졌다. 나는 얼결에 반지를 양손으로 받았다.

"이걸로 어쩌라고."

"그걸 아무 손가락에나 끼고, 왼쪽으로 다섯 바퀴를 돌려."

"그다음엔?"

"이 운동장을 왼쪽으로 다섯 바퀴만 돌아 봐."

나는 지기 싫은 마음에 일단 반지를 약지에 꼈다. 그리고 천천히 다섯 바퀴를 돌렸다. 하지만 정말로 지고 싶지 않았음에도, 차마 다음 지시는 따르지 못했다. 내 얼굴에 숨길 수 없는 두려움이 떠올랐다. 이를 눈치챈 오빠가 한차례 폭소를 터트린 뒤 부드럽게 말했다.

"걱정 마. 이상한 곳으로 가는 일은 없을 거야. 장담할게."

그러고 보니 옛날에 이런 영화가 있었다. 한 소녀가 달려서 시간을 되돌리는 영화. 처음 그 영화를 봤을 땐, 그저 감독의 상상력에 감탄했었다. 그런데 오밤중에 운동장을 세 바퀴째 달리다 보니, 어쩌면 그 감독 어딘가에서 정말로 백도진이나 백도진 같은 인간을 만나 나처럼 생고생을 했던 게 아닌가 하는 생각이 들었다. 그 순간, 오빠가 불같이 소리쳤다.

"다른 생각 하지 마. 달리기에만 집중해."

귀신같은 놈. 나는 힘겹게 다리에 힘을 주었다. 아직 반밖에 못 돌았는데, 벌써 다리가 후들거리며 말을 듣지 않았다. 이미 전속력으로 달리고 난 뒤였으니 무리도 아니었다. 하지만 오빠는 봐주지 않았다.

"그 속도로는 안 돼. 더 빨라야 해."

오빠는 편하게 철봉 위에 걸터앉아 지시를 내렸다. 나는 오빠의 뜻대로 속도를 높였다. 목에서 피 맛이 올라오며 절로 숨이 거칠어졌다. 여지없이 다음 잔소리가 들렸다.

"숨 몰아쉬지 마. 페이스 유지해서! 천천히."

오빠는 끊임없이 나를 다그쳤다. 속도가 늦춰지면 늦춰지는 대로, 숨을 거칠게 쉬면 거칠게 쉬는 대로. 어찌어찌 하라는 대로 맞추어 하다 보니, 어느새 끝날 것 같지 않던 달리기의 끝이 보이기 시작했다. 나는 마지막으로 있는 힘, 없는 힘을 쥐어짜 내 겨우 다섯 바퀴를 채웠다. 그리고 출발지였던 종착지에 도착하자마자 쓰러지듯 뻗었다.

눈앞이 뱅뱅 돌면서 컴컴한 하늘이 소용돌이치듯 보였다. 정신이 온전히 돌아오기를 기다리며 한참을 땅바닥에 누워 있었다. 그러다 겨우 쉰 목소리로 말했다.

"뭐야. 아무 일도 없잖아."

그러자 그때까지 철봉 위에 있던 오빠가 아래로 폴짝 내려왔다. 그러고는 내 머리맡에 쭈그리고 앉아, 내 이마 위에 손을 얹었다. 여느 사람과 다름없는 따뜻한 손. 나는 그 손길을 피하지 않고 눈만 질끈 감았다.

바로 그때였다. 이마 위에서 불꽃같은 통증이 느껴졌다.

"아."

짧은 신음과 함께 눈을 떴다. 그리고 눈을 뜨자마자 무슨 상황인지 파악했다. 오빠가 내게 딱밤을 먹인 손을 흔들었다.

"시간 이동자 같은 소리 하고 있네."

"뭐야? 너 날 속인 거야?"

"나도 놀랍다. 진짜로 속을 줄이야."

오빠는 고개를 절레절레 흔들며 내게서 반지를 빼앗아 본인의 새끼손가락에 도로 꼈다.

"이 반지는 옛날에 선물받은 거야. 개인적으로 의미가 있을 뿐, 아무것도 아니라고. 쓸데없는 일에 힘 빼지 말고 공부나 해. 한 번만 더 가져가 봐라."

마지막까지 협박을 시전한 오빠는 혼자 유유히 운동장을 빠져나갔다. 자신의 물건도 되찾고, 나를 골리기까지 했으니 뒷모습만 봐도 아주 기세등등했다.

반면, 여러모로 형편없이 패한 나는 바닥에서 일어날 힘도 없었다. 오히려 기왕 자빠진 거 아주 자빠져 버리자는 심정으로 대자로 누웠다. 목 끝에서 가시지 않는 피 맛을 느끼며, 끝도 없는 자괴감에 빠져들어 갔다.

"도대체 지금까지 뭘 한 거야."

오늘따라 유독 노랗게 발하는 달이 어디라도 숨고 싶은 나를 환하게 내리비췄다.

4 선무당의 부적

소화기에는 안전핀이 있다

12

어릴 때 읽은 위인전에 이런 말이 있었다.

'누구에게나 2,400번의 기회가 있다.'

이 말을 남긴 사람은 2,399번의 실패를 딛고 2,400번 만에 전구를 만들어 낸 에디슨이다. 에디슨은 몇 번을 실패하든 포기하지 않으면 언젠가는 성공할 수 있다는 메시지를 후세에 남겼다.

내가 그 뜻을 기려, 그의 반의, 반의, 반만이라도 닮을 수 있었다면 좋을 뻔했다. 그랬다면 적어도 300번은 다시 일어설 수 있었을 테니 말이다. 하지만 유감스럽게도 나는 한 번의 실패에도 못 일어나는 인간이었다.

벌써 일주일이 넘었다. 오빠와의 1차 전쟁 '반지 쟁탈전'이 막을 내린 지. 그런데 나는 여전히 그날의 여파에서 벗어나지 못했다. 나의 지원군들은 각각 책임을 나누어지며 위로를 건넸다. 가장 먼저 연실이가 이렇게 말했다. '미안해, 내가 괜히 시간 여행자 얘기를 꺼낸 바람에.' 이에 질세라 서강일도 이렇게 말했다. '나야말로 미안하다. 내가 반지를 잘 간수했어야 하는 건데.' 빠지지 않고 윤성현도 이렇게 말했다. '내 책임이 가장 크다. 괜히 판을 키웠어.'

이런 의리 있는 친구가 셋이나 있다니 참으로 행복한 일이 아닐 수 없었다. 하지만 행복은 마음속에만 있을 뿐, 현실은 언제나 더 냉혹한 법이었다.

그날 밤 이후, 나는 되도록 오빠를 마주치지 않으려고 전전긍긍했다. 일부러 집에 늦게 들어갔고, 집에 있을 때도 웬만하면 방에서 나오지 않았다. 아무래도 약까지 먹였으니, 오빠가 나를 적대하리라는 짐작 때문이었다. 그런데 웬걸, 그러거나 말거나 오빠의 행동은 크게 달라지지 않았다. 오빠는 전과 같은 생활을 유지했고, 전과 같이 나를 대했다.

며칠 만에야 나는 그 이유를 납득했다. 이유는 단순했다. 오빠는 아직 나를 적으로 간주하지 않은 것이었다. 이제까지의 내 모든 노력은 그저 어린 동생의 깜찍한 반항으로 치부된 듯했다. 그 사실이 묘하게 불쾌했다.

그래서 나도 더는 피해 다니지 않기로 했다. 보란 듯이 전처럼 행동하며, 그 오만한 생각을 뒤집어 버리기 위한 비책 마련에 나섰다. 목표는 오로지 하나. 하루라도 빨리 오빠의 정체를 까발리고, 이 집에서 내쫓는 것이었다.

하지만 마음이 앞선다고 없던 수가 갑자기 생기는 건 아니었다. 오히려 생각을 하면 할수록 이것만이 확실해졌다. 나는 정말 오빠에 관해 아무것도 모른다. 정체도, 능력도, 약점도, 아무것도 말이다. 유일하게 찾아낸 단서가 반지였는데, 이 역시 아무것도 아니란 게 판명 났으니 더 노려 볼 것도 없었다.

며칠 밤을 새우고, 머리를 굴려도 별다른 수가 떠오르지 않자, 남은 할 일이라곤 자책뿐이었다. 나는 스스로의 관찰력과 통찰력에 통탄했다. 그러면서 문득 2,399번이나 다른 방법으로 재도전할 만큼 아이디어가 넘쳤던 에디슨을 존경하게 되었다.

10월 둘째 주 월요일, 나는 홀로 운동장 스탠드에 앉아 있었다. 부쩍 바람이 차진 탓에, 볼이 빨갛게 얼어 가는 게 느껴졌다. 그래도 머리를 식히기에는 시끌시끌한 교실보다 이곳이 나았다. 수업 시간에도 쉬는 시간에도 말없이 혼자 계략을 짜다 보니 머리가 터지기 직전이었다. 나는 점심시간 종이 치자마자 조용히 운동장으로 나와 스탠드 구석에 앉았다.

운동장에는 학생들이 많지 않았다. 아무래도 날이 춥다 보니 다들 교실에 머무는 듯했다. 몇몇 애들만이 운동장 한가운데서 발야구를 하고 있었다.

나는 특별히 무언가를 볼 의지 없이 시선을 아무 곳으로나 던졌다. 그러다 무심결에 운동장 가장자리를 걷고 있는 한 여자에게 시선을 오래 두었다. 교복을 입고 있지 않아 눈에 띄어서였다. 학부형이라기엔 너무 젊어 보여 졸업생이겠거니 했다.

그때, 정면을 보던 여자가 갑자기 내 쪽으로 고개를 돌렸다. 짧은 순간, 눈이 마주쳤다. 먼저 실례를 범한 나는 자연스럽게 시선을 피했다. 그런데 여자는 그러지 않았다. 계속 나를 쳐다보다 천천히 다가왔다. 조용히 쉬고 싶어서 나왔더니 하필이면. 나는 여자가 스탠드 바로 앞에 올 때까지 모르는 척했다. 하지만 여자가 입을 여는 순간까지 모르는 척할 순 없었다.

"저기요."

아담한 체구에 걸맞은 귀여운 목소리가 들려왔다. 나는 마지못해 시선을 맞추었다. 그러자 여자가 용건을 밝혔다.

"혹시 교무실이 어딘지 아세요?"

다행히 별 이야기는 아니었다. 나는 건너편 건물을 가리켰다.

"저기 2층이에요."

"아, 고마워요."

여자는 수줍게 웃으며 돌아섰다. 그렇지만 몇 걸음 안 가 다시 돌아와 말했다.

"저기, 우리 전에 본 적 있지 않나요?"

"글쎄요. 모르겠는데."

"그래요? 전 여기 2학년 학생 손혜수의 언니인데……."

아, 그제야 여자가 누구인지 감이 왔다. 나는 자리에서 일어나 인사했다.

"맞아요. 뵌 적 있어요. 못 알아 봬서 죄송해요. 혜영 언니 맞으시죠?"

여자가 얼굴을 붉히며 고개를 끄덕였다. 혜수 언니, 손혜영. 중학교 졸업식 때 한 번 인사한 적이 있다. 내가 남의 언니의 이름까지 기억하고 있는 이유는 졸업식 날 들은 이야기 때문이다. 그날 나는 혜수가 어릴 때 부모님을 잃고, 언니와 단둘이 살고 있는 줄 처음 알았다. 혜영 언니는 혜수의 유일한 가족이자 보호자였다. 그러니까 이 언니가 지금 학교에 있다는 건 졸업생이 아닌 보호자 자격으로일 것이다.

그 사정에 관해서는 짐작 가는 바가 있었다. 그저께 언어 시간에 혜수가 휴대폰을 가지고 놀다 선생님의 뚜껑을 제대로 연 사건이 있었다. 그 선생님은 원래 성격이 고약한 편인데, 혜수가 휴대폰 문제로 심기를 건드린 적이 한두 번이 아니었기에 일이 커졌다. 간만에 내 짐작이 맞았던 건지 혜영 언니는 이렇게 말했다.

"맞아요. 어쩐지 낯이 익더라니. 혜수 친구면 알겠네요. 휴대폰 문제 때문에 왔어요."

"그 선생님이 좀 유난이셔서."

"괜찮아요. 어차피 혜수가 휴대폰 많이 하는 건 알고 있었어요. 그래도 SNS 스타라고도 하고, 그 일을 좋아하는 것 같아서 그냥 놔두었는데 결국 저를 여기까지 부르네요. 수업 시간에만 좀 자중해 주었으면 좋았을 텐데."

언니가 눈을 찡긋하고 웃었다. 나도 따라 미소를 보였다. 그러자 언니가 웃음기를 머금은 그대로 물었다.

"추운데 왜 혼자 이러고 있어요? 머리 식힐 일이라도 있어요?"

언니의 친절함에 홀린 나는 별생각 없이 고민을 털어놓았다.

"오빠 때문에요."

"오빠요?"

그 순간 갑자기 언니의 얼굴에서 웃음이 싹 사라졌다. 미세하지만 눈썹이 꿈틀거리기도 했다. 돌변한 태도에 당황한 나는 급하게 하려던 말을 삼켰다. 하지만 곧바로 이어진 질문에 답하지 않을 순 없었다.

"오빠 이름이 뭐예요?"

"백도진요."

얼결에 대답한 나는 침을 꿀꺽 삼켰다. 언니는 정색을 하며 혼잣말로 오빠의 이름을 중얼거렸다.

"백도진이라."

그러더니 다시 입꼬리를 올리고 해사하게 웃었다.

"참 가족이 문제네요. 아무튼 만나서 반가웠어요. 저는 교무실에 가 봐야 해서. 추울 텐데 얼른 교실로 들어가요."

그리고 서둘러 가던 길을 갔다. 멀어지는 언니의 뒤통수를 바라보며 나는 고개를 갸웃했다. 갑자기 왜 저런 반응을 보이는지 알 수 없었다. 혜수 못지않게 혜영 언니도 좀 특이한 구석이 있는 것 같았다. 어쨌든 슬슬 볼이 따갑던 참인지라 실내로 들어가기로 했다.

점심시간이 끝나기 10분 전, 나는 교실로 돌아왔다. 자리에 앉자 미주가 물었다.

"어디 갔다 와?"

"산책."

"할매냐? 혼자서 산책은."

미주는 혀를 쯧쯧 차며 가방에서 담요를 꺼냈다. 그리고 담요를 책상에 깔며 말했다.

"그럼 이따 보자."

말을 마치자마자 미주는 책상 위에 엎드렸다. 참 대단한 친구다. 나는 친구의 취침을 방해하지 않고 5교시 책을 펼쳤다.

그때 앞문이 벌컥 열렸다. 선생님인 줄 알고 앞을 보았던 반 친구들이 아닌 줄 알고 야유를 쏟았다. 막 교실로 들어온 이는 혜수였다.

혜수는 아랑곳 않고 자기 자리에 가서 앉았다. 그리고 자리에 앉기 무섭게 뒤를 돌아 나를 보았다.

"너 우리 언니 만났지?"

대뜸 던져진 그 말에 나는 고개를 끄덕였다. 그러자 혜수가 내 책상 위로 노란 봉투를 척 올리고 말했다.

"언니가 너한테 주래."

"이게 뭔데?"

"나도 잘 몰라. 근데 아마 부적일 거야."

나는 눈을 동그랗게 뜨고 깜빡였다. 부적일 거라고? 부적이라는 게 처음 보는 사람들끼리 식후 사탕처럼 막 주고받는 물건이었던가? 나는 차마 봉투를 집을 엄두를 내지 못하고 가만히 있었다. 그러자 혜수가 재빨리 설명했다.

"우리 언니는 무당이야. 그래 봤자 선무당이라 다른 일로 먹고 살지만. 아무튼 이 부적을 평소에 그 사람이 자주 있는 장소에 숨겨 두래. 침대나 책상 밑 같은 곳에."

"그 사람이라니?"

"이렇게 얘기하면 네가 알아들을 거라고 했어."

혜수는 여기까지 말하고는 고개를 앞으로 돌렸다. 곧이어 진짜 선생님이 들어오는 통에 더 자세한 걸 묻지 못했다. 하지만 더 묻지 않아도 확실히 알아들을 수 있었다. 그 사람이 누구인지. 나는 풀리지 않는 의문들을 간직한 채 노란 봉투를 가방 깊숙이 숨겼다.

어쩌면 이것이 내가 그토록 바라고 바라던 비책이 될 수도 있겠단 직감이 들었다.

13

솔직히 나는 무속신앙을 믿지 않는다. 장난삼아 타로점을 본 적은 있지만 진심으로 점괘를 믿은 적은 없다. 여기에는 두 할머니의 영향이 작용했다. 대형 교회의 권사님인 나의 친할머니는 독실한 크리스천이다. 50년 동안 한 번도 십일조를 거른 적이 없다. 반면, 최근에 대학교수직을 내려놓은 나의 외할머니는 무신론자이다. 믿을 신을 택하지 못하여 무교라는 애매한 위치를 택한 것이 아니라 완벽하게 신을 배척하는 경지다.

만일 내가 종교적인 노선을 잡는다면 둘 중 하나겠거니 생각했다. 하느님을 따르거나 무의 존재를 믿거나. 무속신앙은 선택지에 없었다. 그래서일까? 오빠를 대적하는 동안, 나는 단 한 번도 주술적인 힘에 의존하려는 생각을 해 보지 않았다. 의도적으로 그런 게 아니라, 그냥 고려를 해 본 적이 없다. 무당이라든지 부적이라든지 하는 것들을 믿지 않으니까 말이다.

하지만 선무당에게서 부적을 받은 이후, 내 심경의 변화가 생겼다. 오빠에게 먼저 일어난 변화 때문에.

나는 혜수 말대로 부적을 오빠의 베개 속에 숨겼다. 사실 오빠가 가장 많이 누워 있는 장소는 소파지만, 재수 없게 엄마나 아빠에게 악영향이 가서는 안 되니까 혹시 몰라 베개에 감추었다. 그 이튿날부터, 오빠의 안색이 눈에 띄게 안 좋아졌다. 처음에는 잔기침을 하고 코를 훌쩍이는 정도더니 그저께엔 온종일 구토를 했고, 어제는 완전히 자리에 누워 버렸다.

시름시름 앓는 오빠를 주시하던 엄마는 다음 날 학교에 있는 내게 연락해 약을 사 오라는 심부름을 시켰다. 종례가 끝나고 전화를 받은 나는 태연하게 그러겠다고 했다. 하지만 속으로는 흥분했다. 오빠의 등장 이래, 몸 상태가 안 좋아진 건 이번이 처음이었다. 우연이라기엔 타이밍이 너무 잘 맞아떨어졌다.

나는 이어폰을 끼고 교실을 떠나는 혜수를 쳐다보며 생각했다. 정말 그 부적과 관련이 있나? 그때, 가방을 챙겨서 내 책상으로 다가온 연실이가 말했다.

"방금 엄마 전화였지? 약 사 오란 거 맞지?"

귀신같은 것. 나는 맞다는 뜻으로 고개를 한 번 끄덕였다. 우리는 반 친구들이 교실을 떠나는 모습을 지켜보며 말을 아꼈다. 그리고 잠시 후, 마침내 단둘이 남게 되었을 때 마음 놓고 대화를 재개했다. 연실이가 빈 교탁을 쳐다보며 말했다.

"정말 부적 때문이라고 생각해?"

"그것 말곤 달리 한 일이 없으니까."

"그렇긴 하지."

연실이가 고개를 끄덕이며 입술을 앙다물었다. 그러고는 한 손으로 귓불을 매만졌다. 내가 익히 알고 있는 신호. 연실이가 무언가를 떠올렸을 때 하는 행동.

"뭔데? 생각나는 거 있으면 말해 봐."

내가 판을 깔아 주자 연실이는 주저하며 말을 꺼냈다.

"그게, 아픈 사람한테 너무하긴 한데……."

"그냥 말해 봐. 어차피 사람도 아닐 텐데 뭐."

"그럼 이참에 확 더 밀어붙여 보는 건 어때? 아예 극한 상황으로."

"왜?"

"왜는. 어떻게 나오는지 보려고 그러지. 우린 아직 도진 오빠의 정체도 능력도 모르잖아. 원래 모든 생물은 극한 상황일 때 본색이 나오기 마련이야. 몸이 갑자기 안 좋아진 게 부적 때문인지 아닌지 확실하진 않지만, 지금이 도진 오빠의 본모습을 볼 기회라는 건 확실하지."

솔깃한 제안이었다. 내가 구미가 당기는 표정을 짓자 연실이가 기세를 몰아 물었다.

"어때? 도진 오빠가 어떤 상황에서 가장 자극받을 것 같아?"

자극이라. 그러고 보니 내내 신경 쓰이는 일이 하나 있긴 했다.

"그 여자."

"누구?"

"서유일 말이야. 강일이 누나. 아무리 생각해도 그 둘 그냥 친구가 아닌 것 같아. 잠깐이었지만, 카페에서 보았을 때 분위기가 심상치 않았어. 주말마다 만나는 것도 그렇고."

"둘이 항상 주말마다 만났다면 내일도 만나겠지?"

"내일이 토요일이니까. 이변이 없는 한 그렇겠지."

그 말에 연실이의 눈이 반짝였다. 처음엔 믿는 셈만 치겠다더니, 어느새 이 상황을 꽤 즐기고 있는 듯 보였다. 이를 증명하듯 곧 연실이의 얼굴에 사악한 미소가 떠올랐다.

"그럼 슬슬 2차 전쟁 준비를 시작해 볼까?"

10월 둘째 주 토요일 오후 1시, 오빠가 부엌 옆 방에서 나왔다. 밤새 한숨도 못 잤는지 얼굴이 푸석하고 핏기 없이 창백했다. 하지만 청남방을 입고, 단정하게 머리를 정리한 것이 누가 봐도 나갈 채비를 마친 차림새였다.

나는 오빠보다 빨리 현관으로 뛰어나갔다. 한발 늦게 현관에 서게 된 오빠는 운동화를 꺼내 신으며 나를 위아래로 훑어보았다. 높이 묶은 머리, 스트라이프 티셔츠, 네이비 치마. 누가 봐도 나 역시 나갈 채비를 마친 사람이었다.

"너 어디 가?"

오빠가 물었다. 나는 곧바로 대답했다.

"화원역 사거리."

그곳은 우리 동네 유일한 번화가다. 음식점, 카페, 노래방, 오락실, 각종 프랜차이즈들이 없는 것 없이 들어와 있는 거리다. 나는 오빠에게 같은 질문을 되돌려 했다.

"오빠는 어디 가?"

오빠는 짤막하게 답했다.

"나도 거기."

역시. 이 동네에서 갈 데라곤 거기밖에 없지. '의도치 않게' 목적지가 같아진 우리는 함께 집을 나와 버스를 탔다. 버스 안에 남은 자리는 하나뿐이었다. 오빠는 말없이 내 등을 떠밀었다. 나는 거절하지 않고 자리에 앉았다. 그때 하필 식은땀으로 흠뻑 젖은 오빠의 목덜미가 눈에 들어왔다. 이렇게 되면 인간 된 도리로 묻지 않을 수 없었다.

"앉을래?"

오빠는 고개를 젓고는 양손으로 버스 손잡이를 붙잡았다. 그리고 눈을 꼭 감았다. 순간 미안한 마음이 들었지만, 얼른 마음을 바꾸어 먹었다. 아파 보인다고 마음 약해지면 안 된다. 이 모든 여정은 모든 것을 순리대로 돌려놓기 위한 필수적인 과정일 뿐이다. 나는 오빠에게 당했던 날 밤을 일부러 되새기며, 되도록 오빠 쪽을 쳐다보지 않았다. 몽글몽글 솟아나는 죄책감을 애써 짓이기며 창밖으로 고개를 돌렸다.

약 15분 뒤, 버스는 사거리 초입에 도착했다. 나는 오빠와 함께 번화가 한복판으로 들어갔다. 걷는 방향으로 보아 지난번 서유일을 만났던 카페로 가는 듯했다. 역시나 머지않아 오빠의 발걸음이 멈춘 곳은 'Limited'라는 카페 앞이었다. 오빠는 나중에 보자며 먼저 안으로 들어갔다. 나는 다른 길로 가는 척하다 맞은편 프랜차이즈 카페로 향했다.

다행히 프랜차이즈 카페의 창가 자리는 비어 있었다. 아이스초코 한 잔을 마시며 여유롭게 창밖을 주시하는 시간은 지루하지 않았다. 그럴 새도 없이 기다리던 사람이 모습을 드러냈기 때문이다.

긴 머리를 휘날리며 나타난 여자, 서유일.

키가 크고 가녀린 서유일은 멀리서부터 존재감이 확실했다. 흡사 모델 같았다. 나는 창문에 바짝 붙어 서유일이 'Limited' 카페 안으로 들어가는 모습을 지켜보았다. 그리고 곧이어 서유일을 뒤따르는 남자를 발견했다.

스냅백을 쓰고 미행 중인 남자, 서강일.

서강일은 굉장히 부자연스러운 걸음으로 서유일의 뒤를 바짝 쫓고 있었다. 마치 '나 미행 중이에요.'를 이마에 써 붙인 로봇 같았다.

'설마 지금까지 저런 식으로 미행해 온 거야?'

서유일이 들어간 카페 간판을 확인한 서강일이 직각으로 방향을 꺾어 내가 있는 카페로 들어왔다. 나는 다가오는 서강일에게 노골적으로 한심스러운 눈길을 던졌다.

"왜?"

미행은 못 해도 눈치는 있는 서강일이 물었다.

"아니야."

나는 빨대로 아이스초코를 쪽 빨며 쓸데없는 말을 삼갔다. 대신 다른 질문을 던졌다.

"그나저나 그 차림은 뭐야? 안 추워?"

이번 주부터 기온이 부쩍 떨어졌는데 서강일은 무릎이 훤히 드러나는 청바지를 입고 있었다. 어울리지도 않는 찢어진 청바지에 해골이 그려진 점퍼. 사복을 입은 모습을 많이 보진 않았지만, 이 차림은 평소 스타일과 달라도 너무 달랐다.

"추운데 어쩔 수 없었어. 오늘 콘셉트 때문에."

"오늘 콘셉트가 뭔데? 설마 깡패, 이런 거 아니지?"

나는 장난으로 말했다. 하지만 서강일은 심각하게 답했다.

"맞아. 너희가 극한 상황을 만들라며."

순간 나는 할 말을 잃었다. 어젯밤 내내 윤성현이랑 시나리오를 짰다더니 겨우 이거야?

"커플을 협박하는 깡패? 너무 고전적이지 않아?"

내가 못 미더운 표정을 짓자 서강일이 덧붙였다.

"걱정 마. 완벽히 짰으니까."

이렇게까지 자신만만하니 더 이상한데. 탐탁지 않았지만 할 수 없었다. 준비할 시간이 하루밖에 없었으니 믿고 가는 수밖에.

"그래, 콘셉트는 그렇게 잡았다 치고, 조연은 누구야? 너 혼자

할 순 없잖아. 설마 윤성현?"

"에이, 그 샌님 새끼를 어디다 써."

"그럼 이운기?"

"아니, 운기는 요새 바빠서 안 돼."

"그럼 누군데?"

"이따 보면 알 거야."

서강일은 계속 자신 있는 태도를 유지했다. 그리고 테이블 위에 놓여 있던 내 아이스초코를 한 모금 마시곤 자기도 이걸로 주문해야겠다며 카운터로 향했다.

14

아이스초코 두 잔이 비워지는 데는 오랜 시간이 걸리지 않았다. 나와 서강일은 한참 전에 잔을 비우고, 맞은편 'Limited' 카페를 응시했다. 기다리던 두 사람이 카페 밖으로 나오는 데까지는 정확히 1시간이 걸렸다.

오후 2시 반, 백도진과 서유일은 거리로 나와 역 방향으로 걸어갔다. 이를 확인한 나는 서강일과 한차례 하이 파이브를 나누고는 혼자서 그 둘의 뒤를 밟았다. 미행을 단독으로 감행하는 이유는 두 가지였다. 첫째, 혼자가 눈에 덜 띄니까. 둘째, 일을 벌이기 전 서강일이 접촉해야 할 상대가 있어서. 뭐, 어차피 서강일의 형편없는 미행 실력을 알게 된 터라 그다지 아쉽지 않았다.

나는 앞서 걷는 오빠, 언니와 적당한 거리를 유지하며, 최대한 자연스럽게 걸었다. 옷차림은 이미 한참 전에 바꾼 뒤였다. 스트라이프 티셔츠는 무늬 없는 티셔츠로, 네이비 치마는 청바지로, 높이 묶었던 머리카락은 풀어 헤쳐서 서강일의 스냅백을 눌러썼다. 이만하면 완벽한 변신이었다.

10분 후, 두 사람이 도착한 첫 번째 장소는 돈부리 가게였다. 일전에 친구들과 함께 갔던 바로 그 맛집이었다. 동네가 좁다 보니 친구가 거기서 거기인 만큼, 맛집도 거기서 거기였다. 애매한 시간이라 대기 줄은 없었다. 두 사람은 곧장 가게 안으로 들어갔고, 나는 맞은편 편의점으로 갔다. 아침부터 아무것도 먹지 못한 통에 배 속이 요동쳤다. 꼬르륵 소리 때문에 들키면 억울할 테니 급한 대로 삼각김밥을 먹으며 통유리창 너머로 돈부리 가게를 감시했다. 그로부터 30분 뒤, 두 사람이 가게 밖으로 나왔다. 나는 약간의 시간 차를 두고 편의점에서 나왔다.

약 15분을 걸어 도착한 두 번째 장소는 노천카페였다. 주류를 함께 파는 그 카페에서 두 사람은 맥주를 시켰다. 어쩐지 금방 일어날 것 같지 않아 카페 안으로 따라 들어갔다. 그리고 가장 으슥한 자리에 앉아 프라페를 시켰다. 거리 때문에 두 사람이 나누는 대화가 들리지 않았지만 상관없었다. 어차피 내게 주어진 임무는 두 사람의 위치를 파악하는 것뿐이었으니까. 정확히 1시간 40분 뒤, 두 사람이 자리에서 일어났다. 나는 얼굴을 가리고 있던 전시용 잡지를 내려놓고 자연스럽게 뒤를 따랐다.

이후 10분에 걸쳐 도착한 세 번째 장소는 사거리 정중앙에 있는 오래된 공연장이었다. 웃음꽃을 피우며 공연장 앞에 도착한 두 사람은 계단을 통해 지하로 내려갔다. 계단 앞에는 커다란 뮤지컬 홍보 간판과 함께 표를 파는 부스가 있었다. 나는 부스 안의 직원에게 말을 걸었다.

"저기요, 이 공연 언제 끝나요?"

"지금 시작했으니까 앞으로 2시간 후에 끝나요."

"그럼 공연이 끝나고 나오는 퇴로는 여기뿐인가요?"

"네."

알아야 할 것만 확인한 뒤 표는 사지 않고 물러났다. 그리고 공연장 맞은편 골목에 쭈그려 앉았다. 온종일 긴장한 채 숨어 다녔더니 어깨가 뻣뻣했다. 다행히 앞으로 2시간은 여유를 부려도 될 것 같았다. 나는 휴대폰을 꺼내 양심적으로 인터넷 강의를 보았다. 5분 동안. 그리고 다음 1시간 동안은 유혹에 따라 드라마를 보았다.

기왕 유혹에 넘어간 거 2시간 내내 드라마를 보면 되지, 왜 굳이 1시간만 보았냐면, 어쩔 수 없었다. 갑자기 주위가 시끄러워졌기 때문이다.

소란은 한 남자가 이렇게 소리친 직후 시작되었다.

"불이야!"

남자의 외침을 끝으로 공연장 지하에서 사람들이 우르르 몰려나왔다. 대학생 남녀, 교복 입은 학생, 중년 부부 등 다양한 사람들이 쿨럭이며 위로 올라왔다. 드라마를 보다 뜻밖의 상황에 직면한 나는 서둘러 귀에서 이어폰을 뺐다. 그리고 무언가에 이끌리듯 천천히 공연장으로 향했다. 그러자 지나가던 한 아주머니가 내 팔뚝을 붙들고 저지했다.

"아유, 학생! 어디 가! 불났단 얘기 못 들었어?"

"그렇지만……."

그렇지만 그곳에 가야 할 이유를 설명할 수 없었다. 나는 황당하게 검은 연기가 피어오르는 공연장 입구를 눈에 담았다. 나뿐만이 아니라 지나가던 많은 행인들이 걸음을 멈추고 지켜보았다. 곧 "신고했어?", "다친 사람 없어?" 하는 소리가 주변을 가득 메웠다. 잠시 후, 몇몇 용기 있는 사람들이 직접 구호와 진화에 나섰다. 개중 가장 적극적인 사람은 주변 가게의 점주로 보이는, 소싯적에 힘깨나 썼을 것 같은 아저씨였다. 그는 어디선가 소화기를 잔뜩 들고 와 주변 사람들에게 나눠 주며 소리쳤다.

“이렇게 안전핀을 뽑아요. 침착하게 수평으로만 뽑으면 돼요. 손잡이를 이렇게 잡고 꽉 움켜쥐면 끝이에요. 바람을 등지고 이렇게 뿌려요!”

아저씨의 지시에 따라 몇몇 남자들이 불을 진압했다. 머지않아 요란한 사이렌 소리와 함께 소방관들이 나타났다. 소방관이 투입되자 상황은 빠르게 정리됐다. 검은 연기는 순식간에 사그라들었고, 부상자들은 적절한 의료 조치를 받았다. 옹기종기 모여 있던 행인들은 뿔뿔이 흩어졌고, 주변 가게 상인들도 자신들의 가게로 돌아갔다. 거리가 다시 안정을 찾기까지는 채 1시간도 걸리지 않았다.

그때까지 나는 맞은편 골목 앞에 서 있었다. 그곳에서 눈으로 열심히 두 사람을 찾았다. 하지만 아무리 찾아도 그 둘의 모습은 보이지 않았다. 때마침 건물 안에서 젊은 소방관이 나오는 걸 보고 물었다.

“지금 저 안에 아무도 없나요?”

“네. 아무도 없습니다.”

“그렇지만 제가 아는 사람들이 안으로 들어갔는데.”

“길이 엇갈렸겠죠. 안에는 아무도 없습니다.”

소방관은 새까맣게 탄 의자를 들고 지나갔다. 이럴 수가. 이게 무슨 일이야. 나는 미간을 구기고 혼자서 주변을 빙빙 돌았다. 주위를 두리번거리며 사라진 오빠와 언니를 찾았다.

그렇게 공연장 근처를 세 바퀴쯤 돌았을 때였다. 내가 돌고 있는 건물과 옆 건물 사이에 난 골목에서 인기척이 느껴졌다. 혹시나 하는 생각에 걸음을 멈추고 보니, 익숙한 실루엣이 보였다. 백도진과 서유일. 두 사람이 확실했다. 어느 틈에 저기로 갔대. 그때 마침 서강일에게 전화가 왔다.

"어디야? 우린 준비 다 됐는데."

나는 잠시 생각했다. 돌발 상황이 있기는 했지만 어쨌든 오빠와 언니의 위치는 확인했고, 서강일 쪽 준비도 끝났으니 예정대로 일을 진행 못 할 이유가 없었다. 마침 날도 어두워졌겠다, 두 사람이 양옆으로 뚫린 골목에 무방비하게 있겠다, 이보다 완벽한 환경도 없어 보였다. 나는 입꼬리를 올리고 말했다.

"이쪽도 준비됐어. 여기가 어디냐면……."

나는 팔짱을 끼고 골목 벽에 기대섰다. 그 상태로 5미터가량 떨어진 맞은편 골목을 지켜보았다. 그 골목 안에는 커다란 드럼통이 있었다. 오빠는 드럼통 위에 늘어져 있고, 언니는 오빠의 이마에 손을 얹고 있었다.

거리 때문에 표정이나 대화 내용은 알 수 없었지만 분위기로 보아 오빠의 상태가 심상치 않다는 것은 알 수 있었다. 조금 전까지 화재 현장에 있었으니 무리도 아니었다. 그런 오빠를 더 극한 상황으로 몰아붙이기 위해 콜을 하다니. 나도 참 지독하다는 생각이 들었다. 하지만 이미 되돌리기는 늦었다.

맞은편 골목 너머에서 반짝이는 빛이 비쳐 눈이 부셨다. 오토바이 헤드라이트였다. 빛은 하나둘 늘어났다. 그러더니 금방 세 개가 되었다. 곧이어 또 다른 오토바이가 내 시야를 막고 등장했다. 그 뒤로 두 대의 오토바이가 더 섰다. 이로써 총 여섯 대의 오토바이가 오빠가 있는 골목을 앞뒤로 가로막은 형국이 되었다.

10초도 안 되는 짧은 새에 벌어진 일이었다. 그 10초 동안 나는 상황을 파악하려고 머리를 빠르게 회전시켜야 했다. 아니, 이 스케일은 뭐야? 고전적인 깡패 콘셉트라고 했잖아. 그냥 장정 두세 명을 끌어들여서, '어이, 아저씨 그림 좋은데.' 정도의 상황을 연출할 줄 알았더니, 이 어마어마한 오토바이 부대는 다 뭐야?

예상외의 상황에 당황한 나는 휴대폰을 들어 서강일의 번호를 눌렀다. 그런데 목소리가 수화기 너머가 아닌 바로 뒤에서 들려왔다.

"어때? 놀랐지?"

뒤를 돌자 다가오는 서강일이 보였다. 나는 이를 꽉 물고 속삭였다.

"그래, 놀랐다. 너 대체 뭘 끌어들인 거야? 저 폭주족은 다 뭐야?"

"재네 폭주족 아니야. 착한 애들이야."

"착한 애들이 다 죽었대? 재네가 어딜 봐서."

서강일은 내 말을 끝까지 듣지 않았다. 대신 자신의 손으로 내 고개를 돌려 직접 골목 너머를 보게 했다. 그제야 마지막 오토바이에서 내린 한 남자가 시야에 들어왔다. 그 남자는 헬멧을 벗고 우리에게 인사한 뒤, 다시 헬멧을 쓰고 골목 안으로 들어갔다. 나는 자신 없는 목소리로 말했다.

"재 혹시 원석이야?"

"맞아, 동창회 때 들었지? 김원석 요새 학교도 안 나오고 오토바이 타고 다닌다고. 그래도 걱정 마. 노는 물이 달라져서 그렇지, 애는 여전히 착하니까. 적당히 위협만 하다가 백도진과 서유일이 본모습을 보이는 순간 빠질 거야. 저 안에서 다른 친구들이 다 녹화하고 있으니까, 나중에 정체나 능력을 알 수 있겠지."

이렇게 설명을 마친 서강일은 내 얼굴에서 손을 떼었다. 김원석의 등장이라. 상상도 못 한 전개이긴 하지만 서강일의 말처럼 되기만 한다면야 확실히 목적은 이룰 수 있을 듯싶었다. 나는 순순히 고개를 끄덕이며 일단 일어나는 일을 지켜보기로 했다.

15

오늘은 온종일 무언가를 지켜보는 날인 것 같았다. 오빠의 데이트, 불구경, 그리고 이제는 김원석의 활약까지. 그런데 이번만은 오래 지켜볼 필요가 없었다. 왜냐하면 일이 시작된 지 1분도 지나지 않아, 김원석이 골목 밖으로 나왔기 때문이다.

헬멧을 벗은 얼굴에는 낭패의 기색이 역력했다. 설마 고작 몇 초 만에 오빠가 무슨 일을 벌인 건가? 나는 긴장하고 그다음 행동을 지켜봤다. 김원석은 내가 있는 골목을 쳐다보며 휴대폰을 들어 보였다. 곧바로 서강일의 휴대폰이 울렸다. 스피커폰으로 전화를 받자 어눌한 목소리가 들려왔다.

"강일아, 네가 커플한테 돈 뺏는 시늉을 하고 주위 상황을 찍으라고 했잖아. 근데 상황이 네 얘기랑 다른데. 여긴 커플이 아니라 남자랑 어린애가 있어. 남자는 이미 돈을 줬고 애는 우는데. 어떡해? 바로 플랜 비로 가야 할 것 같은데."

"뭔 소리야. 일단 알았어."

서강일이 서둘러 전화를 끊었다. 나는 흥분해서 소리쳤다.

"말도 안 돼. 방금 전까지 오빠랑 서유일이랑 단둘이 있는 걸 봤는데. 서유일은 어디 가고, 남자애는 어디서 튀어나온 거야. 아니, 그보다 플랜 비는 뭐야?"

서강일이 골목 한편에 세워 놓은 쇠 파이프를 집으며 답했다.

"애들 나가게 해 줘야지."

그리고 당당하게 밖으로 걸어 나가 맞은편 골목으로 들어간 뒤 소리쳤다.

"지금 뭐 하는 거예요? 여섯 명이 한 사람한테. 경찰에 신고했어요. 빨리 안 꺼지면……."

바로 그 순간, 골목 안에서 헬멧을 쓴 여섯 남자가 일제히 쏟아져 나왔다. 마치 다음 대사를 알고 있는 사람들처럼 성급하게. 여섯 명은 각자 타고 온 오토바이에 올라타곤 순식간에 후퇴했다. 그 모습을 보고 나는 혀를 찼다. 저렇게들 허술해서야. 나는 고개를 절레절레 흔들며 한발 늦게 맞은편 골목으로 걸어갔다.

문제의 그 장소에 도착해서, 내가 본 첫 장면은 대치하고 있는 두 남자였다.

여유롭게 드럼통 위에 앉아 있는 백도진. 쇠 파이프를 들고 어쩔 줄 몰라 하고 있는 서강일.

아, 한 명 더 있었다. 처음 보는 남자아이. 대여섯 살 정도로 보이는 그 아이는 오빠의 무릎 위에 앉아 있었다. 방금까지 울었는지 속눈썹엔 눈물이 방울방울 맺혀 있었다.

이 그림은 무슨 조화람. 서유일은 어디 가고, 저 아이는 뭐지. 뭐가 되었든 당장은 알 수 있는 방법이 없었다. 그걸 알아보려면 이 숨 막히는 분위기부터 깨야 할 것 같았다. 나는 분위기도 환기하고 내 존재도 알릴 요량으로 일부러 소리쳤다.

"오빠! 괜찮아? 이게 무슨 일이야."

오빠의 고개가 서서히 내 쪽으로 돌아갔다.

"응, 괜찮아. 그나저나 너……."

오빠는 태연한 얼굴로 이어 말했다.

"옷 바꿔 입었네."

나는 그제야 아침과 달라진 내 차림을 깨달았다. 맞다, 아까 미행한다고 갈아입었지.

"어, 불편해서 바꿨어."

말도 안 되는 변명이었다. 매번 느끼지만 내 임기응변 실력은 형편없었다. 차라리 빨리 화제를 돌리는 편이 나을 것 같았다.

"근데 그 애는 누구야?"

"친구가 맡긴 애야. 잠깐 봐 주고 있었어. 네가 만난다던 사람은 저 친구야?"

오빠가 서강일을 고갯짓으로 가리키며 말했다. 그러자 서강일이 쇠 파이프를 내려놓고 90도로 인사했다. 오빠는 그런 서강일을 흥미롭게 바라보며 말을 붙였다.

"고마워요. 덕분에 아무 일 없었네요."

"아닙니다."

"근데요, 진짜 신고했어요?"

"아니요, 진짜로 하지는 않았어요."

"그래요?"

오빠는 말끝을 흐렸다. 그러다 턱을 긁적이며 대수롭지 않게 부탁했다.

"그럼 좀 해 줄래요? 내가 번호판 여섯 개 다 봤거든요. 경찰에 넘겨야죠."

그 말을 듣고 서강일의 동공이 눈에 띄게 커졌다. 나는 다시 혀를 찼다. 나 참, 헬멧으로 얼굴을 가릴 생각은 했는데, 번호판을 가릴 생각은 못 한 거야? 서강일은 이러지도 저러지도 못하고 가만히 서서 시간을 끌었다. 오빠의 부탁을 거절할 이유는 없고, 진짜로 친구들을 신고할 수도 없으니 그야말로 사면초가였다.

오빠는 이런 반응을 예상했단 듯 여유롭게 웃었다. 그러다 갑자기 변덕을 부렸다.

"아니, 됐어요. 돈도 5,000원밖에 안 가져갔는데. 경찰서 출두하기도 번거롭네요."

순간 굳어 있던 서강일의 얼굴에 화색이 돌았다. 동시에 오빠의 양 볼에는 인디언 보조개가 떠올랐다. 이를 지켜보던 나는 패배를 직감했다. 오늘도 다른 모든 날과 마찬가지로, 오빠는 우리 머리 꼭대기에 있었다. 익숙한 무력감을 느낀 나는 다소 신경질적으로 상황을 정리했다.

"그럼 됐네. 시간도 늦었는데, 그만 가자."

내 말에 서강일이 빠르게 반응했다. 나와 비슷한 기분이었던지 서둘러 이 상황을 벗어나려는 것 같았다. 서강일은 바닥에 떨군 쇠 파이프를 주워 구석에 세웠다. 그사이 오빠는 안고 있던 아이를 바닥에 내려놓고는 드럼통 위에서 폴짝 뛰어내렸다. 그리고 착지와 동시에 짧은 신음을 뱉었다.

그 순간, 나는 잊고 있던 사실 하나를 떠올렸다. 맞다, 저 인간

하도 괜찮은 척 쇼를 해서 잊고 있었는데 내내 몸 상태가 안 좋았지. 다행히 오빠는 누가 잡아 주기 전에 눈을 질끈 감고 스스로 중심을 잡았다. 하지만 안도하기도 잠시, 곧 눈을 감은 채로 바닥에 쓰러졌다.

살면서 오늘처럼 길고, 정신없는 날이 또 있었던가. 단언컨대, 없었다. 나는 고개를 꺾어 새하얀 천장을 올려다보았다. 병원 휴게실 천장에는 백열등이 촘촘히 박혀 있었다. 개중 셋째 줄 두 번째 백열등 불빛이 깜빡거리는 것이 맛 가기 직전이었다. 저것에 관해 당직 간호사에게 말을 할까 말까 고민하며, 나는 민호의 등허리를 가만가만 토닥였다.

민호는 골목에서 오빠와 함께 있던 아이다. 경황이 없어서 병원까지 데리고 왔는데 어느 순간 내 무릎을 베고 잠들어 버렸다. 덕분에 의사가 오빠의 보호자를 찾았을 때 내가 아닌 서강일이 가야 했다. 나는 서강일이 돌아오길 기다리며 혼자 시간을 죽였다. 너무 할 일이 없어 천장을 보며 노래를 불렀다.

저 별을 건너온 이유는 너야. 바로 너. 오, 넌 나의 데스티니.

얼마 후, 공허하던 공간에 나 말고 다른 사람의 목소리가 울렸다.

"그거 진짜 있는 노래야?"

나는 젖혔던 고개를 바로 하여 뒤를 돌아보았다. 복도를 가로질러 다가오는 서강일이 보였다.

"당연하지. 유니버스 오빠들 노래야. 그나저나 의사가 뭐래?"

"괜찮대. 단순 과로라 하룻밤 자면 나을 거라고 하더라."

"뭘 했다고 과로야?"

"모르지."

서강일은 내 옆자리에 털썩 앉았다. 그리고 음료수 캔 하나를 건네며 말했다.

"그 밖에 다른 신체 특이 사항은 없대. 몇 번이나 물었는데, 과로 때문에 컨디션이 안 좋은 점만 빼면, 여느 성인 남자의 몸과 다르지 않다더라."

나는 음료수로 목을 축이며 고개를 끄덕였다. 그 말을 듣는데 어쩐지 놀랍지 않았다. 병원에 온다고 해서 갑자기 오빠의 정체가 밝혀지진 않을 거라고 예상했다. 내가 별 대꾸를 않자, 서강일이 잠든 아이를 바라보며 다른 문제로 넘어갔다.

"그나저나 얘는 어떡하지? 아까는 너희 오빠를 업고 달리느라 신경을 못 썼는데, 우리 이거 납치 아니야?"

나는 고개를 저었다.

"걱정 마. 얘 데리러 올 사람 찾았으니까. 아까 오빠 휴대폰으로 서유일한테서 전화가 왔었어. 대충 사정을 설명했더니, 여기로 오겠다더라. 민호는 그 언니가 맡아 달라 한 애래."

그제야 서강일은 안도한 표정을 지으며 의자 등받이에 몸을 깊숙이 기댔다. 얼굴에 피곤한 기색이 역력했다. 하긴, 종일 되도 않는 차림으로 폭주족이랑 몰려다니다가 종국에는 성인 남자를 업고 병원까지 달렸으니 피곤할 만도 했다. 서강일은 눈을 감은 채로, 천천히 입을 열었다.

"있잖아, 갑자기 일이 왜 이렇게 되었을까?"

"내가 부적을 썼다니까."

"정말 그것 때문일까? 그 누나 효험은 별로라고 들었는데."

"혜영 언니를 알아?"

"응, 중학교 1학년 때 혜수랑 같은 반이었거든. 그나저나 걘 요새 잘 지내?"

"잘 지내. 스타됐어. SNS 스타."

그 말을 끝으로 우리는 자연스럽게 대화를 그만뒀다. 더 이상 어떤 말도 할 기운이 없었다. 그저 나란히 의자에 앉아 기다리는 이가 빨리 오기를 바랐다.

그렇게 얼마나 있었을까. 깜빡이는 백열등을 바라보며 시간의 흐름을 잊어 갈 무렵, 멀리서부터 구두 굽 소리가 들려왔다. 뒤이어 한 여자의 목소리가 들렸다.

"또 보네요."

나긋한 목소리의 주인은 기다리던 여자였다. 서유일이 휴게실 입구에 모습을 드러냈다. 아까 그 불난리 속에서 빠져나오고도, 서유일의 흰 바지에는 약간의 검댕도 묻어 있지 않았다. 하긴 이상한 걸로 따지면 골목에서 갑자기 사라져 버린 것이 더 이상하지. 그까짓 검댕쯤이야.

서유일은 자연스럽게 내 앞으로 다가와 오빠의 상태를 물었다.

"도진이는 어때요?"

나는 서강일에게 들은 그대로 괜찮다고 전해 주었다. 그러자 서유일이 한 손으로 가슴을 쓸어내리며 말했다.

"다행이네요. 오는 내내 걱정했거든요. 걔가 아침부터 몸 상태가 안 좋았는데, 우리 아역배우까지 데리고 사라져 버려서 얼마나 걱정했는지 몰라요."

"아역배우요?"

"네, 민호는 우리 공연의 주역이에요. 아참, 그러고 보니 우리 제대로 인사한 적이 없네요. 전 서유일이에요. 강일이 누나고, 직업은 뮤지컬 배우예요."

뮤지컬 배우라니. 처음 듣는 얘기였다. 나는 이런 기본 정보도 몰랐냐며 서강일을 쳐다보았다. 그러자 서강일이 뻔뻔스럽게 전혀 몰랐다는 표정을 지었다. 어쨌든 소개를 받았으니, 내 소개를 안 할 수 없었다. 나는 이름만 간략히 얘기했다.

"안녕하세요, 백유진입니다."

"반가워요. 이것도 인연인데, 언제든지 와요."

서유일이 눈웃음을 지으며 내 손을 덥석 잡았다가 놓았다. 순간 뜻밖의 이물감이 느껴졌다. 동시에 티켓 두 장을 건네받았다. 내가 얼떨떨하게 받은 티켓을 내려다보는 사이, 서유일은 내 무릎 위에 있는 민호를 번쩍 들어 올렸다. 서강일이 자리에서 일어나 자기가 하겠다고 말했지만 거절했다. 그리고 다시 한번 나를 향해 눈웃음쳤다.

"그럼 도진이 깨면 전화 달라고 전해 줘요. 또 봐요."

나는 순순히 고개를 끄덕였다. 서유일을 뒤따라 휴게실을 나가기 전, 서강일이 찜찜한 얼굴로 나를 돌아보았다. 나는 괜찮다는 의미로 표를 쥔 손을 흔들어 보였다. 그리고 잠시 뒤, 텅 빈 휴게실을 나와 혼자 병실로 향했다.

303호. 병실 문 앞에 붙어 있는 명패가 똑똑히 보였다.

백도진.

정말 신분 하나만은 확실한 놈이다. 새삼스레 감탄하며 조심스럽게 병실 문을 열었다. 내부는 생각보다 깜깜했다. 그 어둠 속 가장 끄트머리에 오빠가 있었다.

나는 한 걸음 한 걸음 다가갔다. 오빠의 머리 바로 위에 서서, 희멀건 얼굴을 내려다보았다. 링거를 꽂고 누워 있는 모습이 흡사 밀랍 인형 같았다. 그만큼 생기가 없어 보였다.

나는 조용히 속삭였다.

"당신은 누구야? 왜 내게로 온 거야?"

돌아오는 대답은 없었다. 병실에 울려 퍼지는 소리라곤 공허한 나의 독백뿐이었다.

내가 혼잣말을 하는 사이, 오빠의 미간이 서서히 구겨졌다. 악몽이라도 꾸는 건지, 한번 찌푸려진 미간은 한참이나 펴지지 않았다. 나는 검지로 미간을 살짝 눌러 주었다. 잠시 후, 오빠의 표정이 한결 나아졌다. 나는 평온한 그 얼굴을 얼마간 바라보다 조용히 병실을 떠났다.

5 수상한 공연장

마이크를 잡으면 입을 떼야 한다

16

선무당의 부적을 단초로 시작된 해프닝은 아무런 수확도 출혈도 없이 막을 내렸다.

병원에서 하룻밤을 보낸 이후, 집으로 돌아온 오빠의 상태는 완벽했다. 완벽하게 원래대로 돌아왔다. 나중에 오빠의 베개 속을 확인해 보니, 부적이 들어 있던 노란 봉투는 이미 사라진 뒤였다. 나는 그에 관해 오빠에게 묻지 않았다. 늘 그랬듯, 오빠 역시 아무 말도 없었다.

우리는 일종의 휴전 상태에 들어갔다. 이상하게도 이번에는 지난번 패배 때처럼 조급한 마음이 들지 않았다. 내가 일방적으로 오빠에게 당한 것이 아니라, 오빠가 병원 신세를 진 입장이어서 그랬을 수도 있다. 나는 차분히 학교생활에 집중했고 오빠는 소파 위에서 텔레비전만 보았다. 그렇게 평화로운 일주일이 지나갔다.

그러므로 10월 셋째 주 토요일 아침, 내가 별안간 방문을 벌컥 연 것이 오빠에게는 의외였을 수 있다. 오빠는 티셔츠를 갈아입다 말고 나를 돌아보며 말했다.

"너도 이제 노크 안 하기로 한 거야?"

나는 항상 오빠가 하던 말을 되돌려주었다.

"우리 사이에 노크는 무슨."

그리고 방문에 기대서서 팔짱을 끼고 말했다.

"오늘도 만나? 그 언니."

"내가 옷 갈아입고 있는 걸 보면 몰라?"

"나도 오늘 만날까 하는데, 그 언니."

"무슨 소리야?"

오빠가 티셔츠 위에 셔츠를 걸치며 말했다. 나는 말없이 표 두 장을 보여 주었다. 지난주 병원에서 서유일에게 받았던 공연 티켓이었다.

"유일이가 널 초대했어?"

"응, 언제든지 오라고 했어. 이따가 그 언니를 만날 거라면 같이 가자고."

오빠는 잠시 무언가를 생각했다. 그러더니 흔쾌히 승낙하며 이렇게 말했다.

"좋아. 그러자. 나 이제 바지 갈아입을 건데. 계속 있을 거야?"

오빠에 관한 모든 것이 궁금하지만 신체만은 예외였다. 나는 순순히 방에서 나갔다.

이익도 손해도 없던 지난주 토요일 이후 내가 잠자코 일주일을 흘려보낸 건, 오빠의 나약함을 목격해서라는 이유도 있었지만 다른 이유가 더 컸다. 그날 이후 깨달은 바가 있었기 때문이다. 바로 얌체처럼 굴어서는 결코 오빠를 이길 수 없다는 사실 말이다.

이제 뒤에서 하는 염탐이나 미행이라면 신물이 났다. 차라리 당당하게 관찰하고, 궁금한 것을 묻는 편이 나을 것 같았다. 한마디로, 정면 돌파를 하겠다는 마음이었다. 어차피 지금쯤 오빠와 언니도 내 적의를 모를 리 없었다. 그리고 내게는 마침 그 둘과의 만남을 이어 줄 '표'가 있었다.

오전 11시, 나는 처음으로 오빠와 함께 외출했다. 상호 합의하에 하게 된 정식 외출의 목적지는 사거리 중앙에 있는 공연장이었다. 일주일 전에 불이 났던 바로 그 공연장. 나는 새까맣게 그을린 입구를 지났다. 그리고 녹아내린 계단 난간을 매만지며 미심쩍게 말했다.

"정말로 이런 곳에서 공연을 한다고?"

오빠는 틀림없다며 앞장서 걸어갔다. 지하 공연장은 햇빛 한 줌 들지 않고 캄캄했다. 의지할 것이라곤 휴대폰 불빛 한 줄기뿐이었다. 우리는 각각 휴대폰을 켜고 앞을 더듬으며 무대를 지났다. 그리고 무대 뒤편에 있는 대기실에 다다랐다.

대기실 문은 커다란 철로 되어 있었다. 언뜻 냉동 창고 문처럼 보였다. 먼저 그 앞에 선 오빠가 내게 눈빛을 한 번 보내고 문을 활짝 열었다. 그러자 그 철문 뒤편에 있으리라곤 상상도 못 한 화려한 대기실 정경이 눈앞에 펼쳐졌다.

가장 먼저 눈에 띈 것은 벽면에 줄지어 선 화장대였다. 영화에서나 보던 가장자리에 전구가 가득 박힌 화장대. 그 위로는 본 적도 없고, 쓸 줄도 모르는 화장품이 가득했다.

정렬된 화장대의 반대편에는 무대의상이 걸린 기다란 행거가 있었다. 아무 드레스 하나를 만지자 바스락거리리란 예상과 달리 부드러운 촉감이 느껴졌다. 꽤나 비싼 원단을 쓴 모양이었다. 나는 한 손으로 드레스를 주르륵 훑으며 지나갔다.

행거 옆에는 커다란 진열장이 있었다. 무대용 액세서리를 보관하는 곳인 듯했다. 쉰 개가 넘는 서랍 중 아무거나 하나를 열자 안에 있던 에메랄드 팔찌가 조명을 받아 반짝 빛났다. 서랍을 닫고 시선을 위로 옮기자, 진열장 위에 걸린 액자들이 보였다.

하나, 둘, 셋, 넷…… 세어 보니 액자는 총 여덟 개였다. 모든 액자 안에는 한 할머니의 사진이 들어 있었다. 머리가 하얗게 세고 미소가 유쾌한 할머니였다. 누구지? 고전 배우인가? 나는 잠시 사진을 주시하다, 곧 시선을 멀리 펼쳐 전반적으로 고급스러운 느낌이 물씬 풍기는 대기실을 빙 둘러보았다. 그리고 어느새 구석 소파에 자리를 잡고 누운 오빠에게 물었다.

"원래 공연장 대기실이라는 게 이래?"

"보통은 아니지. 여기가 특별한 거야."

"왜?"

"여길 만든 사람이 특별하거든."

"여길 만든 사람이 누군데?"

"그 사람은……."

내 질문에 오빠가 답을 주려 입을 열었다. 하지만 시작한 말을 끝맺지 못했다. 어느 틈에 열린 문으로 들어온 다른 이가 오빠가 할 말을 먼저 해 버렸기 때문이다.

"그 사람은 능력에 비해 상상력이 빈곤한 사람이에요."

내게 이 같은 답을 준 사람은 서유일이었다.

"이 대기실 말이에요, 어느 영화에서 본 듯한 빤한 그림 아니에요?"

"그런가요?"

"틀림없어요. 나중에 기억나면 어떤 영화였는지 찾아봐요."

서유일이 코끝을 찡긋하며 대기실 깊숙이 들어왔다. 그리고 내 앞에 서서 말했다.

"그나저나 일주일 만에 다시 보게 될 줄 몰랐어요."

"언제든 오라고 했잖아요."

"그랬죠. 잘 왔어요. 재밌을 거예요."

이렇게 말한 서유일은 뒤돌아 누군가에게 동의를 구했다.

"그렇지?"

나는 그 행동을 이상하게 여겼다. 왜냐하면 뒤에는 아무도 없었기 때문이다. 하지만 그것이 내 착각이란 걸 깨닫는 데는 오랜 시간이 걸리지 않았다. 곧 인기척을 죽이고 있던 누군가가 복도에서부터 쭈뼛쭈뼛 들어왔다.

뾰로통한 표정으로 바닥을 차며 들어온 서강일이 짜증을 숨기지 않고 말했다.

"난 뮤지컬 같은 데 관심 없다니까."

"기왕 왔으면 곱게 들어와."

"진짜 이런 거 싫어한다고."

"아무튼 너도 데리고 오라고 했어."

"누가?"

그러자 그때까지 잠자코 있던 오빠가 입을 열었다.

"제가요."

서강일은 고개를 돌려 오빠를 쳐다보았다. 오빠는 태연한 얼굴로 대꾸했다.

"지난주 일이 고맙기도 하고, 밥이나 살까 해서요. 괜찮죠?"

그 말에 서강일은 아무 답도 하지 않았다. 대기실 안에 묘한 공기가 흘렀다. 어쩌다 보니 한 공간에 모이게 된 사건의 당사자들. 나는 내가 오빠를 따라왔다고 생각했는데, 상황이 이렇게 되고 보니 오빠가 우리를 일부러 불러들인 것일 수도 있다는 생각이 들었다.

오빠의 볼에 자리한 인디언 보조개가 내 생각에 확신을 주었다. 그 옆에서, 살살 눈웃음을 치는 서유일도 거슬리기는 마찬가지였다. 왠지 오늘 하루 정신을 바짝 차려야만 할 것 같았다.

오빠와 똑같이 수상쩍은 인물인데도 나는 이제껏 서유일을 크게 신경 쓰지 않았다. 서유일은 처음부터 '자취하는 대학생'이라는 배경을 가지고 등장했기 때문이다. 필요에 따라 집을 들락거리기는 한 모양이지만, 아무래도 나와 한집에 살게 된 오빠에 비해 관심이 덜 쓰였다. 물론 남자인 오빠보다 덜 위협적으로 느껴지기도 했고. 간혹 서강일은 서유일이야말로 무서운 인물이라고 말했지만 솔직히 나는 실감하지 못했다.

그리고 그건 서유일과 단둘이 있는 지금도 마찬가지다.

"노란색이 좋아? 파란색이 좋아?"

서유일이 내게 퀴즈 같은 질문을 던졌다. 나는 아무래도 상관없었기에 아무렇게나 말했다.

"노란색요."

서유일은 잠시 고민하다가 말했다.

"아니다. 빨간색이 더 좋겠다."

저럴 거면 질문을 왜 하는 건지. 아무튼 나는 서유일이 건네주는 대로 빨간 드레스를 입었다. 그러자 서유일이 손뼉을 짝짝 치며 변신한 나를 맞았다.

"역시 너한텐 그게 잘 어울릴 줄 알았어."

나는 어이가 없어 웃었다. 왜냐하면 이 빨간색 드레스는 이미 흰색, 분홍색, 보라색, 초록색, 검은색 드레스라는 다섯 차례의 시행착오를 거치고 나서야 선택된 드레스였기 때문이다. 뭐, 어찌 됐든 드디어 만족했다면 됐다. 실은 나도 꽤 마음에 들었고.

내가 지금 뭘 하고 있냐면, '정신을 바짝 차리고' 서유일을 탐색하고 있는 중이다. 1시간 전, 두 쌍의 남매는 각각 파트너를 바꾸고 갈라졌다. 이유는 간단했다. 연장자들이 그러고 싶다고 해서다. 두 사람은 우리에게 멋대로 말을 놓더니, 거취까지 마음대로 정했다. 서유일은 공연장에서 놀고 싶다며 나와 대기실에 남았고, 오빠는 공연장엔 볼일 없다며 서강일을 데리고 밖으로 나갔다.

서유일과 둘만의 시간을 보내는 것은 예상에 없던 전개였다. 하지만 내가 이 공연장에 내 발로 찾아온 건, 본격적으로 서유일에 관해 알아보기 위해서였으니 결과적으로 나쁘지 않았다.

나는 1시간 동안 서유일을 관찰하며 인형 놀이에 어울렸다. 뭐, 덕분에 대기실에 있던 비싼 드레스도 입어 보고, 반짝이는 액세서리도 차 보고, 형형색색의 가발도 써 보았다.

피할 수 없다면 즐기랬다고, 내가 언제 이런 비싼 치장을 해보겠는가. 시간이 지나면서 나는 꽤 적극적으로 스스로를 단장했다. 그러다 보니 결국 빨간색 드레스와 노란색 가발과 에메랄드 팔찌를 두르고 거울 앞에 서게 되었다.

"예쁘다. 넌 어때?"

서유일의 물음에 나는 스스럼없이 말했다.

"예뻐요."

"그럼 이제 무대로 나가 볼까? 너한테 꼭 알려 주고 싶은 게 있어."

말을 마친 서유일은 내 대답을 기다리지 않고 먼저 복도로 뛰어나갔다. 1시간 동안 지켜본 서유일의 성격은 뭐랄까, 차분하고 도시적인 첫인상과는 딴판이었다. 좋게 말하면 귀엽고, 나쁘게 말하면 맹했으며, 보면 볼수록 해맑은 망아지가 연상됐다. 나는 영 종잡을 수 없는 서유일을 따라서 치렁치렁한 드레스 자락을 붙들고 어두운 복도로 나갔다.

17

어두운 공연장에 먼저 도착한 서유일이 무대 위로 폴짝 올라 스위치를 눌렀다. 천장에 달린 조명이 일제히 켜지며 주변이 밝아졌다. 커다란 무대도 빈 관객석도 환히 보였다.

뒤늦게 도착한 나는 양손으로 드레스 자락을 쥐고 간신히 무대에 올랐다. 그때 서유일이 내가 보는 앞에서 유선 마이크와 스피커를 연결하며 말했다.

"뭐든지 알아 둬서 나쁠 거 없지. 잘 봐. 이 선은 여기 빨간 데에다가 꽂아야 해. 이 선은 그 옆에다가. 음향 조절은 이걸로 하는 거야. 쉽지?"

나는 서유일의 손놀림을 유심히 보고 고개를 끄덕였다. 그러자 서유일이 무슨 테스트라도 하듯 이미 연결한 선을 죄 뽑아 버리고 내게 다시 설치해 보라고 했다. 나는 영문도 모르고 방금 본 것과 같은 방법으로 마이크를 연결했다. 기왕 연결했으니 아아, 소리를 내어 설치가 제대로 되었는지까지 확인하고 마이크를 넘겨주었다.

"잘하네. 도진이는 한 번에 못 했는데. 그럼 이제 저길 봐 봐."

서유일이 빈 관객석을 가리켰다.

"저기에 사람이 꽉 찼다고 생각해 봐. 떨려서 노래는커녕 가만히 서 있기도 힘들걸. 그렇지만 다 방법이 있어. 눈 딱 감고 한 소절만 부르면 돼. 이렇게 딱 한 소절만."

서유일은 별안간 무대 한가운데로 나아가며 노래를 불렀다.

매화산 너머 드높은 하늘 푸르기도 하구나. 우리도 저 정기를 따라 밝고 높게 크리.

생전 처음 듣는 노래였다. 노래가 끝난 뒤 물었다.

"무슨 노래예요?"

"고등학교 교가."

"이 근방에 그런 교가를 부르는 학교는 없는데."

"난 이 근방에서 학교를 나오지 않았어. 그게 중요한 게 아니야. 너도 해 볼래?"

서유일이 내게 마이크를 건넸다. 나는 미심쩍은 얼굴로 마이크를 받았다. 그 순간, 잊고 있던 느낌이 살아났다. 서유일의 손에서 지난주와 똑같은 이물감이 느껴졌다.

지난주 병원에서 표를 받던 순간, 나는 잠깐 스친 서유일의 손에서 종이가 아닌 다른 감촉을 느꼈다. 딱딱하고 차가운 느낌. 그때는 서유일이 서둘러 민호를 들쳐 안고 가 버리는 통에 그게 무엇인지 확인하지 못했는데 지금은 확실히 보였다. 반지였다. 서유일의 오른손 약지에는 반지가 끼워져 있었다. 오빠 것과 똑같은 은반지가 말이다.

나는 마이크를 쥔 채 움직이지 않았다. 서유일이 고개를 갸웃했다.

"왜 그래?"

의문을 숨길 이유가 없었다.

"그 반지 말이에요, 오빠랑 같은 거예요?"

내 질문에 서유일은 태연하게 반지를 들어 보이며 답했다.

"이거? 맞아. 옛날에 선물받은 거야."

"누구한테요?"

"들을 필요 없는 얘기야. 너에게 중요하지 않거든. 도진이가 말하지 않았던가? 반지는 잊어야 해. 아무것도 아니니까."

아까부터 중요하다느니 아니라느니, 뭐라는지 알 수 없었다. 나는 딱 잘라 물었다.

"그럼 저한테 중요한 건 뭔데요?"

서유일이 망설임 없이 답했다.

"마이크를 쥐고 무대에 섰으면 무조건 입을 열 것."

그 답은 나를 더 헷갈리게 했다. 나는 하나도 못 알아들었다는 표정으로 서유일을 보았다. 하지만 서유일은 더 자세히 설명할 생각이 없어 보였다. 어서 노래를 부르라고 눈빛으로 재촉할 뿐이었다. 할 수 없이 나는 일단 입을 열었다.

동해 물과 백두산이 마르고 닳도록.

서유일의 말처럼 딱 한 소절만 불렀더니 다음 소절이 술술 나왔다. 그대로 후렴구에 진입해 1절을 모두 불렀다. 이제 됐나 싶어서 보았더니 의외로 서유일의 표정이 좋지 않았다. 서유일은 목덜미를 긁적이며 이렇게 말했다.

"너무 흥이 안 난다. 애국가가 뭐야. 다른 노래 없어?"

그렇게 말하는 본인은 방금 전에 교가를 불렀던 사람 아닌가. 나는 대답 없이 눈만 깜빡였다. 그러다 기왕에 마이크를 잡았으니 자존심 회복에 나서기로 했다. 까짓 노래방에서 연마해 온 실력 좀 보여 주지 뭐. 이를 위한 다음 선곡은 오빠들의 노래였다.

저 별을 건너온 이유는 너야. 바로 너. 오, 넌 나의 데스티니. 데스티니.

그제야 서유일은 박수를 치며 좋아했다. 겨우 이걸 바란 거야? 신이 난 나는 마이크를 더욱 위로 치켜들었다. 클라이맥스에 이른 뒤에는, 아예 눈을 감고 내 노래에 심취해 버렸다. 그렇게 완창을 하고 나자 박수 세례가 들려왔다. 박수 소리가 아니라, 세례가 말이다.

이상한 기운을 감지한 나는 감았던 눈을 떴다. 그러자 눈앞에 박수를 치고 있는 세 사람이 보였다. 관객석에 서 있는 서유일, 백도진, 서강일.

세 사람 중 오빠가 가장 크게 박수를 치며 말했다.

"이야, 너 가수 해도 되겠다."

나는 말없이 바닥에 마이크를 내려놓았다.

"근데 그거 진짜 있는 노래야? 네가 지어낸 거야?"

오빠의 질문에 나 대신 서강일이 답했다.

"있는 노래예요. 아이돌 노래래요."

"그래? 별 희한한 노래가 다 있네."

나는 두 사람을 못 본 척하고 조용히 무대에서 내려와 대기실로 갔다.

뮤지컬 공연은 예정대로 진행됐다. 대기실에서 옷을 갈아입고 들어오자 슬슬 공연장에 입장하는 다른 관객들이 보였다. 머지않아 주변이 소란스러워졌고, 공연 스태프들이 나와 착석을 부탁했다. 나는 일행들과 함께 지정석으로 가서 앉았다. 그러다 문득 한 가지 사실을 깨닫고 옆에 있는 오빠의 팔을 덥석 잡았다.

"잠깐만, 이거 유일 언니 공연 아니었어?"

"맞아."

"근데 언니는 저깄는데?"

나는 고갯짓으로 두 칸 떨어져 앉아 있는 서유일을 가리켰다. 그러자 오빠가 대수롭지 않게 대답했다.

"이게 유일이 공연은 맞는데 오늘은 아니야. 유일이는 조연 넘버 투의 대역이거든. 여기 조연 넘버 투가 과민대장증후군이 있어서 자주 무대에 못 서. 유일이는 그때만 대역으로 서는 거야."

"언니가 고작 조연 넘버 투의 대역이라고?"

하는 행동으로 봐서는 주인공쯤은 되는 줄 알았는데, 나는 해맑게 무대를 올려다보고 있는 서유일을 보며 생각했다. 보기보다 뻔뻔한 언니네. 하지만 그 생각을 오래 붙들 수는 없었다. 곧 조명이 켜지며 무대 위로 민호가 올라왔기 때문이다.

본격적으로 공연이 시작되자 주변 사람들이 모두 앞을 보았다. 당연히 나도 고개를 앞으로 향했다. 하지만 눈동자만은 슬그머니 오빠와 언니가 있는 옆으로 굴렸다. 두 사람이 일부러 나를 공연장에 초대했다면 현란한 주변 환경으로 주의가 분산된 지금부터 수상쩍은 일을 벌일 거라고 예상했기 때문이다. 그런데 다행인지 불행인지 내 예상은 빗나갔다. 관람 시간 내내 내가 포착한 수상쩍은 움직임이라곤 나만큼이나 조심스럽게 오빠와 언니를 관찰하는 서강일의 눈동자뿐이었다.

아무 일 없이 공연이 끝난 뒤, 우리는 다 같이 저녁을 먹으러 갔다. 식당과 메뉴는 돈을 내기로 한 오빠가 정했다. 쪼잔하게 시켰다면 돈을 내고도 된통 욕먹을 상황이었지만 알아서 잘 주문한 통에 별 불만은 제기되지 않았다. 모둠 초밥, 등심 돈가스, 판 메밀 세트, 파인애플 크림새우, 대왕오징어튀김, 캘리포니아롤.

주문한 음식이 하나둘 테이블에 올랐다.

식사를 하는 동안 분위기는 서유일이 주도했다. 대화가 끊기지 않도록 끊임없이 질문을 던지고 가벼운 농담을 해 댔다. 나는 눈앞에 놓인 푸짐한 음식을 먹는 둥 마는 둥 하며 서유일의 입에서 나오는 모든 말에 집중했다. 하지만 아무리 정신을 바짝 차리고 들어도 쓸 만한 정보는 하나도 없었다. 오빠와 마찬가지였다. 능글맞게 많은 말을 하지만 노련하게 자신에 관해 노출하지 않는 점이 똑같았다. 그렇게 1시간 가량 사회자 역할을 톡톡히 해낸 서유일은 기념으로 셀카 한장을 찍고 헤어지자고 제안했다. 나와 서강일은 떨떠름한 얼굴로 순순히 단체 사진을 찍고 아무 수확 없는 자리에서 일어났다.

너무나 평범해서 도리어 이상했던 식사를 마친 뒤, 우리는 각자의 집으로 흩어졌다. 서유일과 서강일은 택시를 타고 떠났고, 오빠와 나는 15분 거리의 집까지 걸어가기로 했다. 번화가를 빠져나가는 동안 해가 뉘엿뉘엿 졌다. 육교 위를 지날 즈음엔 노을이 내렸다.

육교에 두 사람의 그림자가 길게 늘어졌다. 잠시간 침묵이 찾아오며, 발아래에서 쌩쌩 달리는 차 소리만이 들려왔다. 하지만 오래가진 않았다. 몇 걸음 안 가 오빠가 입을 열었기 때문이다.

오빠는 알아도 그만 몰라도 그만인 얘기를 끝도 없이 늘어놓았다. 낮 동안 서강일과 체육관에서 체력 단련한 얘기, 일전에 서유일에게 스피커 연결법을 배우다가 타박당한 얘기, 어젯밤 시청한 하나도 궁금하지 않은 TV 프로그램 얘기 등등.

그동안 나는 늘 그래왔듯이 귀를 닫았다. 오빠의 말을 흘려들으며 서서히 다른 생각에 빠져들었다. 오늘 오빠는 왜 이런 자리를 만들었을까? 내가 모르는 사이 무슨 일을 벌인 걸까? 정말로 그냥 놀 생각이었나? 이런 생각은 곧 오빠의 등장 이래 늘 머릿속을 맴돌던 다른 생각의 소용돌이 속에 섞였다. 오빠의 정체는 뭘까? 무슨 목적이 있는 걸까? 숨기고 있는 능력은 어떤 걸까? 왜 하필 나에게 나타난 걸까? 내가 오빠에게 특별히 필요한 존재일까? 답 없는 질문이 꼬리에 꼬리를 물었다. 바로 그때…….

"조심해요!"

어디선가 외마디 소리가 들려왔다. 그 소리를 신호탄으로 머릿속을 부유하던 의식이 현실로 튕겨 나왔다. 곧바로 코앞에 다가온 하얀 자전거가 보였다. 동시에 앞머리가 돌풍에 휘날리고, 몸이 휘청이며, 시야가 깜깜해졌다. 충돌 직전에 눈을 감아서? 아니었다. 검은 셔츠를 입은 오빠의 가슴팍에 시야가 가려져서였다. 오빠는 아슬아슬한 타이밍으로 무방비하게 서 있던 내 몸을 돌려 자신과 위치를 바꾸었다. 그리고 빠르게 도망치는 자전거 주인을 향해 소리쳤다.

"눈을 얻다 두고 다녀! 사람 칠 뻔해 놓고 사과도 없이 가냐!"

늘 유지하던 평정을 내버리고 답지 않게 흥분했다. 왜? 사실 우리 중 누군가 치였어야 했다면 그 사람은 나였다. 오빠가 몸을 날려 나서지 않았다면 말이다. 그런데 왜? 그러고 보니 처음 나타났을 때도 오빠는 물불 안 가리고 도둑으로부터 날 구해 주었다. 도대체 왜? 자꾸만 떠오르는 '왜?'라는 질문은 머지않아 내가 마지막으로 하던 생각과 이어지며 스파크가 튀었다.

내가 오빠에게 특별히 필요한 존재일까?

오빠는 자전거가 사라진 방향을 보며 연신 씩씩댔다. 나는 그런 오빠에게서 천천히 멀어졌다. 한 걸음 한 걸음 뒷걸음질 치자 육교 난간에 등이 닿았다. 더 물러날 수 없는 그곳에서 양손을 뒤로 보내 난간 기둥을 쥐고, 한 발을 들어 난간 턱에 올렸다. 그때 분을 다 푼 오빠가 고개를 뒤로 돌리고 난간 끝에 위태롭게 선 나를 보았다.

"뭐 하는 거야?"

당황한 기색으로 묻기에 침착하게 답해 주었다.

"오빠야말로 뭐 하는 거야?"

오빠는 도무지 영문을 모르겠단 얼굴로 한 걸음 다가왔다.

"갑자기 왜 이래?"

나는 땅에 있던 다른 한 발도 들어 난간대 위에 올렸다.

"갑자기 궁금해져서. 왜 날 구해 줘?"

"뭐가 왜야. 가족이니까 그렇지."

"웃기지 마. 우리는 가족이 아니잖아. 그런데 왜 매번 위험을 무릅쓰고 구해 주냐고. 혹시 내가 오빠에게 필요한 존재여서 그래?"

"무슨 미친 소리야. 빨리 내려오기나 해."

"필요하면 필요하다고 해. 대체 원하는 게 뭐야? 왜 아무 짓도 안 하는데?"

"내가 뭘 해야 하는데?"

"뭐라도. 특별히 내 오빠로 나타난 목적이 있을 거 아냐."

"난 원래 네 오빠였어."

오빠는 얼굴색 하나 바꾸지 않고 뻔뻔하게 거짓말했다. 우리 둘뿐인데도. 이런 상황인데도. 나는 고개를 내려 육교 아래를 보았다. 쌩쌩 바람을 가르는 소리를 내며 빠르게 달리는 차들이 보였다. 진심으로 저 사이에 뛰어들 마음은 조금도, 요만큼도 없었다. 상상만으로도 땀이 났다. 하지만 대화를 진전시키기 위해서 용기를 내 볼 순 있을 것 같았다. 오빠에게 내가 진짜 가치 있는 인간이라면 가만히는 못 배기겠지. 나는 난간 기둥을 쥐고 있던 한 손을 천천히 놓았다. 그리고 떼어 낸 손을 보란 듯이 들고 큰 소리로 말했다.

"넌 내 오빠가 아냐. 다 속여도 나는 못 속여. 원래 내 기억에 없으니까. 기억에 없던 오빠가 어느 날 갑자기 생기는 일은 상식적으로 있을 수 없어!"

내 외침에 오빠는 아무런 타격도 받지 않은 척했다. 하지만 사실은 동요했다는 걸 알 수 있었다. 전에 없이 굳게 다물어진 입술과 반사적으로 움찔한 무릎이 그 증거였다. 잠시 후, 오빠는 평소보다 차분한 얼굴로 나직이 말했다.

"상식에 연연하지 마."

그리고 알쏭달쏭한 말을 덧붙였다.

"지금 난 여기 있잖아. 이제 기억하면 돼. 가능한 한 오래."

그 말은 분명 본색을 드러내고 한 말이었다. 무슨 뜻인지 정확히 와닿지는 않았지만, 모처럼의 기회였다. 나는 얼른 대화를 이으려 입을 열었다. 그때였다.

빠앙—

갑자기 아래에서 차 한 대가 경적을 울렸다. 그 소리를 시작으로 빠앙— 빠앙— 연달아 자동차 경적 소리가 울려 퍼졌다. 중요한 순간에 뭐야. 나는 짜증스러운 얼굴로 아래를 쳐다봤다. 그러자 예상치 못한 광경이 보였다.

육교 아래, 모든 차들이 빨간불에 걸려 멈춰 있었다. 운전자들은 하나같이 창문 밖으로 고개를 내밀어 위를 보고 있었다. 정확히는 나를 보고 있었다. 그리고 몇몇이 나를 향해 소리쳤다. 학생, 내려와요, 위험해요, 생명은 소중해요, 같은 말이 들려왔다. 아마 난간에 매달린 내가 자의적으로 떨어지리라 짐작한 모양이었다. 나는 상황을 무마하려고 진즉에 떼어 냈던 한 손으로 오케이 사인을 그려 보였다. 그 순간…….

빠아아앙———

눈치 없는 운전자 한 명이 경적을 길게 울렸다. 깜짝 놀란 나는 발을 헛디뎠고, 간신히 한 손으로 지탱하고 있던 균형 감각을 잃었다. 그 순간 갈피 잃은 무게 중심이 앞이 아닌 뒤로 쏠리며 허리가 팔랑 꺾였다. 몸이 난간 뒤로 넘어가면서 눈앞에 다홍색 하늘이 펼쳐졌다. 그러다 곧 까매졌다. 추락 직전에 눈을 감아서? 아니었다. 이번에도 오빠의 가슴팍이었다. 어느 틈에 가까이 다가온 오빠는 한 손으로 내 허리를 붙들었다. 그리고 천천히 내 몸을 일으켜 세우며 이번에야말로 진짜 내 목숨을 구해 주었다.

"고, 고마워."

나도 모르게 입에서 감사 인사가 튀어나왔다.

"괜찮아."

순식간에 본모습을 지우고 평소의 능글거리는 얼굴로 돌아온 오빠가 말했다.

"나한테 네가 필요한 게 아니라, 너한테 내가 필요한 것 같지?"

대놓고 약 올리는 소리도 덧붙였다. 하지만 반박할 수 없었다.

육교 아래에서 다시금 경적 소리가 울려 퍼졌다. 환호와 박수 소리도 함께 터졌다. 한순간에 영웅이 된 오빠는 스포트라이트를 기꺼이 즐기며 낯선 운전자들을 향해 손을 흔들었다. 붉은 태양을 후광처럼 등지고 선 오빠의 팔에 안겨 나는 고개를 절레절레 흔들었다.

18

인정한다. 나는 무모하고, 즉흥적이다. 기다리느니 찾아가는 게 좋고, 인내하느니 용기 내는 게 쉽다. 그날의 육교 사건은 그런 성격 때문에 벌어진 해프닝이었다. 마음이 조급해서 뭐라도 시도해 보고 싶었다. 그 결과가 내 의도와 다르긴 했지만, 결과가 별 볼 일 없다고 해서 그에 이르는 모든 과정이 폄하된다면 누가 최선을 다하려고 하겠는가. 그러므로 난 그 일을 후회하지 않는다. 누구 덕분이든, 아무튼 무사하잖아.

게다가 그날의 수확이 아주 없었던 것도 아니다. 육교 사건으로 혼이 쏙 빠진 와중에도 똑똑히 기억해 두었다. 그때로부터 5시간 전에 들었던 노래.

매화산 너머 드높은 하늘 푸르기도 하구나. 우리도 저 정기를 따라 밝고 높게 크리.

공연장에서 서유일이 불렀던 노래를 말이다. 당시 언니는 그 노래가 교가라고 했고, 자신은 이 근방에서 학교를 나오지 않았다고도 했다. 그 말은 달리 생각하면 다른 곳에서 학교를 나오긴 했다는 말이었다. '속임수일 수도 있잖아.' 연실이와 윤성현은 부정적인 의견을 피력했다. 하지만 난 어쩐지 서유일이 실수로 진실을 흘린 것 같다는 직감이 들었다. 적어도 해당 학교를 찾아볼 가치는 있어 보였다.

그래서 다음 날부터 도서관과 피시방을 전전하며 전국의 학교를 뒤졌다. 만일 찾아내기만 한다면 그 학교는 서유일의 모교인 동시에 오빠의 모교일 확률도 컸다. 공식적으로 오빠의 모교는 나와 같은 화원중, 화원고등학교로 되어 있지만 거짓일 게 빤했다. 오빠의 졸업장과 오빠의 존재를 증명하는 은사의 증언은 나에게 아무 의미도 없었다. 조작을 했든, 최면을 걸었든, 그것이야 말로 속임수겠지. 내게 의미 있는 건 아주 작은 진실의 조각이었다. 그 조각을 손에 쥐기 위해서라면 아침부터 밤까지 매일매일 전국의 학교를 뒤질 수 있었다. 나는 무모하고, 즉흥적으로, 결과가 어찌 되든 후회하지 않을 만큼 최선을 다했다. 얼마나 최선을 다했냐면 잠꼬대로 교가를 부를 정도였다.

일주일 만에 내 머릿속은 온통 교가로 뒤덮였고, 일상에서 흥얼거리는 건 기본이 되었다. 나는 밥 먹을 때, 샤워할 때, 길을 걸을 때, 끊임없이 교가를 불렀다. 그리고 점점 주변인들의 원성을 샀다. 부모님은 차라리 옛날처럼 아이돌 노래를 부르라고 했고, 친구들은 새로운 수능 금지곡이냐며 가까이 오지 말라고 했다. 심지어 모든 일에 태연한 오빠마저 불평을 토했다.

"또 그 노래야?"

한밤중, 화장실에서 교가를 흥얼거리며 나오는 순간이었다. 오빠가 세상 질린다는 얼굴로 말했다. 나는 샐쭉한 표정으로 오빠를 지나쳐 방으로 들어갔다. 그리고 뒤늦게 놀라 내 입을 틀어막았다. 맞다, 난 지금 오빠의 모교를 찾고 있는 중이었지. 오빠의 뒤를 캐는 일에 너무 몰두한 나머지 정작 바로 옆에 있는 오빠를 신경 쓰지 않다니, 기가 막힌 실책이었다.

내가 언제부터 오빠를 신경 쓰지 않았던가? 시간을 거꾸로 돌려 보았지만 특별히 생각나는 계기는 없었다. 아주 조금씩, 서서히 그랬다고밖에는. 등장과 동시에 별다른 움직임을 보이지 않았던 오빠는 일주일 전, 육교에서 슬쩍 본색을 비친 뒤로도 특별히 달리 굴지 않았다. 소파에서 뒹굴거나 쓸데없는 잡담만 늘어놓았다.

그런 오빠를 없는 사람 취급하기는 어렵지 않았다. 그냥 무시하면 그만이었다. 처음엔 집 안에서 마주치기만 해도 소름 끼치도록 무서웠는데, 이젠 아무렇지도 않았다. 심지어 가끔은 하찮거나 귀찮게 느껴지기도 했다. 같은 공간을 공유하는 안 친한 룸메이트나 커다란 대형견 같달까. 그 사실을 새삼 깨닫는 순간 온몸의 잔털이 쭈뼛 섰다.

어떻게 이럴 수 있지?

11월 둘째 주 수요일, 나는 등교하자마자 내 자리가 아닌 창가 자리로 달려가며 외쳤다.

"어떻게 이럴 수 있지?"

창턱에 팔을 괴고 있던 연실이가 고개를 돌렸다. 나는 연실이에게 지난밤 새로이 느낀 심적 변화에 관해 폭풍처럼 쏟아 냈다. 연실이는 당황하지 않고 일단 내 말을 경청했다. 그리고 잠시 후, 말을 마친 내가 숨을 고를 때 침착하게 자신의 생각을 밝혔다.

"당연하다면 당연한 거 아닐까? 익숙해진 거지."

"익숙해질 일이 따로 있지!"

"시간이 지나면 어떤 일에든 익숙해져. 그래서 시간이 무서운 거지."

"그런가?"

단호한 연실이의 말에 간밤부터 나를 사로잡고 있던 흥분이 조금 누그러들었다.

"그나저나 찾는다던 학교는 찾았어?"

나는 천천히 고개를 저었다.

"아니, 시골에 있는 학교까지 다 뒤져 봤는데 못 찾았어."

"그것 봐. 내가 속임수일 거랬잖아."

"그건 찾아봤으니 아는 일이지. 어쨌든 학교 찾기는 그만할래. 할 만큼 한 것 같아."

"그럼 이젠 뭐 할 거야?"

연실이의 질문에 나는 선뜻 답하지 못했다. 학교를 못 찾으면 그다음엔 뭘 하지? 생각해 보지 않은 건 아니었지만 생각해 봐도 뾰족한 수가 없었다. 나는 내가 찾지 못한 수를 대신 찾아 줬길 기대하며 연실이를 보았다. 하지만 입을 여는 연실이의 표정도 밝지 않았다.

"사실 난 이제 뭘 해야 할지 모르겠어. 전략을 짜려고 해도, 쓸 만한 정보가 너무 없으니까. 그 이유는 우리가 게을러서가 아니야. 오빠랑 언니가 딱히 하는 일이 없어서지. 생각해 보면 그간 싸움을 거는 건 늘 우리 쪽이었어. 그 둘은 적당히 상대하기만 했고. 이쯤 되니 이런 생각이 들기도 해. 오빠랑 언니에겐 정말 아무 목적도, 의지도 없는 게 아닐까."

연실이가 한 손으로 귓불을 매만지며 말을 이었다.

"있잖아, 어차피 함께 사는 데 익숙해졌다면 말이야. 당분간 이대로 지내보는 건 어때?"

1교시 수업이 시작되었다. 언어 수업. 불같은 선생님의 성격을 알기에 웬만하면 신경 쓰고 듣는 시간이지만, 이번만은 도통 수업에 집중할 수 없었다. 나는 원래 한 가지 생각에 집중하면 다른 생각을 하지 못한다. 그런 약점을 알면서도 괜한 얘기로 머리를 더 복잡하게 만든 김연실에게 책임을 묻지 않을 수 없었다.

당분간 이대로 지내보는 게 어떠냐고? 어떻고 말고 할 것도 없이 상황이 크게 뒤바뀌지 않는 한 그렇게 될 것이었다. 그간의 경험으로 짐작건대, 내가 아무리 고군분투해 봐야 오빠를 이기기는 어려워 보였다. 차라리 얌전히 수능 준비나 하면서, 시간이 모든 일을 해결해 주길 기다리는 것도 나쁘지 않을 듯싶었다. 나는 형광펜으로 교과서에 줄을 치며 앞자리에 앉은 혜수를 보았다. 사실 지난주에 혜수도 비슷한 얘기를 했다.

"시간에 맡겨 봐."

혜수가 이 말을 한 건 내가 혜영 언니를 만나게 해 달라고 부탁한 직후였다. 부적이 필요해서가 아니라, 그냥 그 언니라면 뭔가 알고 있을 것 같아서 만나 보고 싶었다. 하지만 내 부탁에 혜수는 곤란해했다.

"언니는 지금 한국에 없어. 해외에 출장 가 있거든."

"그럼 메일 주소라도 알려 줘."

"메일 보내도 답장을 받을 순 없을 거야. 연락하기 어려운 곳에 있거든. 그래도 혹시 네가 묻거든 이런 말을 전해 달라고 했어. 아무 일 없을 테니 그냥 기다리라고. 시간에 맡겨 봐."

나는 형광펜 색깔을 바꾸며 거듭 생각했다. 정말로 시간에 맡겨 볼까. 연실이 말처럼 오빠에게 별다른 목적이 없다면, 그래서 특별한 움직임을 보이지 않는 거라면, 굳이 내 쪽에서 자꾸 싸움을 걸 필요가 없었다. 그냥 집 안에서 뒹굴도록 내버려 두면 그만이었다. 솔직히 그래도 될 만큼 오빠의 존재는 무해했다.

아니 더 솔직히, 오빠가 있는 삶은 생각보다 나쁘지 않았다. 부모님의 관심이 분산된 것에 앙심을 품은 것도 한때였을 뿐, 익숙해지고 나니 도리어 편했다. 알게 모르게 좋은 점도 많았다. 늦은 밤 집을 지킬 때도 무섭지 않았고, 자잘한 심부름이 생기면 나눠서 했고, 비 오는 날엔 우산도 얻을 수 있었다. 물론 가끔 목숨을 건질 때도 있었고.

상식에 연연하지 않고 득실만 따진다면, 오빠의 등장은 확실히 내게 득이었다. 수많은 '외동딸' 중 하필 '내 오빠'로 나타난 이유는 여전히 오리무중이었지만, 어쩌면 진짜 아무 이유가 없을 수도 있었다. 그저 신의 실수이거나, 착오이거나, 우연이거나.

바로 그때였다.

"기적은 우연히 일어나지 않아."

내 귀에 이런 소리가 들려왔다. 고개를 번쩍 들고 소리가 난 방향을 보자, 교단에서 한창 수업 중인 선생님이 보였다.

"이래도 좋고 저래도 좋은 애매한 마음으로는 안 돼. 기적은 정말로 간절한 마음이 있을 때에만 일어날 수 있으니까."

나는 교과서로 시선을 돌려 선생님이 설명 중인 비문학 지문을 읽었다. 방금까지 내가 아무 생각 없이 형광펜으로 칠하고 있던 지문은 '피그말리온'에 관한 내용이었다. 조각상을 사랑한 피그말리온의 마음에 탄복하여, 신이 조각상을 사람으로 바꾸어 주었다는 전설. 나는 익히 알고 있는 그 내용을 다시 한번 읽으며 선생님의 말에 귀 기울였다.

"그 간절한 마음을 염원이라고 해. 염원은 기적을 부르는 필수

조건이지."

언어 수업이 끝나고, 나는 내 삶에 실재하는 기적을 확인하기 위해 주머니에서 휴대폰을 꺼냈다. 휴대폰 사진첩 속에는 얼마 전 서유일이 찍어 공유한 사진이 들어 있었다.

기념으로 남겨 둔 네 사람의 사진. 가장 얼굴이 크게 나온 서유일, 그 옆에서 브이를 그리고 있는 나와 서강일, 맨 뒤에서 맥주잔을 들고 있는 백도진. 두 쌍의 남매는 닮은 구석이라곤 전혀 없었다. 특히 오빠와 내 얼굴은 공통점이 하나도 없었다. 나는 쌍꺼풀이 있지만 오빠는 없고, 나는 얼굴이 동그란 편이지만 오빠는 갸름한 편이었다.

기왕에 기적이 일어날 거면 좀 더 닮을 것이지. 나는 고개를 저으며 휴대폰을 주머니에 도로 넣었다. 그리고 옆에서 휴대폰 삼매경인 미주를 슬쩍 보았다. 가만 보니, 미주의 이마 라인은 동주 오빠와 똑같았다. 눈매도 그렇고, 입술 생김도 그렇고, 이목구비 하나하나가 거의 판박이처럼 닮아 있었다. 나는 유전자의 위대함에 새삼 감탄했다. 그러다 더 놀라운 사실을 깨닫고 미주에게 말을 붙였다.

"헐. 너 웬일이야?"

"뭐가?"

"웬일로 안 자고 있냐고."

내 질문에 미주는 대답 대신 휴대폰을 보였다. 화면에 유니버스 팬 카페 페이지가 떠 있었다.

"봐 봐. 아이디 블랙하트."

미주가 가리킨 대로 블랙하트가 쓴 글을 읽어 보니 내용이 가관이었다. 동주 오빠가 눈, 코, 턱 전부 싹 다 고쳤다는 뭐 그런 내용이었다. 그 밑으로 차라리 쌍욕을 하는 게 낫지 싶은 인신공격성 댓글이 서른 개도 넘게 달려 있었다. 나는 미주에게 휴대폰을 돌려주며 말했다.

"이건 아니지."

"당연히 아니지. 우리 오빠는 날 때부터 얼굴로 삼대는 먹고살게 할 인물이었어."

"그나저나 그 답글 다 네가 단 거야?"

"응, 이것 때문에 열받아서 잠도 안 와. 너도 로그인해서 반격 좀 해 봐."

"그렇게까지 해야 해?"

"해야지! 친구가 전쟁 중인데 참전 안 할 거야?"

미주의 성화에 못 이겨 할 수 없이 휴대폰을 꺼냈다. 원래 적이 있을 때 사이가 더 돈독해진다더니 진짜 그렇긴 한 모양이었다. 천하의 미주가 아침잠도 포기하고 전쟁을 벌이다니. 나는 댓글로 지원 사격을 벌이며 문득 떠오른 질문 하나를 던졌다.

"있잖아, 너한테 동주 오빠는 어떤 의미야?"

다소 심오한 질문이라고 생각했는데 의외로 미주는 쉽게 답했다.

"용돈 잘 주고 어디 가서 자랑하기 좋은 인간."

단번에 고개가 끄덕여지는 대답이었다. 나는 동주 오빠라면 그럴 만하다고 대꾸하며 열심히 손가락을 놀렸다. 그때 갑자기 미주가 손가락을 멈추고 혼잣말처럼 한마디를 덧붙였다.

"그리고 세상 사람들이 하나둘 나한테 등 돌릴 때, 마지막까지 남아 있을 인간. 적어도 그럴 거라고 믿을 수 있는…… 내 편?"

말을 마친 미주는 어깨를 으쓱하고 다시 전쟁에 돌입했다. 특별히 대꾸할 말을 찾지 못한 나는 조용히 댓글을 쓰며 생각했다. 어쩌면 친오빠의 존재는 내 상상 이상으로 좋을지도 모른다고. 마지막까지 남아 있을 내 편이라. 정말 그럴까? 이런 생각을 하는 건 처음이었다. 외동 시절엔 형제, 자매, 남매끼리만 나누는 동기애에 관심을 둔 적이 없었다. 관심은커녕 허구한 날 오빠와 싸우고, 울고, 짜증 내는 친구들을 보면서 오빠 같은 건 세상 쓸

모없다고 여겼다.

아, 물론 모든 오빠가 다 그렇다는 건 아니고. 세상 모든 일이 그러하듯 이 일에도 예외는 있었다. 내가 외동이던 시절, 대부분의 오빠를 우습게 여기면서 딱 한 명의 오빠만 부러워한 적이 있다. 바로 옆에 있는 미주의 오빠. 그때가 아마, 동주 오빠가 막 유니버스로 데뷔했을 때였지? 그즈음 대부분의 친구들이 미주를 부러워했지만, 나는 좀 중증이었다. 너무 부러운 나머지 오빠를 달라는 소원을 빈 적도 있다. 그러니까 거기가…….

"경주."

나는 소리 내어 말했다. 미주가 나를 보았다.

"경주가 누구야? 난 미준데."

"사람 이름 말고. 지역 말이야."

"신라 수도 경주?"

"응. 나 거기서 염원을 담아 소원을 빈 적이 있어. 그래서 기적이 이루어졌나 봐."

"뭐라고?"

"그런 게 있어. 수업 좀 들어라."

더 설명할 여유가 없었다. 나는 손에 쥔 휴대폰으로 황급히 경주행 기차표를 검색했다.

6 염원과 돌탑

염원은 허깨비를 만든다

19

요즘같이 교통이 발달한 시대에 마음만 먹으면 경주는 언제든 갈 수 있다. 별 좋은 날 당일치기로 놀러 가기 좋은 곳. 경주는 내게 딱 그 정도 인상이었다. 그러니 관광버스 창에 얼굴을 대고 신이 난 수빈이를 공격한 건 조건 반사적인 행동이었다고 봐도 무방하다.

"경주다!"

관광버스가 톨게이트를 넘을 때 수빈이가 외쳤다.

"좋으니?"

나는 1초도 망설이지 않고 빈정댔다. 이에 연실이가 내 옆구리를 쿡 찌르며 말했다.

"그만해. 사고를 낸 건 수빈이가 아니잖아."

"맞아. 그리고 어딘들 어때? 학교만 아니면 되지."

저런 현실주의자와 낙천주의자.

나는 이 상황이 마음에 안 들었지만, 두 친구가 틀린 말을 하는 것은 아니었다. 며칠 전, 사고를 낸 건 수빈이가 아니라 플라이 항공사였다. 덕분에 그 항공사를 통해 제주도로 갈 예정이었던 우리 학년은 수련회 계획을 전면 수정하게 되었다. 안전하게 경주로 가는 방향으로 말이다.

초등학교 소풍도 아니고 경주가 뭐람. 2학년 학생들 모두가 반발했지만 교장의 결정을 바꿀 수는 없었다. 결국 단체로 관광버스에 오르게 된 우리들이 할 수 있는 최선은 수련회 장소가 학교가 아니라는 것에 만족하는 정도였다.

관광버스는 빠르게 경주 시내로 들어섰다. 목적지 표지판이 보일 때쯤, 나는 후드 주머니에서 틴트를 꺼냈다. 장소가 탐탁지 않은 것과는 별개로 사진은 잘 나와야 하니까. 입술 위아래로 틴트를 찍어 바르고, 붉은색이 고루 퍼지도록 입술을 오물거렸다.

그때, 내내 휴대폰만 보고 있던 미주가 내 앞으로 불쑥 손을 내밀었다.

"샀어?"

"원래 있던 거야. 뚜껑에 금도 갔다."

나는 미주의 손에 틴트를 놓아 주며 말했다.

"근데 넌 아까부터 누구랑 그렇게 연락하는 거야? 우리랑 말도 안 하고."

"오빠. 지금 서울 가 있잖아. 다음 주에 서울 오면 방송국 데리고 가 주겠대. 다른 멤버 오빠들도 만날 수 있을 것 같아."

"난 세상에서 네가 제일 부러워."

"나도 내 삶이 참 좋단다."

씩 웃어 보인 미주는 내 틴트를 바르고, 후드 주머니에 직접 넣어 주었다.

그로부터 10분 후, 화원중학교 2학년 3반 학생들을 실은 관광버스는 목적지인 불국사에 무사히 도착했다. 우리 반은 담임의 인솔 아래 단체로 입장했다. 수도 없이 경주를 방문했지만 입장료를 내고 안까지 들어오는 건 오랜만이었다.

나는 여유를 부리며 친구들보다 한발 늦게 걸었다. 후드 주머니에 손을 넣고 휘파람까지 불었다. 그러다 무심코 주머니에서 손을 빼고는 기겁했다. 손바닥이 온통 붉게 물들어 있었기 때문이다. 입술 색과 똑같은 색으로. 금이 갔던 뚜껑이 깨져 틴트가 주머니 안에서 샌 것이 분명했다.

당황한 것도 잠시, 주위를 살피자 마침 가까운 곳에 공용 화장실이 보였다. 나는 한참 앞서 걷고 있는 연실이에게 소리쳤다.

"연실아, 나 화장실 좀 들렀다 갈게."

"같이 갈까?"

"아니야, 먼저 가! 금방 따라갈게."

그렇게 친구 무리를 먼저 보낸 뒤 혼자 화장실로 달려갔다. 세면대에서 손을 씻고, 엉망이 된 주머니는 물 묻힌 휴지로 닦았다. 이미 수습 불가 상태로 보였지만, 성심성의껏 복구를 시도했다. 그러다 보니 예상보다 많은 시간을 소요해 버렸다. 화장실에서 나왔을 때는 아는 얼굴이 하나도 보이지 않았다. 친구들에게 전화를 걸어도 아무도 받지 않았다. 할 수 없이 나는 혼자서 불국사 안을 돌아다녔다. 어차피 모두들 앞에 있겠거니 했다.

역시나 얼마 안 가 아는 얼굴이 나타났다. 찾던 친구들이 아니긴 했지만, 어쨌든 이름을 부를 수 있는 누군가를 발견한 것에 마음이 놓였다.

"서강일."

나는 혼자 돌계단에 앉아 있는 서강일에게 다가갔다.

"다른 애들은 다 어디 갔어?"

"다 안으로 들어갔어."

"근데 왜 넌 여기 있어?"

서강일은 대답 대신 앞으로 난 길을 가리켰다. 긴 길 위에는 학생들이 북적였다. 아무래도 수련회 장소가 바뀐 학교가 우리 학교만은 아닌 것 같았다. 고즈넉하고 아름다워야 할 길이 흡사 시장통처럼 붐볐다. 그 광경을 보고 있자니 어쩐지 나도 더 나아가고 싶지 않아졌다. 나는 발걸음을 떼지 않고 그대로 돌계단에 앉았다. 서강일이 고개를 갸웃하고 물었다.

"안 가? 다른 애들 찾고 있는 거 아니었어?"

"됐어. 여기서 기다리면 오겠지 뭐."

눈앞에 잠자리 한 마리가 지나갔다. 하늘은 쾌청하고, 바람도 선선했다. 구태여 사람 많은 곳으로 갈 생각이 아니라면, 불국사에 있기 더없이 좋은 날이었다.

절을 둘러싸고 있는 푸른 나무, 하늘을 가로질러 가는 새 떼, 간간이 터지는 아이들의 웃음소리, 참 평화로운 풍경이 아닐 수 없었다. 절에서 천국을 생각하기는 뭐하지만, 아무튼 천국이 있다면 이런 풍경이지 않을까 싶었다. 모든 것이, 정말 모든 것이 완벽했다.

딱 하나. 내 옆에 앉아 있는 한 사람만 없는 셈 칠 수 있다면.

10분째, 서강일은 아무 말도 하지 않았다. 무슨 생각을 하는지 알 수 없는 얼굴로 하늘만 올려다봤다. 그 모습을 지켜보는 내 기분은 뭐랄까. 현재 내 기분을 적절히 표현하는 문장으로는 이런 것들이 있었다.

어색하다. 불편하다. 숨 막히다.

이제까지 나와 서강일은 아무런 교류도 없었다. 어쩌다 한 반에서 만나 통성명만 주고받은 사이에 불과했다. 내가 알기로 서강일은 전형적인 남자애였다. 왜 모든 반에 있지 않은가. 공차기나 좋아하고, 공감 능력이 다소 떨어지고, 여자애들과 노는 걸 유치하게 생각하는 그런 남자애들.

나는 속을 알 수 없는 서강일의 얼굴을 힐끔 쳐다보며 10분 전의 선택을 후회했다. 낯선 곳에서 아는 얼굴을 만났다고 대뜸 옆에 앉은 건 실수였다. 우리는 이럴 사이가 아니었다. 한번 그런 생각이 들자, 그런 기분은 점점 더 강해졌다. 도저히 옆에 있는 서강일을 없는 셈 치며 느긋이 풍경을 감상할 수 없었다.

나는 괜히 발장구를 치며, 아무 곳으로나 시선을 던졌다. 그러다 우연히 맞은편 사당 앞에서 돌탑을 쌓고 있는 여자를 발견하곤 말했다.

"소원 비나 봐."

마침 서강일도 그 여자를 보고 있었는지 곧바로 대꾸했다.

"그러네. 절이잖아."

하긴 절에서 소원을 비는 건 하나 이상할 게 없었다. 아까부터 자리를 뜰 핑계를 찾고 있었는데, 이보다 좋은 핑계는 없을 듯싶었다. 나는 자연스럽게 엉덩이를 털고 일어나며 말했다.

"나도 빌래."

그리고 맞은편 사당을 향해 걸어갔다. 그때, 예상치 못한 일이 벌어졌다. 망부석처럼 가만히 있을 줄 알았던 서강일이 자리에서 일어나 나를 따라왔다.

'쟤는 내가 안 불편한가? 왜 저래?'

나는 서강일을 의식하며 길가에 떨어진 납작한 돌 하나를 집었다. 그러자 어느새 등 뒤까지 따라온 서강일이 말을 걸었다.

"무슨 소원을 빌려고?"

생각지 못한 질문에 빠르게 머리를 굴렸다. 가족의 행복, 할머니의 건강, 멋진 남자 친구 등등 숱한 소원들이 머릿속에 떠올랐다. 나는 개중 하나의 소원을 입 밖으로 뱉었다.

"오빠가 생기게 해 달라고."

"어?"

순간 서강일의 머리 위에 물음표가 뜨는 것이 보였다. 실은 말한 나도 당황스러웠다. 갑자기 이런 말이 왜 나왔을까. 아까 버스에서 미주가 너무 부러웠나. 내 무의식이 그렇게까지 오빠를 바라고 있었나. 뭐가 됐든 일단 말을 뱉었으니 어쩔 수 없었다. 나는 괜히 역정을 내며 민망한 상황을 무마했다.

"연예인같이 잘생긴 오빠를 달라고 빌 거야. 소원인데 말도 못해?"

"아니, 말을 말라는 게 아니라 불가능하지 않아? 동생도 아니고 오빠는."

"뭐 어때? 소원인데."

나는 납작한 돌을 후드 주머니에 넣었다. 그리고 몇 차례 굴렸다가 빼내자, 미처 마르지 않은 틴트 덕에 붉은 돌이 되어 나왔다. 서강일의 머리 위에 다시 한번 물음표가 떴다.

"연금술이냐?"

하지만 그러기도 잠시, 서강일은 곧 비슷한 돌 하나를 집어서 내게 내밀었다. 나는 그 돌도 붉게 물들여 주었다.

우리는 함께 맞은편 사당 뒤쪽으로 갔다. 땅바닥에 각각 붉은 돌을 깔고 그 위로 다른 돌 두 개를 더 올려 탑을 만든 뒤, 합장하고 소원을 빌었다.

나는 서강일에게 말한 대로 오빠를 달라고 했다. 어차피 무속신앙 같은 건 믿지 않기에 짧게 끝내고 눈을 떴다. 그리고 여전히 합장 중인 서강일이 눈을 뜨길 기다렸다가 물었다.

"너는 무슨 소원 빌었어?"

서강일은 내게 처음으로 미소를 보이며 이렇게 말했다.

"너랑 비슷해. 예쁜 누나를 달라고 했어."

20

쉬는 시간에 알아본 바에 따르면, 내가 탈 수 있는 가장 빠른 경주행 기차는 4시 15분에 출발했다. 나는 학교가 끝나자마자 기차역으로 향했다. 플랫폼으로 들어가자, 먼저 도착한 서강일이 표를 흔들며 내게 다가왔다.

"용케도 그런 옛날 일을 기억해 냈네."

"지금이라도 기억나서 다행이지."

"지금까진 왜 잊고 있었을까?"

"그야 그날 밤에 그보다 더 임팩트 있는 일이 있었으니까."

나는 민망했던 그날 밤을 떠올리며 일부러 아무렇지 않게 이야기했다. 하지만 내가 먼저 꺼낸 그 화제를 서강일은 이어 가지 않았다. 대신 미리 구입한 표를 주며 말했다.

"만일 모든 일이 정말 그 돌탑 때문이라면 많은 것이 설명돼. 그 둘이 갑자기 우리에게 나타난 이유도, 아무 목적 없이 행동한 이유도. 한 가지 이상한 점은, 왜 중2 때 빌었던 소원이 이제야 이루어졌냐는 건데……."

"그건 가 보면 알겠지. 뭐가 됐든 가서 확인해 보자."

나는 서강일이 건넨 표를 주머니에 쑤셔 넣었다. 마침 기차 소리가 들려왔다. 정확히 15분에 맞추어 기차는 플랫폼에 들어왔고 이내 문이 열렸다.

그제야 나는 내내 무시하던 두 사람을 돌아보며 말했다.

"그건 그렇고 너희는 어디까지 따라올 건데?"

그 말에 잠자코 있던 윤성현이 입을 삐죽였다.

"경주까지 같이 가야지. 브레인인 우리 둘을 빼고, 너희 둘이 뭘 할 수 있겠어?"

연실이도 팔짱을 척 끼고 서서 말했다.

"그래, 넷이 한배를 타기로 해 놓고 표는 두 장만 끊으려고 했어?"

"너 아침에는 당분간 이대로 지내보라고 하지 않았어?"

"그거야 특별한 수가 없을 때 그러란 거였지."

연실이는 뻔뻔하게 대답하고, 나보다 한발 앞서 기차에 올라탔다. 윤성현과 서강일이 그 뒤를 잇고, 마지막으로 내가 헛웃음과 함께 기차에 올랐다.

얼결에 대동하긴 했지만 어쨌든 브레인들과 함께 경주로 향한 것은 나쁜 선택이 아니었다. 그 사실을 깨달은 건, 기차에서 내리자마자였다. 연실이가 선두에서 달리며 우리를 재촉했다. 그 뒤를 쫓으며 서강일이 물었다.

"왜 이렇게 서두르는데?"

"불국사는 6시에 관람 시간이 끝나. 1시간도 안 남았다고. 오늘 안에 그 돌탑을 확인하고 싶다면 지금 반드시 저 버스를 타야 해."

연실이는 막 정류장을 향해 다가오는 버스를 가리키며 말했다. 과연 연실이가 미리 버스 시간표를 확인해 두지 않았더라면 우리는 헛걸음을 할 뻔했다. 그 버스를 타고서야 간신히 5시 33분에 불국사 안으로 들어올 수 있었기 때문이다.

"자, 여기서부터는 어떻게 해야 해?"

연실이가 물었다. 나는 자신 없게 한 방향을 가리켰다.

"글쎄. 그때 화장실에서 나온 다음 큰길을 따라갔으니까 아마 저기 아닐까?"

솔직히 확신이 없었다. 내 기억 속에 있는 하늘, 나무, 새 떼, 아이들 웃음소리는 특정 장소를 찾을 지표로 삼기에는 무리가 있었다. 사원들은 하나같이 비슷해 보였고, 무엇보다 우리가 찾아야 하는 돌탑은 탑이라고 할 만한 크기가 아니었다. 고작 3단짜리 돌 뭉치를 쉽게 발견할 수 있을 리가.

"여기 있다."

있을 리가 있었나 보다. 활약한 이는 또 다른 브레인, 윤성현이었다. 윤성현은 우리보다 한참 앞서 걷더니 웬 사당 뒤편에서 우리를 불렀다.

"어떻게 이렇게 빨리 찾았어?"

"아무리 여유를 만끽하고 싶다고 해도 중2짜리 애가 오랫동안 떨어져 걸었을 리 없지. 네가 친구들과 헤어진 건 불국사에 입장하고 얼마 안 되었을 때일 거야. 입구에서 가장 가까운 공용 화장실은 저기. 그 화장실에서 가장 가까운 사당은 여기. 너희가 돌탑을 쌓은 곳은 이 사당의 뒤편이지."

정말로 윤성현이 가리킨 곳에는 돌탑 두 개가 있었다. 가장 밑에는 검붉은 돌이 깔려 있었다. 3년 전보다 색깔이 어두웠지만, 저런 돌 두 개가 자연적으로 생겨났을 리는 없을 테니, 그때의 그 탑이 틀림없었다. 다만 한 가지 다른 점이 있다면 탑이 3단이 아니라는 거였다.

"저게 뭐야."

나는 탑 바로 앞까지 다가갔다. 높이가 무려 내 키만 했다. 한 눈에 몇 단인지 헤아릴 수도 없을 만큼 돌이 켜켜이 쌓여 있었다. 옆에서 연실이가 고개를 끄덕이며 말했다.

"이제 이해가 되네. 왜 3년 후에 소원이 이루어졌는지. 너희의 보잘것없는 소원이 3년 동안 여러 사람에게 응원을 받았나 봐. 소원을 빌 당시 너희에게 염원 따위는 없었을 테니, 여러 사람의 도움 덕분에 기적이 이루어졌다고 봐야겠네."

"왜 여러 사람이 우리 소원에 힘을 보태 줘? 무슨 소원인지도 몰랐을 텐데."

내 물음에 연실이 대신 서강일이 답했다.

"그야 붉은 돌이 특이해서겠지. 호기심에 하나씩 얹지 않았겠어?"

서강일은 이렇게 말하며 발끝으로 붉은 돌 하나를 툭 차 버렸다. 그 작은 몸놀림에 3년이나 쌓여 온 공든 탑이 우르르 무너졌다. 나는 깜짝 놀라 서강일의 팔뚝을 잡으며 말했다.

"뭐 하는 거야?"

"이러려고 온 거 아니야? 네 것도 얼른 무너뜨려."

틀린 말은 아니었지만 그렇게 성의 없게 무너뜨리기는 아까웠다. 무심한 놈. 나는 바닥에 쭈그려 앉아 양손으로 조심스럽게 붉은 돌을 빼냈다. 내 돌탑도 순식간에 좌우로 폭삭 무너져 내렸다. 그때였다.

"이봐, 학생들! 뭐야!"

큰길 쪽에서 걸걸한 목소리가 들려왔다. 비구니 한 분이 우리를 향해 달려왔다. 나는 그분이 가까이 오기를 가만히 기다렸다. 일단 인사를 한 다음 상황을 차분히 설명할 생각이었다. 그런데 생각과 달리 몸이 움직였다. 서강일이 내 손목을 낚아채고 불국사 입구를 향해 달렸기 때문이다. 나는 얼결에 끌려가며 말했다.

"왜 그래. 설명하려 했는데. 내가 내 소원 탑을 허문 거잖아."

"저게 네 소원 탑인지 어떻게 증명할 거야?"

서강일은 내 손목을 놓지 않은 채 계속해서 달렸다. 우리의 바로 뒤로 연실이와 윤성현도 달려오고 있었다. 그래, 저 둘이 달리는 게 낫다고 판단했다면 그런 거겠지. 그제야 나는 서강일의 속도에 맞추어 발을 빠르게 굴렀다.

오후 6시, 막 하늘 끝이 붉게 물들어 갈 때 즈음, 철없는 소원을 3년 만에 물러 버린 우리는 사이좋게 불국사 밖으로 빠져나왔다.

하늘이 온통 새까매질 무렵, 나는 친구들과 헤어져 집으로 돌아갔다. 606호 현관문을 열고 집 안에 들어서자, 거실 불이 켜져 있는 게 보였다. 하지만 소파 위에 늘 있던 오빠는 보이지 않았다.

나는 부엌 옆 방을 바라보았다. 방문이 굳게 닫혀 있었다. 가방도 내리지 않은 채, 문 앞으로 한 발씩 다가갔다. 그리고 똑똑, 문을 두 번 두드렸다. 안에서 들려오는 대답은 없었다. 조심스럽게 문고리를 돌려 보니 문이 스르륵 열렸다.

파란 시트가 깔려 있는 침대, 일인용 DIY 책상, 역사책과 만화책만 꽂혀 있던 책장, 장식처럼 늘어져 있던 아령들.

눈에 익은 그 어떤 물건도 보이지 않았다. 대신, 다른 물건들이 보였다. 낡은 옷 더미, 쓰지 않는 가전제품, 먼지 쌓인 여행용 가방, 잡동사니를 넣어 둔 박스 더미들.

방은 돌아와 있었다. 오빠 방에서 한때는 너무나도 당연하고 익숙했던 창고로 말이다. 나는 사람이 쓰는 흔적이 전혀 없는 그 방을 몇 차례고 둘러보았다. 그때였다.

"뭐 해?"

어느 틈에 내 등 뒤에 선 엄마가 말했다. 나는 확신을 얻기 위해 물었다.

"엄마, 혹시 나한테 오빠가 있어?"

"오빠?"

내 말에 엄마가 의아한 표정으로 되물었다. 나는 이상하게 들릴 줄 알면서도 거듭 물었다.

"있어? 없어?"

"무슨 소리야? 뜬금없이 오빠는 무슨. 없어."

그 말을 듣고서야 실감이 났다. 돌아왔다. 다소 허무한 감이 없지 않아 있지만, 어쨌든 모든 것이 끝났다.

나는 빙그르르 뒤돌아서 엄마의 목에 매달렸다. 엄마가 고개를 갸웃하며 물었다.

"갑자기 왜 이래? 학교에서 무슨 일 있었어?"

"아니. 아무 일도 없었어."

나는 고개를 저으며 엄마를 놓았다. 그리고 내 방으로 들어가서 주머니 속에 붉은 돌을 꺼냈다. 여름부터 가을까지 고작 이 돌 하나 때문에 그 고생을 했다니. 나는 돌을 책상 위에 올려놓고 손가락으로 톡톡 건드렸다. 그리고 침대 위로 달려가 벌러덩 누우며 크게 외쳤다.

"이제 다 끝났다!"

11월 둘째 주 수요일, 약 4개월 만에 미스터리한 나의 오빠 백도진이 드디어 사라졌다.

21

모든 것이 원래대로 돌아왔다. 지난했던 과정에 비해 힘 빠지는 결말이었지만, 중요한 건 내가 이겼다는 사실이다. 오빠에게 속수무책으로 당하던 시절, 아주 잠시 노력하는 과정이 중요하다고 생각한 적도 있지만 이렇게 되고 보니 역시 결과가 좋은 게 장땡이었다.

나는 등교 준비를 마치고 굳게 닫힌 창고 문을 보며 생각했다. 아주 후련해 죽겠다고. 그때, 엄마가 다가오며 말했다.

"왜 그렇게 죽겠단 표정을 짓고 있어."

나는 엄마가 건네주는 토마토주스 잔을 받으며 답했다.

"그냥 좀 피곤해서."

그리고 주스를 단숨에 마신 뒤, 빈 잔을 싱크대에 넣었다. 싱크대 안에 덩그러니 잔 하나가 놓였다. 원래대로라면 두 잔이 있어야 하는데. 아니지. 원래대로가 한 잔이 맞지. 나는 고개를 절레절레 흔들고 집을 나섰다.

보통 걸음으로 15분이면 도착하는 학교를 25분을 걸어서 도착했다. 한 번도 쉬지 않았는데 이상한 일이었다. 나는 무거운 발걸음으로 느릿느릿 교실 안으로 들어갔다.

친구들은 평소와 똑같았다. 왁자지껄한 녀석들은 그런대로, 조용한 녀석들은 그런대로, 나름의 아침 시간을 보내고 있었다. 잠시 후 들어온 담임도 평소와 똑같았다. 재미없는 농담으로 조회를 마치고는 금방 교단에서 내려왔다. 이후 곧바로 수업 시간이 시작되었다. 수업이 끝나고서는 쉬는 시간이 찾아왔다. 조금 있다 또 수업 시간이 시작되었고 또 쉬는 시간이 찾아왔다. 반복되는 수업 시간과 쉬는 시간. 한 번의 점심시간 이후 내리 이어지는 수업 시간과 쉬는 시간. 달라진 건 아무것도 없었다. 달라진 건 나뿐이었다.

모처럼 우리 반에 놀러 온 수빈이가 말했다.

"무슨 일 있어? 오늘따라 유독……."

"기분 안 좋아 보인다고? 알아. 네가 일곱 번째로 말하는 거야."

나는 책상에 엎드린 채 말했다. 수빈이는 힘내라며 초콜릿 하나를 주고는 다른 친구를 찾아 떠났다. 나는 초콜릿을 먹고 다시 책상에 엎드려 남은 일정이 끝날 때까지 일어나지 않았다. 그리고 종례가 끝나자마자 곧장 집으로 향했다.

현관문을 열고 거실에 들어서자 비어 있는 소파가 보였다. 나는 큰 소리로 말했다.

"아우, 속 시원해."

뒤이어 거실 바닥에 가방을 내던지고 소파 위에 벌러덩 누웠다. 몇 달간 오빠와 나눠 쓰던 소파를 혼자 차지하니 그렇게 좋을 수 없었다. 나는 소파 위에 대자로 눕고 눈을 감았다. 그러자 순간 의도치 않은 한숨이 흘러나왔다. 아무래도 갑자기 긴장이 풀려서 그런 것 같았다. 게다가 어제 경주까지 다녀왔으니 몸이 피곤한 것도 당연했다. 나는 잠시 눈을 붙이면 좀 나아지리라 여기며 억지로 잠을 청했다.

하지만 이는 오산이었다. 한번 나빠진 컨디션은 몇 밤을 자도 나아지지 않았다. 뭘 해도 흥이 나지 않고, 재미가 없었다. 인간은 자극에 중독된다더니, 정체불명의 오빠라는 강력한 자극을 맛보았다가 한순간에 갑자기 사라져서 그런 듯했다. 하여간 그 인간은 사라지고 나서도 문제였다.

나는 더 이상 세상에 있지 않은 오빠를 자주 생각했다. 소파에 앉을 때, 부엌을 지날 때, 축구 경기를 볼 때마다 오빠가 떠올랐다. 사람 든 자리는 몰라도 난 자리는 반드시 티가 난다더니, 정말 그런 모양이었다. 아무렇지 않게 일상을 보내다가도 문득 오빠가 생각날 때면 묵직한 허탈감이 찾아왔다.

그럴 때마다 나는 깊은 한숨을 쉬었다. 내가 하도 한숨을 쉬어 대니 주변 사람들은 모두 내 컨디션이 좋지 않다는 걸 알아챘다. 오죽하면 오프라인 인간에게 흥미가 없는 혜수조차 이렇게 물을 정도였다.

"무슨 일 있어?"

나는 남들과 조금 다른 혜수라면 남들과 다른 대답을 주지 않을까 하여 이렇게 말했다.

"있잖아, 오빠가 말이야……."

하지만 혜수는 내 말이 채 끝나기도 전에 이렇게 물었다.

"오빠?"

괜한 기대였나 보다. 혜수의 반응도 남들과 다르지 않았다. 부모님도, 친척들도, 미주도, 수빈이도 그랬듯이 혜수 역시 오빠를 기억하지 못했다. 모두들 처음 오빠가 나타났을 때, '너는 원래 오빠가 있었잖아.'라고 말했던 것과 마찬가지로 오빠가 사라진 뒤에는, '너는 원래 외동이었잖아.'라고 말했다.

이 세상에서 오빠를 기억하는 사람은 딱 네 명뿐이었다. 나와 서강일, 그리고 왜인지는 모르겠지만 김연실과 윤성현. 우리의 말을 믿는 셈 치고 나름의 도움을 주어 왔던 그 둘은 오빠와 언니가 사라진 이후 우리의 말을 '완전히' 믿었다. 우리의 기억 속에 생생한 백도진과 서유일을 다른 모든 사람들이 부정하니 무리도 아니었다. 덕분에 우리 네 사람 사이에는 상당히 끈끈한 전우애가 생겼다. 적이 사라진 이후에 말이다.

나는 그 어느 때보다도 내 편인 연실이에게 오빠가 사라진 뒤 생겨난 복잡미묘한 감정을 털어놓았다. 연실이는 내 기분을 이렇게 정리해 주었다.

"아마도 정이 들어서겠지. 너 오빠랑 사는 데 제법 익숙해졌었잖아."

"이 기분이 정 때문이라고?"

"뭔가 마무리를 제대로 맺지 못해서 불편한 거겠지. 오빠랑 나눴던 마지막 대화가 뭐야?"

나는 경주에 가기 하루 전날을 곰곰이 떠올렸다. 그날 오빠는 소파 위에 있었고 나는 그 앞을 스쳐 지나가며 이렇게 말했다.

"또 축구 봐? 이거였어."

"그것 봐. 쓸데없는 말이었잖아."

"하지만 이미 지난 일인데 어떡해. 오빠는 이제 없고 마지막 대화를 되돌릴 수도 없는데."

내 말을 들은 연실이가 자못 진지한 얼굴로 말했다.

"상관없어. 매듭을 짓는 데 꼭 상대가 필요한 건 아니니까."

매듭을 짓는 데 꼭 상대가 필요하지 않다라. 확실히 연실이의 말은 일리가 있었다. 사람들이 장례식을 치르는 이유도 그와 다르지 않으니까. 매듭을 짓는 건 떠난 이가 아닌 언제나 남겨진 이의 몫이다. 물론 이번 경우 오빠가 죽은 것은 아니지만, 아무튼 혼자 남은 나로선 매듭을 지을 필요가 있었다. 그래야 마음이 편할 것 같았다.

그날 새벽, 나는 부엌 옆 방 앞에 섰다. 그리고 보름 동안 한 번도 열지 않은 방문을 조심스럽게 열었다. 눈이 어둠에 익으면서 서서히 방 안 사물이 보이기 시작했다.

나는 방 안으로 들어가 그간 오빠와 있었던 일들을 떠올려 보았다. 오빠는 어느 날 낯선 침입자로부터 날 구해 주며 처음 나타났다. 그리고 이어지는 여름 내내 날 혼란스럽게 했다. 오빠의 피를 보려다 농락만 당하고, 아무것도 아닌 반지 하나 때문에 쫓고 쫓기고, 부적이니 미행이니 쇼를 하다가 병원까지 가고, 대기실만 화려했던 공연장에서 함께 뮤지컬도 봤다. 그러고 보니 몇 달 사이 꽤 많은 일이 있었다.

그렇게나 많은 일이 있었는데, 그 모든 일을 함께한 오빠가 고작 허깨비였다니.

나는 손안의 붉은 돌을 들여다보았다. 그리고 천천히 마지막 매듭을 짓기 위한 말을 찾았다. 그런데 막상 인사를 하려니 적당한 말이 떠오르지 않았다. 아무 의지 없는 존재를 멋대로 불러냈다가 멋대로 지워 버린 내가 할 수 있는 말은 많지 않았다. 사과를 해야 하나, 변명을 해야 하나. 나는 한참 동안 입을 떼지 못하고 서 있었다. 어차피 새벽은 기니까. 시간이 얼마나 걸리든 꼭 제대로 된 말로 인사하고 싶었다.

바로 그때, 뒤에서 저음의 목소리가 나를 불러 왔다.

"유진아."

깜짝 놀라 뒤돌아보니 문밖에 아빠가 서 있었다. 아빠는 걱정스러운 얼굴로 다가와 물었다.

"괜찮아?"

"응, 깜짝 놀랐잖아."

"나야말로 놀랐다. 또 몽유병이 도진 줄 알고."

"아니야, 내 발로 들어온 거야."

"이 새벽에 왜?"

"그냥. 잠이 안 와서. 명상이나 할 겸."

"명상은 네 방에서 하지 왜 여기서 하고 있어, 사람 놀라게."

아빠가 놀라는 건 당연했다. 나는 어릴 때부터 몽유병을 앓았다. 나이가 들며 점점 나아지기는 했지만 스트레스를 심하게 받을 때면 간혹 증세가 나타난다.

그래도 아직까지 몽유병 때문에 큰일을 겪은 적은 없다. 고작해야 중학교 2학년 수련회 때 숙소를 이탈한 정도였다. 아직도 친구들 사이에서 말이 나올 정도로 당시에는 큰 화젯거리였으며, 그 때문에 진지하게 자퇴를 고려했던 적도 있다. 하지만 3년쯤 지나고 보니 그냥 다 추억이었다.

내가 무사한 걸 확인한 아빠는 함께 나가자며 내 팔을 붙들었다. 나는 순순히 아빠 말을 따랐다. 이 방에 계속 버티고 있을 이유가 없었다. 게다가 마침 매듭을 지을 말도 생각난 참이었다.

그 말은 전혀 특별하거나 의미 있지 않았다. 그냥 하루에도 몇 번씩 하는 통상적인 인사말일 뿐이었다. 그럼에도 그 말이야말로 이 순간에 가장 적절하게 여겨졌다. 최소한 스스로가 구질구

질하게 느껴지지는 않았다. 나는 방문을 닫으며, 아빠에게 들리지 않을 정도로 뻐끔대며 말했다.

"안녕, 오빠."

7 마지막 힌트
게임에는 타임 리밋이 있다

22

'안녕'은 걱정이나 탈 없이 평안하라는 뜻이다. 사람들은 만날 때나 헤어질 때나 말한다. 안녕이라고. 함께 있을 때나 떨어져 있을 때나 무사하라는 바람에서 말이다. 완전히 반대되는 상황에서 같은 말을 사용하면 혼란이 올 법도 한데, 대부분의 경우 사람들은 헷갈리지 않는다. 만날 때와 헤어질 때를 잘 구별하여 안녕이라고 말한다.

하지만 그 사람은 헷갈렸나보다.

"안녕."

등교 준비를 마치고 방에서 나왔을 때, 오빠가 말했다. 소파 위에 누워 반갑게 손까지 흔들면서. 오빠를 보는 순간, 나는 사레

가 들려 캑캑 기침을 했다. 마치 첫 만남 때로 돌아간 것처럼 갑자기 심장이 쿵쿵 뛰고 손끝이 벌벌 떨려 왔다.

안녕에는 안녕으로 화답하는 게 예의라고 배워 왔지만, 예의고 나발이고, 나는 그대로 집 밖으로 뛰쳐나갔다. 주스를 마시고 가라는 엄마 말에 대꾸도 않은 채 도망치듯 계단으로 내달렸다. 계단을 반 정도 내려왔을 때 교복 주머니에서 휴대폰이 요동쳤다. 발신인을 확인하지 않아도 누군지 알 수 있었다. 전화를 받자마자 말했다.

"안 그래도 너한테 걸려고 했어."

그 한마디에 상황 파악을 마친 서강일이 말했다.

"이따 학교 끝나고 너희 학교 앞 공터에서 봐."

나는 학교에 도착하자마자 연실이에게 오빠의 부활을 알렸다. 이후 수업은 귀로 듣는지 코로 듣는지 알 수 없었다. 이러다 심장에 무리 가는 거 아닌가 싶을 정도로 맥박이 빠르게 뛰었다. 어쩐지 너무…….

"불길해."

학교가 끝나자마자 공터에 모인 세 친구 앞에서 내가 말했다.

"그래, 솔직히 좀 보고 싶긴 했어. 근데 죽은 사람이 아무리 보고 싶어도 진짜 살아 돌아오면 반갑겠어? 완전히 까무러칠 일이지. 대체 왜 돌아와? 인사까지 다 한 마당에 뭘 바라고 돌아온 거냐고?"

"진정해."

서강일이 좌우로 왔다 갔다 움직이는 나를 억지로 벤치에 앉히며 말했다.

"그냥 원점일 뿐이야."

하지만 그 말에 윤성현이 반론을 제기했다.

"엄밀히 말해 원점은 아니지. 솔직히 난 좀 긴장해야 한다고 봐. 반지 사건 때처럼 우리끼리 헛다리를 짚고 쇼한 게 아니잖아. 그 둘은 정말로 사라졌었어. 그리고 보름 만에 다시 나타났고. 진의를 제대로 파악해 볼 필요가 있어."

그 말에 연실이가 맞장구쳤다.

"맞아, 나도 보통 상황은 아니라고 생각해. 어쩌면 이번에야말로 그쪽에서 진짜로 움직일 수도 있어. 눈 크게 뜨고 지켜봐야 해."

두 사람이 그렇게 말하자 서강일의 표정도 자못 심각해졌다. 나는 세 친구들을 번갈아 보며 쿵쾅대는 가슴에 손을 얹었다. 분명히 낙관적으로 전망할 상황은 아닌 듯 보였다.

이러한 예감에 불을 붙이듯, 다시 돌아온 오빠의 행동은 확연히 달라졌다. 재동거 첫째 날부터 이제까지 안 하던 짓을 했다. 내가 집으로 돌아왔을 때, 소파 위에 있어야 할 오빠의 모습이 보이지 않았다. 엄마에게 행방을 묻자 아침에 나가서 아직까지 돌아오지 않았다고 했다. 나는 내 방으로 돌아가려다 말고 닫혀 있는 부엌 옆 방을 바라보았다.

조심스럽게 문을 열자 예상대로 그 방은 창고에서 오빠 방으로 다시 바뀌어 있었다. 침대, 책상, 옷장, 모든 것이 그대로였다. 나는 방 구석구석을 눈으로 살피고 다시 문을 닫았다.

그때 현관문이 열리며 오빠가 들어왔다. 오빠는 자기 방에서 나오는 나를 보고 말했다.

"왜 거기서 나와?"

나는 놀란 티를 내지 않고 태연하게 반응했다. 오빠를 별 볼 일 없는, 내게 아무 짓도 하지 않는, 익히 알고 있는 '그 오빠'라고 믿고 답했다.

"그냥. 오빠는 어디 갔다 와?"

"친구 만나러."

"유일 언니?"

"내 친구가 유일이뿐이야?"

"그렇지 않았나? 아님 보름 사이 다른 친구라도 사귀었어?"
내 말에 오빠가 신발을 벗다 말고 반문했다.
"보름?"
그리고 무슨 말인지 도통 모르겠다는 표정을 지었다.
됐다. 이런 식의 도발이 먹힌 적은 어차피 한 번도 없었다. 나는 오빠를 지나쳐서 내 방으로 들어갔다. 책상 위에 올려 둔 붉은 돌이 눈에 띄었다.
염원? 기적? 웃기고 있네. 오빠는 그런 돌탑 따위로 생겨난 허깨비가 아니었다. 확실한 목표와 실체가 있는 존재였다. 다음 날부터, 눈에 띄게 분주해진 움직임이 이를 증명했다.
오빠는 매일같이 밖을 돌아다녔다. 처음에 나는 그 목적지가 불탄 공연장이라고 짐작했다. 일전에 오빠가 나와 서강일을 일부러 그곳까지 유인했다는 인상을 지울 수 없어서였다. 그래서 혼자 그 공연장을 찾아가 보았다. 그런데 웬걸, 공연장은 이미 문을 닫은 뒤였다. 정문엔 크게 '관리인 사정으로 인한 폐쇄'라고 적혀 있었다.
관리인 사정이라. 나는 혹시 그 사정을 아는 사람이 있을까 하여 한동안 근처를 서성였다. 하지만 스태프로 추정되는 사람은 단 한 명도 발견할 수 없었고, 지나가는 행인 중 누구도 낡고 불탄 건물에 관심을 두지 않았다. 별수 없이 나는 걸음을 돌려 집으로 돌아왔다. 그때까지도 오빠는 아직 집에 돌아오지 않았다.

그 공연장이 아니라면 도대체 어디에 간 걸까. 이를 알 수 있는 가장 간단한 해결책은 하나였다. 서강일도 나와 같은 생각을 했는지 전화로 불쑥 이렇게 말했다.

"미행을 해 볼게."

진즉에 서강일의 미행 실력을 보았던 나는 진심으로 말렸다. 그리고 이렇게 말했다.

"내가 할게."

그 주 토요일 새벽, 나는 단단히 옷을 여미고 거리를 걸었다. 3미터 앞에는 오빠가 있었다. 새벽같이 집을 나선 오빠는 별달리 의심하는 기색 없이 걸었다. 방향으로 보아 버스 정류장으로 가려는 듯했다. 잠에서 깨기엔 아직 이른 시간인데도 내 휴대폰에는 세 친구의 응원 메시지가 와 있었다. 그만큼 오늘은 벼르고 벼르던 날이었다.

사실 마음 같아서는 미행 얘기가 나온 바로 다음 날부터 미행을 하고 싶었다. 하지만 고등학생이라는 신분의 제약 때문에 그럴 수 없었다. 오빠는 내가 등교한 이후에 움직여서, 귀가한 이후에 돌아왔기 때문이다. 무리하게 학교를 빠지고 오빠 뒤를 쫓았다가 걸리면 일을 시작하기도 전에 그르칠 가능성이 컸다. 할 수 없이 주말까지 인내심을 가지고 기다렸다. 그러므로 오늘 미행은 결코 실패해서는 안 되었다.

짐작대로 오빠는 버스 정류장에 도착했다. 그리고 101번 버스에 올랐다. 나는 같은 버스를 타지 않고 뒤에 오는 택시를 잡아탔다. 약 15분을 달려 버스와 택시는 나란히 근린 공원을 지났다. 오빠는 공원 입구에서 내렸다. 나는 기사님께 얼른 카드를 내밀었다. 그런데 카드를 찍은 기사님이 고개를 갸웃했다.

"학생, 이 카드 안 되는데?"

나는 택시 창문을 통해 오빠를 계속 주시하며 말했다.

"그럴 리가 없는데요."

"두 번이나 찍었는데 안 돼. 현금 없어?"

어쩔 수 없이 나는 창문에서 눈을 떼고 지갑에서 현금을 꺼내 드렸다. 상황을 무마하고 겨우 택시에서 내렸을 때는 이미 오빠가 시야에서 사라진 뒤였다.

나는 무작정 근린 공원 안으로 들어갔다. 공원은 탁 트여 있었지만 오빠의 모습은 보이지 않았다. 앞으로 걸어가자, 약 20분 후 공원이 끝이 났다. 그 끝자락에 철로 된 펜스가 둘려 있었고, 펜스 너머에는 개발되지 않은 벌판이 있었다. 다음 해부터 공원으로 합쳐질 땅이었다. 나는 펜스를 양손으로 붙들고 아직 흙먼지만 가득한 너른 벌판을 보았다. 하지만 그곳에서도 오빠의 흔적은 찾을 수 없었다.

어이없게 허탕을 친 나는 집으로 돌아왔다. 집에는 아무도 없었다. 내가 나간 뒤에 부모님도 나간 모양이었다. 나는 소파에 털썩 앉았다. 새벽부터 응원해 준 친구들을 볼 면목이 없었다. 나는 한숨을 폭 쉬며 자책감에 빠졌다.

그때 무심결에 굳게 닫혀 있는 부엌 옆 방 문에 시선이 갔다.

다시 돌아온 오빠의 방. 그러고 보니 저 방 안에서 신경 쓰이는 무언가를 보았던 것 같은데. 나는 소파에서 일어나 천천히 오빠 방으로 향했다. 그리고 5분 후, 황급히 그 방에서 나왔다. 실수를 만회할 카드를 들고서 말이다.

몇 시간 뒤, 나와 세 친구는 오랜만에 카페 '카산드라'에 모였다. 우리는 원형 테이블에 빙 둘러앉았다. 테이블 위에는 종이 한 장이 놓여 있었다.

"이거 너무 뻔하지 않아?"

내 말에 셋 다 고개를 끄덕였다. 처음으로 모두의 의견이 한

번에 일치했다. 연실이가 종이를 덥석 집으며 지금까지의 이야기를 되짚었다.

"한 번만 정리해 보자. 그러니까 너는 근린 공원 앞에서 오빠를 놓쳤단 거지. 그러고는 집으로 돌아갔다가 신경 쓰이는 물건이 있어서 오빠 방으로 들어갔고, 그 물건이 액자라는 걸 알았다고."

"응, 분명히 이전에는 오빠 방에 없던 거야."

"액자가 거슬렸던 이유는 안에 꽂힌 사진 때문이었단 거지?"

"맞아, 사진 속 얼굴이 묘하게 눈에 익었거든. 어디서 봤나 했더니 공연장에서 봤던 거였어. 진열장 위에 있던 사진 여덟 장. 전부 한 할머니가 담긴 흑백 사진이었어. 구름다리 위에 있는 할머니, 비눗방울을 부는 할머니, 개를 안은 할머니. 그때는 배우일 거라고 생각하고 그냥 지나갔는데. 그 할머니 사진이 오빠 책상 위에 있으니 이상했던 거지."

"그래서 액자에서 사진을 뺐더니, 안에서 이 흰 종이가 나왔다."

"응, 종이를 펼쳐 보니 웬 지도였고."

"이 지도 위에 이렇게 빨간 엑스 자 표시가 되어 있었다고."

연실이가 종이를 다시 테이블 위에 내려놓았다.

빨간 엑스 자 표시가 가리키는 곳은 명확했다. 근린 공원 너머

벌판.

나는 친구들을 쳐다보며 다시 처음의 이야기로 돌아갔다.

"이건 너무 뻔하지? 틀림없이 함정이야."

세 사람이 동시에 고개를 끄덕였다.

"하지만……."

나는 침을 한 번 삼키고 말을 이었다.

"함정이어도 한번은 가 볼 만하지 않아?"

세 사람은 계속 고개를 끄덕이며 동의했다.

23

해가 저물어 하늘이 어둑해질 때쯤, 우리 네 사람은 공원 끝자락에 도착했다. 펜스를 넘어가는 일은 문제가 되지 않았다. 넘을 것도 없이 왼쪽 끝에 쪽문이 나 있었기 때문이다.

쪽문을 지나자, 끝이 보이지 않는 벌판이 이어졌다. 걷고 또 걷고 15분을 넘게 걷자 드디어 흙과 모래가 아닌 다른 물체가 눈에 들어왔다.

"저거 공장이야?"

"그런 것 같은데."

저 멀리 공장으로 추정되는 거대한 컨테이너 건물이 보였다. 1층짜리라 금방 알아차리지 못했지만, 가까이 다가갈수록 규모가 상당하다는 걸 알 수 있었다. 우리는 공장을 발견하고도 5분을 더 걸어 겨우 정문 앞에 도착했다. 문에 걸린 녹슨 자물쇠를 만지며 윤성현이 말했다.

"버려졌나 봐."

윤성현이 문 앞을 서성이는 사이, 서강일은 공장 외벽을 왼쪽으로 돌며 탐색을 시작했다. 나는 연실이와 함께 오른쪽으로 돌았다. 외벽에는 일정한 간격을 두고 창문이 달려 있었다. 나는 뿌옇게 먼지 낀 창문에 손을 대고 내부를 살펴보았다. 그때 반대편에서 서강일이 외쳤다.

"이거 하나 깨 버릴까?"

연실이가 빠르게 대꾸했다.

"뭘 그렇게까지 해."

다시 반대편에서 서강일이 큰 소리로 말했다.

"그럼 여기까지 와서 안도 안 보고 그냥 가? 창문값이야 나중에 물어 주면 그만이지. 어차피 물어 달라고 할 사람도 없겠는데."

"아니, 그 말이 아니라……."

연실이가 침착하게 소리쳤다.

"여기 깨진 창문이 있어. 이리로 와."

나보다 한참 앞서 걷던 연실이는 내가 들여다보던 창문보다 훨씬 앞에 있는 창문을 가리키며 말했다. 그 창문을 통해 연실이가 가장 먼저 안으로 들어갔다. 뒤이어 내가 창문을 넘었고, 연달아 서강일과 윤성현이 들어왔다.

내부를 둘러보니 이곳이 버려진 공장이 맞다는 확신이 들었다. 쇠로 된 테이블들이 질서 없이 흩어져 있었고 바닥에는 박스와 종이가 뒹굴고 있었다. 정체 모를 물이 고여 있는 곳도 있었다. 겨우 전등 스위치를 찾아 눌러 보았지만 천장 위에 달린 형광등 중 불이 들어오는 것은 단 한 개도 없었다. 아마 버려진 지 상당히 오래된 듯싶었다.

"수상하네."

내 말에 누구도 반박하지 않았다. 우리는 각자 휴대폰 손전등을 켜고 공장을 좀 더 구석구석 살펴보았다. 일자형 컨테이너였기 때문에 딱히 무언가를 숨길 공간은 없어 보였다. 하지만 박스와 종이가 워낙 많아서, 이곳이 어떤 곳인지 한 번에 파악하기는 무리가 있었다. 우리는 구역을 나누어 얼마간 탐색을 하다 철수하기 전에 조를 짰다.

나는 '감시조', 나머지 세 친구는 '탐색조'.

감시조의 역할은 오빠가 집에 있을 때 탐색조에게 안전하다는 메시지를 보내는 것이었다. 탐색조의 역할은 안전한 시간 동안 두세 명씩 팀을 짜서 공장을 조사하고 오는 것이었다. 함정이든 아니든 일단 수상쩍은 장소를 발견했으니 일말의 희망은 생긴 셈이었다. 아무리 커 봤자 어차피 컨테이너 공장일 뿐 우리들은 금방 어떤 단서가 나오리라고 기대했다.

하지만 오빠가 등장한 이래, 내가 깨달은 교훈이 하나 있다면 섣부른 기대와 희망은 금물이라는 것이다. 공장을 수색한 지 3주가 지나도록 우리는 별다른 단서를 발견하지 못했다. 기대에 찼던 첫 분위기는 점점 암울해지더니, 오래지 않아 실낱같은 희망의 끈을 간신히 붙잡고 있는 형국이 되었다.

우리가 고전하는 이유는 간단했다. 기본적으로 탐색을 할 수 있는 시간이 너무 적었다. 다시 돌아온 오빠는 집에 잘 붙어 있지 않았다. 그러니 내가 안전하다는 메시지를 보낼 일도 거의 없었다. 간혹 오빠가 집에 있을 때에도, 학교며 학원이며 친구들도 나름의 스케줄이 있는지라 24시간 대기조일 수 없었다.

11월 마지막 주에 비관적인 분위기는 최고조에 달했다. 나는 점심시간을 틈타 창가 자리에 갔다. 그리고 우울한 얼굴을 연실이와 맞대고 말했다.

"탐색 시간을 늘려야 해. 이러다가 무슨 일을 벌여도 오빠 쪽에서 먼저 벌이겠어."

내 말에 연실이가 말끝을 흐리며 말했다.

"맞아, 확실히 시간이 적긴 했지……."

"뭐지? 할 말이 마저 있는 것 같다?"

"응, 있어. 내 생각엔 시간이 문제가 아닌 것 같아."

"그럼 뭐가 문젠데?"

"적은 시간이었지만 우리는 꽤 충실히 임무를 수행했어. 어쨌든 3주 내내 한곳만 뒤졌으니까. 그런데 거기에 있던 종이들, 그냥 흰 종이가 대부분이었어. 박스 안에 들어 있는 것도 전부 흰 종이뿐이었고. 간혹 뭐가 적힌 것도 있었지만, 들춰 보면 고작 프린트 시범용 종이였어. 알아보니 거기 5년 전까지 제지 공장이었다고 하더라고."

"그래서?"

연실이는 잠시 뜸을 들인 뒤 대답했다.

"그러니까 탐색은 이미 끝났다는 소리지. 거긴 흰 종이 말고는 아무것도 없어."

순간 흰 종이 못지않게 내 머릿속도 하얘졌다. 탐색이 끝났다는 연실이의 말은, 내가 쥐고 있던 마지막 희망의 끈을 끊어 버리는 말이었다. 나는 실망스러운 표정을 감추지 않았다. 애써 밝은

척을 하지도 않았다. 속상한 마음 그대로 남은 일정을 흘려보내고 집으로 돌아와서 옷도 갈아입지 않고 침대 위에 털썩 앉았다.

그때 방문이 벌컥 열렸다. 이제는 노크하라고 타박하기도 지쳤다.

"왜?"

문을 열고 들어온 오빠가 말했다.

"나와. 엄마가 밥 먹으래."

"생각 없어."

"알았어."

오빠는 미련 없이 돌아섰다. 그러다 문을 닫기 직전에 이렇게 말했다.

"이따가 얘기 좀 해. 할 말이 있어."

방문이 닫히는 순간, 나는 고개를 갸웃했다. 할 말? 그 순간 별안간 휴대폰이 울렸다. 침대 위에 아무렇게나 던져 놓은 휴대폰을 찾아 창에 뜬 메시지를 읽었다. 그리고 메시지를 다 읽었을 때, 반사적으로 자리에서 일어났다.

내가 방 밖으로 뛰쳐나오자 엄마가 말했다.

"너 어디 가? 밥은 왜 안 먹고?"

나는 멈춰 서지 않고 현관으로 달려가며 말했다.

"나가서 먹을게."

현관을 나선 뒤, 승강기를 기다릴 여유가 없어서 계단을 뛰어 내려갔다. 해가 짧아진 탓에 주위가 어둑했지만 개의치 않고 아파트 단지 앞에서 택시를 잡았다. 목적지는 근린 공원이었다.

공원의 끝자락에는 빠짐없이 펜스가 쳐져 있어서 택시가 벌판까지 들어갈 수 없었다. 할 수 없이 나는 펜스 앞에서 내려 공장이 있는 곳까지 질주했다. 뛴다고 뛰었는데 그래도 25분이나 걸렸다. 겨우 숨을 고르고 컨테이너 문에 다가가자 메시지를 보낸 상대가 보였다. 어둠 속에 쭈그리고 앉아 있던 서강일이 일어나며 말했다.

"왜 이렇게 늦었어."

나는 가까이 다가가서 대꾸했다.

"최대한 빨리 온 거야. 그나저나 아까 한 말 진짜야?"

서강일은 자세히 설명하는 대신 앞장섰다.

"일단 와 봐."

우리는 공장을 왼쪽으로 끼고 직진했다. 얼마간 걷자 외벽의 끝이 보였다. 그때 서강일이 휴대폰을 꺼내 불빛으로 마지막 창문을 비추었다.

"처음 여기 왔을 때 내가 창문을 깨자고 제안했지? 그건 이 창문을 보고 한 말이었어. 살짝만 쳐도 깨질 것 같더라고."

과연 서강일이 밝히는 창문에는 세로로 길게 금이 가 있었다. 내가 고개를 끄덕이자 곧바로 서강일은 나를 맞은편 외벽으로 데리고 갔다. 그리고 원래부터 깨져 있던 창문을 넘어 안으로 들어갔다. 나도 뒤따라 창문을 넘었다. 그때 발밑에서 바스락거리는 소리가 났다.

"으악!"

깜짝 놀라서 비명을 질렀다. 서강일이 차분하게 말했다.

"그냥 종이야."

나는 어깨를 으쓱하고 발아래 종이 뭉치를 차 버렸다. 그리고 서강일의 옷깃을 잡고 천천히 걸음을 옮겼다. 달빛이 공장 안까지는 들이비추지 않아 의지할 거라곤 휴대폰 불빛뿐이었다. 우리는 한 발 한 발을 조심히 내딛어 마침내 내벽 끝에 다다랐다.

"이것 봐."

서강일이 오른쪽 마지막 창문을 가리키며 말했다.

"금이 없지?"

정말이었다. 내가 그렇다고 대꾸하자 서강일이 말을 이었다.

"우리가 멍청했어. 종이에만 신경 쓰느라고 창문을 못 봤거든.

아까 왼쪽 마지막 창문에 금이 없다는 걸 우연히 알고 창문 숫자를 다시 세어 보니까, 밖에서는 스물두 개인데 안에서는 스물한 개였어. 그 말은 딱 창문 하나만큼의 공간이 저 벽 너머에 있다는 거지."

우리는 동시에 막힌 벽을 쳐다보았다.

"그래서 메시지로 그런 말을 했구나. 비밀의 공간이 있다고."

"응."

"이제 어떻게 할까?"

"당장은 어쩔 수 없지. 내일 밝을 때 다시 오자."

서강일은 후퇴를 선언했다. 하지만 어디까지나 작전상 후퇴이기에 절망적이지 않았다. 오히려 오랜만에 기운이 솟고 의욕이 생겨났다. 우리는 천천히 공장을 빠져나와 벌판과 공원을 지났다. 그리고 버스 정류장 앞에서 내일을 기약하며 헤어졌다.

집에 돌아와서 시계를 보니 10시가 넘어 있었다. 부모님은 보이지 않았고, 오빠는 웬일로 소파에 앉아 있었다. 하지만 예전처럼 텔레비전을 보고 있지는 않았다. 그저 어둠 속에 가만히 앉아만 있었다.

오빠가 거실에 발을 들인 나를 쳐다보며 말했다.

"강일이는 잘 만났어?"

나는 걸음을 멈추고 대꾸했다.

"아는 척할 거면 까놓고 하고, 모른 척할 거면 끝까지 모른 척해."

"그래? 그럼 모른 척해야겠네."

오빠가 활짝 웃으며 말했다. 또 저놈의 미소. 또 저놈의 인디언 보조개. 나는 적의를 감추지 않고 노려보았다. 그러자 오빠가 여전히 웃는 얼굴로 말했다.

"한동안 그런 눈으로 안 보길래 내가 꽤 좋아진 줄 알았는데, 아니었나 보네. 하지만 어쩔 수 없어. 네가 날 어떻게 생각하든 이 게임은 무조건 내가 이기는 판이거든."

"게임? 우리가 게임 중이었어?"

"어떻게 보면 그래."

"좋아. 뭘 건 게임인데?"

"모든 것."

오빠가 전에 없이 단호하게 말했다. 처음으로 내 질문을 피하지 않고 제대로 답했다. 원하던 바였지만, 막상 본색을 드러내고 답을 주니 불안한 마음이 들었다. 나는 떨리는 목소리를 채 감추지 못하고 물었다.

"갑자기 왜 이러는 거야?"

"시간이 다 됐거든."

"무슨 시간? 이 게임에 타임 리밋이라도 있어?"

"응. 우리는 게임 중이지만 적이 아니야. 내가 이기는 게 곧 네가 이기는 거야."

"무슨 소리야? 기왕에 얘기할 거면 제대로 해 줘. 오빠가 누군지, 원하는 게 뭔지."

"지금은 말할 수 없어. 어차피 네가 믿지 않을 거야."

어느새 오빠의 얼굴에 웃음기가 사라져 있었다. 늘 미소로 감추었던 진실을 이제야 제대로 드러내듯 사뭇 진지한 표정으로 말했다.

"하지만 이건 믿어 줘. 난 너에게서 아무것도 빼앗지 않아. 누구보다 아무 일도 안 생기길 바라고 있거든. 이 말을 믿으면 나에게로 곧장 걸어와."

"아까 하겠다던 얘기가 이거야?"

오빠는 고개를 끄덕이며 소파에서 일어났다. 그리고 양손을 주머니에 찔러 넣은 채, 부엌 옆 방으로 들어갔다. 방문을 닫기 전 오빠는 마지막으로 속삭였다.

"푹 자. 내일은 긴 하루일 거야."

24

12월 1일, 나는 평소대로 아침 6시 반에 눈을 떴다. 30분 동안 등교 준비를 마치고 방 창문을 열었다. 바람이 찼지만 햇살이 쨍한 좋은 날이었다. 방 밖으로 나가자 엄마가 토마토주스 잔을 내밀었다. 식탁에 앉아 있는 오빠는 이미 주스를 반이나 비운 뒤였다. 오빠는 휴대폰을 보며 혼잣말로 중얼거렸다.

"8 대 0이야."

보나 마나 또 축구 얘기일 터였다. 나는 어젯밤을 떠올리며, 주스를 마시는 내내 오빠를 주시했다. 하지만 오빠는 내게 눈길도 주지 않았다. 빈 잔을 싱크대 안에 넣고 방으로 들어갈 뿐이었다.

나는 늦지 않게 학교에 도착했다. 교실에 들어가자마자 어수선한 반 분위기가 느껴졌다. 우리 반 친구들뿐만이 아니라 다른 반 친구들까지 내 자리를 둘러싸고 있었다. 정확히는 내 옆자리인 미주를 에워싸고 있었다.

어제 자정, 팬 카페에 '유니버스 고향 헌정 게릴라 콘서트' 공지가 뜨는 순간부터 예견된 일이었다. 친구들은 미주에게 오빠들을 따로 볼 수 있게 해 달라고 성화였다. 예전 같으면 누구보다 적극적으로 저 무리에 끼어서 미주를 난감하게 했겠지만, 지금은 그럴 때가 아니었다. 나는 북적이는 내 자리에 들르지 않고 곧바로 창가 자리로 갔다.

"난리 났네."

연실이가 한심하단 표정을 숨기지 않고 말했다. 나는 친구들을 감싸 줬다.

"너무 그러지 마라. 나는 저 마음 알 수 있다."

"아무튼 넌 저 사이에 안 끼어서 다행이다. 지금 그럴 수도 없겠지만. 어젯밤에 서강일한테 얘기 들었어. 숨겨진 공간을 발견했다고?"

"응, 이따 학교 끝나는 대로 가 볼 거야. 그보다……."

나는 연실이에게 어젯밤 오빠와 나눈 이야기를 빠짐없이 들려

주었다. 그리고 오늘이 아주 긴 하루가 될 것이라고 경고했다.

오전 9시, 1교시 수업이 시작되었다. 오늘따라 수업 분위기는 어수선했다. 하긴 방학을 나흘 앞둔 마당에 콘서트까지 열린다니 수업에 집중하는 학생이 있는 게 더 이상했다. 덕분에 내가 주위를 살피며 수업에 집중하지 못해도 이상하게 생각하는 사람은 아무도 없었다. 나는 꼿꼿이 긴장한 채 하루를 보냈다. 하지만 마지막 수업이 끝날 때까지 특별히 이상한 일은 일어나지 않았다.

오후 4시, 종례가 시작됐다. 반 친구들은 담임에게 빨리 끝내달라는 신호를 노골적으로 보냈다. 먼저 종례가 끝난 옆 반 친구들이 소 떼처럼 복도를 달려가는 것을 보고, 그 신호는 더 거세졌다. 결국 아이들의 시선을 못 이긴 담임이 서둘러 종례를 마무리 짓자, 신호탄이라도 터진 듯 친구들이 일제히 교문으로 달려나갔다.

나와 연실이는 한발 늦게 교실을 빠져나왔다. 어차피 목적지는 같았다. 근린 공원. 우리는 서두르지 않고 만원 버스를 탔다.

오후 4시 20분, 공원에 도착한 나와 연실이는 미리 약속한 대로 시계탑 앞에서 서강일, 윤성현과 만났다. 수많은 인파를 뚫고 왔는지 둘은 이미 지쳐 보였다. 하지만 지치기는 아직 일렀다. 벌판과 이어지는 유일한 문으로 가기 위해서는 공원 끝 펜스로 가야 했기 때문이다. 우리는 북적이는 학생들을 비집고 발걸음을 옮겼다.

걷다 보니 공원 중앙에 설치된 간이 무대가 보였다. 분명 어젯밤까진 없었는데 빨리도 만들었다. 무대 주위를 교복 입은 학생들이 둘러싸고 있었다. 앞서 걷던 윤성현이 그 광경을 보고 혀를 내둘렀다.

"난리 났다."

나는 숨을 고르며 한 번 더 친구들을 감쌌다.

"너무 그러지 마. 나는 저 마음 알 수 있어."

"선착순이라니까 이 난리지. 차라리 미리 표를 팔지."

"그럼 그게 게릴라냐?"

나는 윤성현의 등을 치며 잔말 말고 가라고 재촉했다. 그런데 윤성현은 속도를 높이는 대신 오히려 멈춰 섰다. 불길한 예감에 앞으로 고개를 빼자 길을 가로막은 방해꾼들이 보였다. 수빈이와 김동우 커플이었다. 김동우가 먼저 해맑게 웃으며 다가왔다.

"윤성현, 네가 웬일이냐? 사람 많은 거 질색하면서. 아, 혼자 온 게 아니구나."

수빈이가 그 말을 이어 받아 근처에 있던 연실이에게 말했다.

"연실아! 너도 왔구나! 아이돌 같은 데 관심 없다더니."

그리고 주위를 두리번거리며 나를 찾았다.

"근데 유진이는 어디 갔어? 걔가 이런 일에 빠질 리가 없는데 아까부터 안 보이네."

내 이름을 듣자마자 나는 반사적으로 무릎을 굽혔다. 아직 갈 길이 먼데 여기서 저 커플에게 붙들리면 상당한 시간을 지체할 게 빤했다. 연실이와 윤성현에겐 미안하지만 이쯤에서 나 먼저 가는 편이 좋겠다 싶었다. 그때 누군가 내 손목을 확 낚아챘다. 놀란 눈으로 상대를 보니 어느새 나처럼 몸을 낮춘 서강일이었다. 쉿 소리를 한 번 낸 서강일은 나를 끌고 조용히 뒷걸음질했다. 아마도 나와 같은 생각인 모양이었다.

우리는 단둘이 공원을 가로질렀다. 공원에는 아는 얼굴들이 많았다. 휴대폰으로 사진을 찍는 혜수도 있었고, 어깨 무리들과 함께인 이운기도 있었고, 오토바이를 질질 끌고 다니는 김원석도 있었다. 심지어 담임조차 웬 여자와 함께 있었다. 모두들 공원에서 열리는 콘서트를 페스티벌쯤으로 여기는 것 같았다. 곳곳에 있는 풍선 장수와 솜사탕 장수가 그런 분위기를 한층 더해 주었다,

나와 서강일은 누구에게도 잡히지 않게 조심하며 보통 걸음으

로 20분이면 도착할 쪽문을 40분 만에 도착했다. 하지만 무사히 문 앞에 왔다고 해서 끝이 아니었다.

오후 5시, 우리는 겉옷으로 얼굴을 가리고 벌판을 미친 듯이 달렸다. 행여나 벌판에 들어가는 걸 이상하게 여긴 누군가 저지할까 봐 염려해서 말이다. 그렇게 20분이면 도착할 공장을 10분 만에 도착했다.

오후 5시 10분, 녹초가 된 나와 서강일은 흙바닥에 주저앉았다. 겉옷은 멀리 던져 버리고, 겨우 숨을 골랐다. 찬바람이 이마에 맺혀 있던 땀방울을 스치고 지나가며 이마를 얼렸다. 내가 팔뚝으로 땀을 슥 닦는 사이, 서강일이 먼저 자리에서 일어났다.

"그만 들어가자."

우리는 깨진 창문을 넘어 안으로 들어갔다. 다른 데는 볼 것도 없었다. 곧장 벽 끝을 향해 걸어갔다. 이는 윤성현이 해 준 충고를 따른 행동이었다.

"그렇게 허술한 공장에 첨단 장치가 갖춰져 있을 리 없어. 아마 벽 자체가 단순히 미닫이식일 거야. 열고 닫을 수 있도록 고리나 홈이 있을 테니 그걸 먼저 찾아야 해."

과연 벽을 살피기 시작한 지 얼마 안 되어 인위적인 홈이 눈에 띄었다. 홈은 왼쪽 벽 가장자리 1.5미터 위에 나 있었다. 앞에는 박스들이 켜켜이 쌓여 있었다.

"진짜 있었네."

곧바로 서강일이 박스를 치우고, 작은 홈에 손가락을 걸쳐서 반대쪽으로 밀었다. 그러자 문이 스르륵 열리며 비밀의 공간이 드러났다. 양옆으로 창문이 난 작은 공간. 그 안에 스무 개의 드럼통이 열 개씩 두 줄로 쌓여 있었다. 드럼통마다 스티커가 붙어 있었는데, 한자로 쓰여 있어 무슨 뜻인지 알 수 없었다.

"저게 뭐야?"

나는 차마 안으로 들어가지 못하고 물었다.

"나도 모르지."

서강일이 드럼통에서 눈을 떼지 못하고 말했다.

"내 예상이랑 너무 달라."

"뭘 예상했는데?"

"UFO."

나는 어이가 없어서 대꾸하지 않았다. 그놈의 외계인 가설 아직도 포기 안 했어? 아무튼 이렇게 넋 놓고 서 있어서는 여기에 온 의미가 없었다. 뭔지는 모르지만 여기에 있다는 사실만으로도 드럼통은 충분히 수상했다.

나는 휴대폰을 꺼내 드럼통 사진을 찍었다. 특히 스티커를 확대하여 찍었다. 일단 찍어 놓으면, 어떻게든 한자를 해석할 수 있겠거니 싶었다. 그때였다. 내가 촬영에 열중하는 동안 잠자코 있던 서강일이 별안간 내 손에서 휴대폰을 낚아챘다.

"야, 왜 그래?"

"조용히 해."

서강일은 내 입을 틀어막고, 비밀의 공간 안으로 나를 확 떠밀었다. 그리고 자기도 들어와 안에서 문을 조심스레 닫았다. 그제야 무슨 상황인지 감이 왔다. 서강일이 내 입에서 손을 떼며 예상한 상황을 확실히 알려 주었다.

"누가 왔어."

우리는 살금살금 드럼통 더미 뒤로 숨었다. 비좁은 공간에 쭈그리고 앉아 숨을 죽였다. 잠시 후, 두 개의 발소리가 가까워지더니 문이 스르륵 열리는 소리가 들렸다. 나는 양손으로 입을 막고 귀만 쫑긋 세웠다. 이윽고 익숙한 두 사람의 목소리가 들려왔다.

"벌써 끝이야. 공들인 일인데 급하게 됐어."

언니의 목소리가 먼저 들렸다. 뒤이어 오빠의 목소리도 들렸다.

"어쩔 수 없잖아. 더 이상 시간을 끌 수 없어. 이 이상은 내가 무리야.”

“그러니까 내가 평소에 잘 관리하랬지?”

“너무하네. 네 능력이나 내 능력이나 관리해서 잘 되는 거면 이 고생 안 하지.”

“아무튼 여기 있는 거 확인했으니까 됐어. 공연 시작이 7시랬지?”

“응, 이따 다시 오자.”

머지않아 문이 스르륵 닫히는 소리가 들렸다. 공을 들였다니. 능력이라니. 내가 지금 무슨 소리를 들은 건지 알 수 없었다. 하지만 이미 알고 있는 한 가지는 있었다. 이 게임은 타임 리밋이 있다.

나는 서강일을 향해 떨리는 목소리로 물었다.

“지금 몇 시야?”

“5시 25분.”

“공연 시작까지 1시간 35분 남았어.”

우리는 말없이 그곳에서 5분을 더 있었다. 그리고 5시 30분에 창문을 넘고 벌판을 지나 쉬지 않고 공원까지 달렸다.

25

공원에는 아까보다 사람이 많았다. 공연 시간이 가까워졌으니 당연했다. 한 걸음 내딛기도 어려운 이곳에서 연실이와 윤성현을 찾기란 불가능해 보였다. 나는 서강일과 함께 일단 앞으로 나아갔다. 공원 앞 시계탑까지 빠져나오는 데 25분이 걸렸다. 그나마도 서강일이 무리하게 사람들을 밀치고 헤쳐서 길을 뚫은 결과였다.

오후 5시 55분, 나는 시계탑을 올려다보며 말했다.

"이제 어떻게 할까?"

서강일이 내 휴대폰으로 윤성현에게 사진을 보내며 말했다.

"일단 애들이랑 만나자. 저기에서."

서강일은 길 건너 편의점을 고개로 가리켰다. 안 그래도 지쳐 있던 터였다. 앉아서 생각을 정리하고 대책을 세울 필요가 있었다. 우리는 함께 길을 건너 편의점으로 갔다. 내가 간이 의자에 앉아 있는 동안, 서강일이 초코우유 두 개를 사 왔다.

나는 공원 쪽에서 눈을 떼지 않고 말했다.

"어떻게 생각해?"

서강일은 자리에 앉으며 고개를 저었다.

"모르겠어. 실은 그 드럼통을 처음 봤을 땐 제일 먼저……."

여기까지 말하더니 갑자기 말을 멈추었다. 안달이 난 나는 재촉했다.

"제일 먼저 뭐? 뭘 생각했는데?"

그러자 서강일이 숨을 한 번 고르고 말을 이었다.

"테러. 그 둘의 정체도 모르고, 능력도 모르고, 아무것도 모르겠지만, 저길 봐."

서강일의 손이 길 건너 자리한 공원을 가리켰다. 공연이 이루어지는 중심과 제법 떨어져 있는데도 그곳의 소란이 여기까지 전해졌다. 서강일이 마저 말했다.

"사람이 저렇게 많이 모여 있어. 무슨 일을 벌이기엔 최고의 환경이지. 아까 누나가 일이 급하게 되었다고 했잖아. 이게 게릴라 콘서트라는 걸 생각하면 말이 돼. 게다가 너희 오빠가 타임 리밋이 있다고도 했다며."

"하지만……."

나는 자신 없이 말했다.

"오빠는 아무 일도 없을 거라고도 했어."

"그 말을 믿어?"

"솔직히, 모르겠어. 거짓말 같진 않았어."

그때, 서강일의 휴대폰이 울렸다. 서강일은 휴대폰을 들어 보더니 심각한 표정을 지었다. 그리고 내게 화면에 뜬 메시지를 보여 주었다. 발신인은 연실이었다.

윤성현한테 보낸 사진 봤어. 그 스티커 속 한자가 무슨 말인지 다 알아볼 순 없지만 세 글자는 확실해. '인화성'이야.

내가 메시지를 다 읽었을 때, 서강일이 휴대폰을 거두며 말했다.

"난 못 믿어."

"그럼 어쩔 건데?"

"신고하자."

"그러니까 신고해서 뭐라고 할 거냐고? 여름부터 외동인 우리에게 오빠와 언니가 생겼다. 우리가 그 둘을 미행해서 수상한 드럼통을 찾아냈다. 7시에 테러가 일어날 거다. 그렇게 말할 거야? 그 말을 누가 믿어 주겠어?"

"그럼 어떡해? 계속 이러고 있을 순 없잖아. 누구한테든 말하고 도움을 청해야지! 미친놈 취급당해도 할 수 없어. 이제 1시간도 안 남았어!"

서강일이 소리쳤다.

그때였다. 태어나서 처음으로 고막이 아프다는 느낌이 들었다. 생경한 아픔이었다. 서강일의 외침 때문이 아니었다. 거대한 폭발음 때문이었다.

난생처음 듣는 폭발음. 나는 공원 쪽으로 천천히 고개를 돌렸다.

눈앞에서 불길이 치솟고 있었다. 공원 곳곳에서 비명이 들려왔다. 이해가 되지 않았다. 왜냐하면 아직 오후 6시 5분. 7시가 되려면 55분이나 남았단 말이다.

순식간에 내가 있는 곳에도 검은 연기가 드리웠다. 서강일이 넋 놓고 있는 나를 뒤에서 잡아 일으켰다. 그리고 공원 반대쪽으로 끌고 갔다. 검은 연기가 옅어질 때까지 한참을 걸어가서야 안전한 보도 위에 나를 놓아주고 자신도 주저앉았다.

멀지 않은 곳에서 우리는 모든 것을 지켜봤다. 분명히 모든 것을 지켜보았는데, 기억이 잘 나지 않았다. 불기둥. 소방차. 불타는 나무. 피어오르는 연기. 앰뷸런스.

몇 가지 장면만 토막토막 기억났다. 그 와중에도 엄마와 통화를 했던 기억은 분명히 있었다. 엄마에게 내 생사를 확인시켜 주고, 연실이에게 전화를 걸었던 기억도 있다. 연실이는 내 전화를 받지 않았다. 윤성현에게 전화를 건 기억도 있다. 윤성현도 내 전화를 받지 않았다. 미주도, 수빈이도, 혜수도, 누구도 내 전화를 받지 않았다. 심지어 담임조차 받지 않았다.

어느 순간 내가 전화를 걸고 있는 건지, 전화를 걸지 않은 채 휴대폰만 붙잡고 있는 건지 알 수 없었다. 내가 울고 있는 건지 아닌 건지도 분간할 수 없었다.

진화 작업은 자정이 넘어서야 마무리되었다. 누구에게 묻지 않아도 알 수 있었다. 돌이킬 수 없는 끔찍한 참사가 지금 내 눈앞에서 일어났다.

나는 자리에서 천천히 일어났다. 그리고 불길이 완전히 잡힌 공원을 향해 발을 내디뎠다. 내 뒤를 서강일이 따랐다. 눈에 초점이 없었다. 아마도 나만큼이나 제정신이 아닌 것 같았다.

공원 주변에는 사람들이 많았다. 방화복을 입은 소방관들, 흰 가운을 입은 의사들, 마이크를 든 기자들, 오열하고 있는 유족들. 수많은 사람들 중에서 내가 아는 사람은 한 명도 없었다. 나는 잠시 공원 입구에 서서 시계탑을 올려다보았다. 시계탑 유리는 깨져 있었고, 시간은 6시 5분에 멈추어 있었다.

나는 입구를 지나쳐 공원 한복판으로 들어섰다. 노란 통제선이 내 앞을 가로막았다. 통제선 너머로 녹아내린 무대가 보였다. 바닥에는 무슨 재인지 알 수 없는 새까만 재가 가득했다. 나는 통제선을 훌쩍 넘었다. 그리고 곧장 앞으로 걸어갔다. 주위에 있던 누구도 나를 막아서지 않았다. 경찰들은 나를 쳐다보지도 않았다. 오히려 길을 내주었다. 나는 단 한 번도 멈추지 않고 공원 끝까지 가서 쪽문을 열었다.

벌판 위에도 새까만 재가 가득한 건 마찬가지였다. 나는 망설임 없이 재를 밟고 걸었다. 운동화가 새까매지도록 쉬지 않고 걸으며 곧장 공장으로 향했다.

공장의 정문은 활짝 열려 있었다. 먹이가 제 발로 오길 기다리며 아가리를 벌리고 있는 괴수처럼. 나는 기꺼이 안으로 들어가 주었다. 그 안에서도 똑바로, 오로지, 앞으로만 걸어갔다. 그리고 마지막으로 공장 벽 안에 숨겨진 문을 활짝 열었다.

문 앞에는 한 사람이 서 있었다.

"왔어?"

오빠가 말했다.

"기다렸어?"

나는 건조한 목소리로 물었다. 그러자 오빠가 활짝 웃으며 고개를 끄덕였다. 그 순간, 너무 조용히 있어서 뒤에 있는 것조차 잊고 있었던 서강일이 오빠에게로 확 달려들었다. 서강일은 정확하게 오빠의 얼굴을 향해 주먹을 날렸다. 하지만 그 끝은 보지 않아도 알 수 있었다. 어차피 모두 부질없는 짓이었다. 오빠는 주먹을 가볍게 피하고 위로 점프했다. 허공으로 두둥실 떠올랐다가 2단짜리 드럼통 맨 위에 앉아 말했다.

"진정해. 유진이한테 못 들었어? 이 게임은 무조건 내가 이기게 되어 있어."

서강일이 이를 바득 갈았다.

"어떻게 한 거야? 어떻게 단번에 그 위까지 올라간 거야?"

오빠가 태연히 웃으며 말했다.

"이 판에서 난 뭐든지 할 수 있거든."

그 말에 제대로 열이 뻗친 서강일이 드럼통을 발로 찼다. 쾅,

하는 마찰음이 공장 안에 울려 퍼졌다. 상당히 세게 찬 것이 분명했지만 드럼통은 꿈쩍도 하지 않았다.

어? 나는 그제야 깨달았다. 그러고 보니 드럼통은 모두 아까 본 그대로였다. 폭발은 분명 이것 때문이라고 여겼는데 이상한 일이었다. 내가 의아하게 드럼통을 쳐다보자 오빠가 말했다.

"말했잖아, 난 너에게서 아무것도 빼앗지 않는다고."

"기억해. 그리고 그 말을 믿으면 오빠에게로 곧장 걸어오라고 했지. 그래서 왔어. 내 친구들……."

친구들 이야기를 꺼내려니 목에서 울컥 무언가가 올라왔다. 나는 애써 그것을 눌러 삼키며 최대한 무미건조하게 말했다.

"친구들 이름이 곧 사망자 명단에 뜰 거야. 오빠는 내게서 중요한 걸 다 뺏어 갔어."

"돌이킬 수 없다면 그렇겠지."

오빠의 말을 단번에 감당할 수 없어 시차를 두고 되물었다.

"그 말은 돌이킬 수 있다는 뜻이야?"

"한 번은 가능해."

"그럼 오빠 능력이라는 게 역시 시간을 조종하는 거야?"

"그런 게 아니야. 예전부터 느꼈지만 너는 참 상상력이 풍부해. 그보다 간단하게 생각해 봐. 너는 거의 모든 경우 잘못된 방향으로 갔지만, 딱 한 번 제대로 갔었어."

나는 눈을 깜빡이며 머리를 굴렸다. 한 번? 내가 이제껏 무슨 생각을 했더라? 오빠를 허깨비라고 생각한 적도 있고, 부적에 영향을 받는 영체라고 생각한 적도 있고, 미래에서 온 사람이라고 생각한 적도 있고, 텔레비전 못 봐 죽은 귀신이라고 생각한 적도 있고……. 나는 열심히 다섯 달간의 시간을 거꾸로 돌렸다. 그러다 갑자기 뒤통수를 맞은 것처럼 눈이 번쩍 뜨였다. 오빠가 처음 나타났을 때 난 분명 이렇게 생각했다.

'살다 보면 별의별 일이 다 생긴다. 그런데 별일에도 정도가 있지 않나? 처음에 나는 이 사태에 관해 이렇게 생각했다. 이건 꿈이다. 현실적으로 있을 수 없는 일이 벌어졌으니까 당연히 꿈이지.'

"설마."

"맞아. 트릭은 간단했어. 모두 꿈이야."

오빠가 드럼통 위에서 훌쩍 뛰어내려 왔다. 나는 황당한 표정으로 오빠를 보았다. 옆에 선 서강일의 표정도 할 말을 잃은 듯했다. 그러거나 말거나 오빠는 활짝 웃으며 내 앞에 다가왔다.

"이제 시간이 다 됐어. 기억하지? 타임 리밋이 있다고."

오빠는 자신의 입술을 내 귀에 가까이 댔다. 그리고 마지막으로 이렇게 속삭였다.

"우리 꿈에라도 다시는 만나지 말자."

8 한 번의 찬스

실전은 한 번뿐이다

26

눈이 번쩍 뜨였다. 익사하기 직전 수면 위를 뚫고 나온 사람처럼, 상체만 벌떡 일으킨 채 숨을 여러 차례 몰아쉬었다. 정말 물에 빠지기라도 했던 것처럼 온몸이 땀으로 젖어 있었다. 한참을 거칠게 내뱉던 숨소리가 잦아들며 차차 주변의 적막이 느껴졌다.

나는 침대에 앉아 고요한 주위를 둘러보았다.

천장부터 바닥까지 낯익은 공간. 옷장, 책상, 의자, 어느 하나 익숙하지 않은 것이 없는 방. 창문으로 쏟아져 내리는 빛마저 편안한 나의 방.

나는 천천히 침대에서 내려왔다. 꿈속을 걷는 기분으로 한 발 한 발 조심스럽게 방을 가로질러 나갔다. 곧이어 따스한 엄마의 목소리가 들려왔다.

"깼어?"

여느 아침과 마찬가지로 엄마는 믹서에 토마토를 갈고 있었다.

"왜 이렇게 일찍 일어났어? 오늘부터 방학이라며."

"방학?"

"여름 방학. 정신 차려. 어제도 늦게 들어오더니."

여름 방학이라. 그러고 보니 꿈속에서 오빠가 처음 등장했던 날도, 방학식이 있던 날이었다. 나는 뒷걸음질하며 다시 방 안으로 들어왔다. 책상 위에 충전 중인 휴대폰이 있었다. 화면을 켜자 바로 날짜가 보였다. 7월 26일. 꿈에서 오빠가 처음 나타난 날이 7월 25일이었는데. 그러니까 내가 하룻밤 사이에 5개월 치의 꿈을 꿨단 말이지. 하루하루가 또렷이 기억나는데. 말도 안 돼.

나는 얼떨떨한 기분으로 띵한 머리를 붙잡았다. 그러다 이 친구라면 이 황당한 상황을 논할 수 있을 것 같아 통화 버튼을 눌렀다. 긴 연결음 끝에 연실이의 걸걸한 목소리가 들려왔다.

"왜?"

"연실아, 오빠가 다시 사라졌어."

"오빠?"

"백도진 말이야."

내 말에 연실이가 곧바로 대꾸했다.

"무슨 소리야? 꿈꿨냐?"

연실이는 방학 첫날부터 쓸데없는 소리로 잠 깨우지 말라며 타박하곤 전화를 끊었다. 연실이가 오빠를 기억하지 못한다는 건, 정말로 꿈이었단 건가? 아직은 믿을 수 없었다. 나는 사태를 확실히 확인하기 위해 서강일에게 전화를 걸려고 했다.

그런데, 그럴 수 없었다. 내 휴대폰에 서강일의 전화번호가 없었기 때문이다. 가만 생각해 보니 서강일과 번호를 주고받은 건 9월 모의고사가 있던 동창회 날이었다. 지금이 7월이라면 번호가 없는 것이 당연했다.

나는 휴대폰을 내려놓고 책상에 걸터앉았다. 그러니까 정말로 꿈이었단 말이지. 하긴 그게 오히려 현실적이었다. 어느 날 갑자기 오빠가 생기다니. 그런 꿈같은 일이 실제로 벌어졌다고 믿기보단, 그냥 꿈이었다고 믿는 편이 상식적이었다.

나는 천천히 서랍을 열어 색연필을 꺼냈다. 그리고 연습장에 꿈속에서 본 오빠의 얼굴을 그려 보았다. 형편없는 실력 탓에 막상 그려 놓고 보니 전혀 닮지 않았지만, 아무튼 기념으로 간직하기로 했다. 어젯밤 천둥과 함께 내린 비는 이제 거의 멎었다. 나는 창틀에 똑똑 떨어지는 빗소리를 들으며 그림을 책상 서랍 깊숙이 집어 넣었다.

모든 것이 원래대로 돌아왔다. 아니, 모든 것은 처음부터 원래대로였다. 잠시 꿈속을 헤맨 건 나 혼자일 뿐, 현실은 조금도 변하지 않았다. 친구들을 잃었던 건 단지 꿈속에서 일어난 사건이었다. 현실에서의 친구들은 방학식을 맞아 함께 노래방을 다녀온 그때와 똑같았다.

그러니까 이런 반응은 처음부터 예견된 것이었다.

"얘들아! 반가워!"

다음 날, 친구들을 불러 모은 나는 그 품에 뛰어가 안겼다. 너무 반가워서 눈물이 날 것 같았다. 하지만 친구들의 반응은 냉담했다. 연실이는 마지못한 기색으로 나를 받아 줬고, 미주는 마지못해 받아 줄 생각조차 없는지 아예 나를 외면했다. 그나마 수빈이가 가장 반갑게 호응해 줬는데, 이 친구는 원래 그런 친구라 별 감흥이 일지 않았다.

그래도, 이런 미지근한 반응에도, 기뻤다.

마치 친구들이 다시 살아 돌아온 듯한 기분이었다. 나는 혼자만 깊어진 우정을 느끼며 별일 없이 여름 방학을 보냈다.

이후 현실의 시간은 쉬지 않고 흘렀다. 여름은 가을이 되고 또 겨울이 되었다. 금세 한 해가 지나고, 학년이 바뀌었다. 하지만 그사이 기묘했던 꿈은 조금도 잊히지 않았다. 일상생활 중에 문득, 자주, 생생히 떠올랐다. 하지만 그 의미를 깊이 생각할 순 없었다. 고3이 된 수험생에겐 그보다 신경 써야 할 중요한 일이 따로 있었기 때문이다.

나는 열아홉 살의 모든 계절을 단 하루를 위해 보냈다. 그리고 마침내 겨울이 찾아왔을 때, 고대하던 그 하루를 맞았다. 바로 대학 수학 능력 시험 날이었다. 유독 추웠던 아침, 나는 긴장된 마음으로 시험장에 들어갔다가 몇 시간 뒤 홀가분한 마음으로 나왔다. 그리고 마찬가지로 홀가분해하고 있는 친구들과 만나 점수를 맞춰 보았다.

가채점이긴 하나 수능 시험 점수는 대개 모의고사 점수와 비슷했다. 늘 모의고사를 잘 봤던 연실이는 당연히 수능도 잘 봤고, 미주와 수빈이도 평소와 다르지 않은 점수를 받았다. 그리고 오래전 꿈을 되새기며, 혹시나 하는 마음에 모르는 문제를 죄다 2번으로 찍었던 나는…… 반전 없는 결과를 얻었다. 그냥 딱 평소 실력대로 수능을 마쳤다. 뭐, 그래도 다행이라면 다행이었다. 한 과목에서 답을 밀려 쓰는 바람에 재수가 확정됐다는 김동우에 비하면 말이다.

수능이 끝난 뒤, 학교에는 대박을 치거나 쪽박을 찬 다른 수험생에 관한 이야기가 돌았다. 중학교 시절부터 공부로 연실이와 호각을 다투던 윤성현은 만점을 받았다고 했고, 전날까지 오토바이를 타다 늦잠을 잔 김원석은 시험장에 들어가지도 못했다고 했다. 그 밖에 중학교를 졸업한 이후 3년 동안 한 번도 연락하지 않은 동창들에 대한 소식이 들려왔다.

수능 결과가 이렇게 떠도는 마당에 학교 분위기가 어수선한 건 당연한 일이었다. 수업 일수 때문에 할 수 없이 출석한 학생들 중 진심으로 수업을 신경 쓰는 친구는 아무도 없었다. 무슨 인연인지 마지막 학기까지 짝꿍이 된 미주는 수능이 끝난 뒤엔 더 불성실해졌다. 옆에서 온종일 휴대폰을 보다 뜬금없이 이런 말만 속삭였다.

"지금 이 미용실 50프로 할인이래."

"기어이 반값을 찾았네."

나는 엄지를 척 들어 올리고 말을 이었다.

"근데 지금 수업 시간이란 건 알고 있지?"

"알아. 그래서 속삭이고 있잖아."

"난 옛날부터 한 번 사는 인생 너처럼 살고 싶더라."

"쉽지 않을걸. 일단 머리부터 하자. 수험표 챙기는 거 잊지 마."

나는 알겠다고 끄덕이고, 막 나가는 친구를 대신해 예의상 수업을 열심히 들었다. 마지막 수업이 끝나고 담임이 들어왔다. 최근에 늘 그랬듯 담임은 종례를 빠르게 끝냈다. 뭐, 나로선 달가운 일이었다. 나는 미주와 함께 서둘러 교실을 나갔다. 그러자 복도에서 우리를 기다리고 있던 연실이와 수빈이가 보였다. 옆 반도 우리 반 못지않게 종례를 대강 마친 모양이었다. 우리 넷은 사이좋게 미주가 찾은 미용실로 향했다.

미용실은 화원역 사거리 중앙에 있었다. 수험표를 들고 오는 학생들에게 모두 반값 할인을 해 준다고 하니 사람이 많을 것은 불 보듯 뻔했다. 우리는 서둘러 발걸음을 움직였다. 그러는 중에 나도 모르게 한 건물에 시선이 고정됐다.

옛날에 공연장이 있던 곳. 아니, 꿈속에서 공연장이 있던 곳.

작년 여름, 아직 꿈의 여운이 완전히 가시지 않았을 때 나는 혼자 이곳을 와 보았다. 불탄 공연장이 있어야 할 곳에는 대형 식당이 있었다. 그 식당이 5년 전부터 그 자리에 있었다는 사실을 알아내는 건 어렵지 않았다.

세상에 존재조차 않았던 건 비단 공연장뿐만이 아니었다. 맛집이라고 소문난 돈부리 가게도, 오빠와 서유일이 곧잘 만났던

'Limited' 카페도, 그 맞은편의 프랜차이즈 카페도 모두 현실에는 없는 장소들이었다.

아, 물론 컨테이너 공장도 마찬가지였다. 두 눈으로 확인한 건 아니었지만 안 봐도 뻔했다. 미친 척하고 그곳을 찾아갔던 나는 근린 공원 끝에 설치된 펜스 앞에서 관두었다. 펜스에 벌판과 연결되는 쪽문이 없었기 때문이다. 양손으로 철망을 잡고 그 너머에 펼쳐진 허허벌판을 보자 제대로 실감이 났다. 모든 것이 개꿈이었다는 사실이 말이다.

내가 오랜만에 개꿈을 떠올리며 대형 식당에 눈길을 주고 있는 사이, 앞서간 친구들이 재촉했다.

"백유진, 뭐 하고 있어? 빨리 가자니까."

나는 그제야 정신을 차리고 친구들을 향해 발걸음을 떼었다. 그때였다. 누구보다 앞서가고 있던 미주가 이렇게 외쳤다.

"잠깐만! 오지 마!"

미주는 심각한 얼굴로 휴대폰을 들여다보며 말했다.

"미용실은 취소야. 일정을 변경해야 해."

우리가 이해가 가지 않는다는 표정을 짓자, 미주가 직접 휴대폰 메시지를 보여 주며 상황을 납득시켰다. 그제야 우리는 미주의 결정에 동의했다. 그리고 잠시 헤어졌다가 준비물을 챙겨서 다시 모이기로 했다.

1시간 뒤, 나는 약속대로 친구들이 모여 있는 장소로 갔다. 모두들 이미 미주가 가져온 돗자리에 앉아서, 수빈이가 챙겨 온 담요를 끌어안고, 연실이가 끓여 온 차를 마시고 있었다. 나는 핫팩을 나누어 주며 돗자리에 앉았다. 그리고 다시 한번 확인했다.

"이거 확실한 거지?"

"그럼 확실하지. 전날부터 이 생고생을 하는데 아니면 가만 안 있을 거야."

"아무튼 친구 잘 둔 덕분에 좋은 자리를 선점하게 됐네."

"감사 인사는 우리 오빠한테 해."

미주는 아까 온 메시지를 다시 보여 주며 말했다. 미주에게 메시지를 보낸 이는 동주 오빠였다. 내용은 다음과 같았다.

오늘 자정에 공지 뜰 거야. 내일 동네 공원으로 게릴라 콘서트 하러 간다.

27

오전 5시 30분, 12월 1일의 태양이 떠올랐다.

전날 오후 5시경부터 근린 공원에 자리를 잡은 나와 연실이와 미주와 수빈이는 돗자리 위에 옹기종기 앉아 졸았다 깼다를 반복했다.

자정에 유니버스 공식 홈페이지에 게릴라 콘서트 공지가 뜬 뒤부터 주위에 사람들이 많아졌다. 대부분 우리 또래의 학생들이었다. 공지가 뜨기도 전, 간이 무대 정중앙 첫 줄에 자리를 잡은 우리를 노려보는 시선이 매서웠다. 그러거나 말거나 나는 친구들에게 기대어 비몽사몽 새벽을 보냈다.

오전 6시, 하늘이 어슴푸레 밝아 온 무렵, 돗자리 위에 한 사람이 더 늘었다. 수빈이의 남자 친구 김동우가 핫초코 다섯 개를 사 들고 왔다.

오전 10시, 주변의 소음에 잠이 깬 우리는 본격적으로 수다를 떨기 시작했다.

오전 11시, 우리는 계속해서 수다를 떨었다.

정오, 편의점에서 도시락을 사 들고 와서 수다를 떨었다.

오후 1시, 우리는 멈추지 않고 수다를 떨었고, 슬슬 김동우의 말수가 줄었다.

오후 2시, 우리가 수다를 떠는 동안 김동우가 돗자리를 떠났다.

오후 3시, 우리의 수다는 그치지 않았다.

오후 4시, 우리가 수다에 박차를 가하고 있을 때, 김동우가 돌아왔다. 덕분에 우리들은 하던 이야기를 멈추지 않을 수 없었다. 김동우 때문이 아니었다. 김동우가 데려온 다른 친구들 때문이었다.

우리의 표정을 보고 불만을 접수한 수빈이가 나서서 말했다.

"자리 좁아."

하지만 김동우는 단호하게 말했다.

"아침부터 여기 있던 나한테도 이 자리에 대한 이 정도 지분은 있어."

그러더니 자기 친구들을 억지로 자리에 앉혔다. 얼결에 서강일과 윤성현이 돗자리 위에 앉게 되었다. 하지만 두 사람의 표정도 우리 표정만큼이나 좋지 않았다.

"야, 무슨 콘서트야. 피시방이나 가자니까."

두 사람 모두 불편한 얼굴로 말했다. 그래도 김동우는 물러서지 않았다.

"왜 우리도 동주 형이랑 아는 사이였잖아. 좋은 자리도 생겼는데 보고 가자."

저렇게까지 말하니 더는 쫓아낼 수가 없었다. 미주가 앉으라고 하자, 윤성현과 서강일도 굳이 마다하지 않았다. 그리하여 두 사람은 우리와 함께 있게 되었다.

솔직히 나는 이 상황이 싫지 않았다. 왜 그런 거 있지 않은가. 평소에 관심 없었던 연예인이 꿈에 나오고 나면 좋아지는 그런 경험. 그렇다고 두 사람이 좋아졌다는 얘기는 아니지만, 아무튼 1년 반 전 개꿈을 꾼 이후 종종 보고 싶긴 했다. 실제로는 3년 만에 만나는 서강일과 윤성현의 모습은 꿈속에서와 크게 다르지 않았다.

우리는 수능 얘기를 시작으로 자연스럽게 밀렸던 근황 얘기를 나누었다. 어느새 다시 수다가 재개된 셈이었다. 그렇게 약 1시간이 지나고, 누군가의 입에서 주전부리를 사 오자는 말이 나왔다. 뒤이어 편의점에 다녀올 사람을 정하기 위해 가위바위보를 하자는 말도 나왔다. 우리는 다 같이 손을 모았다. 아니, 엄밀히 말해 다는 아니다. 세 명은 빼고.

갑자기 수빈이가 김동우의 팔짱을 끼고 말했다.

"우린 잠깐만 빠질게. 공연 전에는 돌아올 거야."

하여튼 커플이란. 얄미운 커플에 이어 미주도 말했다.

"나도 오빠 좀 보고 올게. 밴 있는 데로 오라고 하네. 늦지 않게 올게."

세 사람이 나름의 이유로 자리를 비운 뒤, 남은 사람들은 아무 일도 없었다는 듯 가위바위보를 했다. 그 결과 연실이와 윤성현이 자리를 뜨게 되었다. 그 말은 곧, 나와 서강일 단둘이 남게 되었다는 뜻이기도 했다.

비좁았던 돗자리가 텅텅 비며, 그 자리를 어색한 공기가 채웠다. 마치 4년 전, 불국사에서처럼 말이다. 꿈에서는 별의별 짓을 같이 했지만, 현실에서는 번호조차 모르는 사이인 우리가 함께 할 수 있는 이야기는 많지 않았다.

우리는 서로를 쳐다보지 않고 정면만 바라보았다. 정면의 무대에서는 공연 준비가 한창이었다. 분주한 무대를 보며 내 머릿속에 문득 불타 녹아내렸던 꿈속의 무대가 떠올랐다. 재수 없게. 나는 머리를 한차례 흔들고, 무심결에 말했다.

"나 옛날에 네 꿈 꾼 적 있다."

내 말에 서강일이 반응을 보였다. 고개를 내 쪽으로 향하고는 물었다.

"언제?"

"되게 오래됐어. 근데 아직도 너무 생생해. 꼭 진짜 있었던 일처럼."

"그런 꿈이 있지."

"너도 그런 꿈 꿔 본 적 있어?"

내 물음에 서강일이 천천히 답했다.

"한 번. 있어."

그때였다. 마주 보고 있는 우리의 앞으로 한 아이가 스쳐 갔다. 스쳐 간다는 것을 깨달았을 땐 이미 스쳐 버렸을 정도로 빠르게 지나갔다. 그 뒤를 아이의 엄마로 보이는 한 여자가 따랐다. 아이 엄마는 앞을 보고 크게 소리쳤다.

"천천히 가, 민호야!"

그 이름을 듣는 순간, 나도 모르게 고개가 돌아갔다. 아이는 이미 저만치 멀어져 있었다. 보이는 것이라곤 뒤통수뿐이었지만 대강 대여섯 살쯤으로 보였다. 딱히 꼬집을 수 없는 불안감에 나는 아이에게서 눈을 떼지 못했다. 그때 내 정신을 돌아오게 하는 목소리가 있었다.

"이야, 너희 그림 좋다. 둘이 뭘 보고 있어?"

어느새 돗자리 안에 발을 들인 연실이가 말했다. 연실이의 손에는 터지기 직전인 비닐봉지가 들려 있었다. 나는 얼떨떨하게 봉지를 받으며 물었다.

"왜 이렇게 많이 사 왔어?"

"에이, 어차피 다 먹을 거면서."

웃으며 내 옆에 앉은 연실이는, 어느새 서강일 옆에 붙어 속삭이는 윤성현을 흘겨보았다.

"너희 사귀냐? 오자마자 웬 귓속말이야."

"혹시나 내가 남자를 좋아하게 되더라도 얘는 아니다. 비밀 얘기라서가 아니라 너희 재미없을 얘기라 작게 말한 거야. 이 새끼가 하도 자신만만하게 굴다가 틀려서."

"뭐를?"

"오늘 축구 경기가 있었거든. 방금 스코어가 떴는데, 몇 대 몇이었는지 알아?"

윤성현의 질문이 떨어지자마자 내가 답했다.

"8 대 0."

그러자 윤성현이 엄지를 치켜들고 감탄했다.

"대박. 어떻게 8 대 0을 찍어 맞히지?"

이에 서강일이 심각한 목소리로 말했다.

"찍은 게 아니야."

그리고 목소리만큼이나 심각한 표정으로 물었다.

"들은 적이 있는 거지? 그렇지?"

순간, 심장이 쿵 내려앉았다. 나는 떨리는 목소리로 물었다.

"지금 몇 시야?"

"5시 35분. 30분 남았어."

말이 끝나기 무섭게 서강일은 자리에서 일어났다. 그리고 인파를 뚫고 달려 나갔다. 서강일이 향한 방향은 벌판 쪽이었다. 서강일의 돌발 행동에 당황한 윤성현이 그 뒤를 쫓으려고 자리에서 일어났다. 하지만 한 발도 못 가 내게 붙잡혔다.

"안 돼. 그쪽으로 가지 마."

나는 윤성현의 옷깃을 붙들고 말했다. 윤성현이 영문을 모르겠다는 표정으로 나를 쳐다보았다. 영문을 모르기는 나도 마찬가지였다. 하지만 이것만은 알 수 있었다.

"여기서 나가야 해."

나는 윤성현을 공원 입구 쪽으로 밀며 말했다. 황당해하는 연실이도 일으켜 함께 나가라고 했다. 동시에 주변 사람들에게도 소리쳤다.

"나가세요! 여기서 나가야 해요!"

미친 소리처럼 들릴 줄 알았다. 하지만 가만히 있을 수 없었다. 나는 간절하고도 절실하게 외쳤다. 나가라고. 당장 나가야 한다고. 그렇지만 내 말을 따라 주는 이는 아무도 없었다. 예상대로 사람들은 나를 미친 사람으로만 보았다. 심지어 연실이와 윤성현조차도 말이다. 그 둘은 나가기는커녕 나를 대신해 주변에 사과하기 바빴다.

꿈쩍도 않는 모두를 지켜보며 내 마음은 1초 단위로 다급해졌다. 이게 아닌데. 이대로는 안 되는데. 결국 초조함 끝에 내가 내린 결단은 최악이었다.

나도 모르게 그만 무대 위로 올라가 버렸다. 내가 빈 무대 위에 서자 사람들의 시선이 일제히 내게로 쏠렸다. 아래에서 보안 담당 스태프로 보이는 남자들이 내려오라며 소리쳤다. 몇몇은 직접 나를 끌어내려고 무대 위로 올라왔다. 나는 남자들과의 거리를 벌리며 거짓말로 시간을 끌었다.

"죄송해요! 제가 팬클럽 회장인데 급한 전달 사항이 있어서요.

1분이면 돼요."

무대 위로 올라온 남자들이 주춤했다. 나는 그 틈을 놓치지 않고 바닥에 놓인 마이크를 집어 들었다. 겨우 잡은 기회였다. 일단 저기, 하고 운을 떼었다. 그런데 생각만큼 제대로 된 소리가 나오지 않았다. 무언가 잘못되었단 걸 깨닫고 뒤돌아보니, 마이크 선이 빠져 있는 게 보였다. 누군가에게 도움을 청할 시간은 없었다. 고작 마이크 연결 정도야. 나는 곧장 무대 뒤편으로 가서 서유일이 가르쳐 주었던 대로 스피커에 선을 연결했다. 그리고 다시 아아, 소리를 내자 원하던 만큼 큰 소리가 났다. 나는 마이크를 입에 바짝 대고 이렇게 외치려 했다.

'여러분, 대피하세요! 이곳에서 곧 폭발이 일어날 거예요!'

그런데 그럴 수 없었다. 막상 마이크를 입에 대니 아무 말도 나오지 않았다. 나는 주변을 둘러보았다. 무대 좌우에선 건장한 남자들이 나를 끌어 내리려고 대기하고 있었고, 무대 아래에선 수많은 사람들이 나에게 집중하고 있었다. 내가 시간을 끌면 끌수록 남자들은 가까워져 왔고, 사람들의 시선은 날카로워졌다.

손목시계를 흘끔 보자 시간은 5시 41분. 벌써 6분이 흘러 있었다. 이제 말을 해야 하는데, 해야 하는데 하면서도 입이 떨어지지 않았다.

그때였다. 갑자기 무대 아래에서 사람들의 웅성거림이 커졌다. 점점 휴대폰을 꺼내 드는 사람이 많아지더니 눈에 띄게 술렁였다. 내가 이유를 모르고 멀뚱히 서 있자 무대와 가까이 있던 한 학생이 먼저 소리쳤다.

"혹시 오늘 공연 취소됐어요?"

뜬금없이 무슨 소리인지 알 수 없었다. 내가 대답 대신 눈만 깜빡거리고 있자, 무대 바로 아래에 서 있던 연실이가 돌아가는 상황을 알려 주었다.

"방금 유니버스 공식 홈페이지에 오늘 공연이 취소됐다는 공지가 떴고, SNS로 소문이 빠르게 번지고 있는데, 사실인가요?"

말을 마친 연실이가 내게 윙크를 보냈다. 그제야 할 말을 찾은 나는 힘을 얻고 마이크를 꽉 쥐었다. 순간 서유일이 했던 말이 귓가에 맴돌았다. '저한테 중요한 건 뭔데요?'라고 내가 물었을 때 서유일은 망설임 없이 이런 답을 주었다.

마이크를 쥐고 무대에 섰으면 무조건 입을 열 것.

"여러분."

나는 일단 입을 열고 소리쳤다.

"오늘 공연은 부득이한 사정으로 취소되었습니다. 모두 공원에서 나가 주세요!"

한번 입을 열고 나니, 노래를 불렀을 때처럼 다음 말이 술술 나왔다. 나는 사람들의 야유에도 아랑곳하지 않고, 공연이 취소된 사정까지 멋대로 지어내며, 모두들 공원에서 나가라고 소리쳤다. 그러자 몇몇 사람들이 자리에서 일어나는 게 보였다. 곧이어 더 많은 사람들이 공원 밖으로 향했다. 다소 안도했지만 아직 안심하기엔 일렀다.

현재 시간 5시 47분. 폭발까지 남은 시간 18분.

나는 무대 위에서 계속 사람들을 재촉했다. 무대 아래에서는 이유도 모른 채 연실이와 성현이가 나를 도와주고 있었다. 두 친구와 함께 더 크게 소리치며 나는 속으로 생각했다.

제한 시간 안에 모두가 나갈 수 있을까? 이렇게들 굼뜨게 움직여서는 불가능해 보이는데. 그보다 그때 갑자기 폭발은 왜 일어났을까? 그 이유만 알 수 있다면 지금이라도 폭발 자체를 막을 수 있을 텐데. 그 드럼통에 불이 붙은 건 자연 발생적인 일이었을까? 아니면…….

그때였다. 머리끝에서부터 발끝까지 싸한 기운이 훅 훑고 지나갔다. 그건 내 시선이 공원 끝으로 향한 순간이었다. 펜스를 넘어가는 한 남자가 보였다. 남자는 검은색 후드 티와 청바지를 입고 있었다. 여러모로 평범한 그 차림에서 눈에 띄는 것은 딱 하나뿐이었다. 샛노란 캔버스.

오빠가 쫓았던 침입자. 입에 물려 있던 담배.

나는 마이크를 들고 있단 것도 잊고 중얼거렸다.

"저 사람 때문이었어."

28

원흉을 알았으니 잡아야 했다. 남자가 공장으로 가기 전에 붙잡으면 모두가 무사할 수 있을 것 같았다. 서강일이 공장 쪽으로 갔으니 먼저 앞을 막아 주고, 내가 뒤를 쫓으면 어떻게든 될 터였다. 나는 우선 무대 아래에 있는 두 친구를 불렀다.

"연실아! 성현아! 뒷일 좀 부탁할게. 사람들한테 빨리 나가라고 하고 너희도 얼른 나가."

그리고 마이크를 아래로 건넸다. 황당한 상황이겠지만, 머리가 좋은 애들이라 그런지 당장에 설명을 요구하진 않았다. 일단은 곧이곧대로 내 말을 따라 주었다. 윤성현이 손을 뻗어 마이크를 잡았다. 나는 그대로 무대에서 뛰어내리려다 멈칫했다. 멀지 않은 곳에서 낯익은 얼굴을 발견했기 때문이다. 그래서 이미 윤성현 손에 넘어간 마이크에 대고 급하게 소리쳤다.

"이운기!"

실제로 이운기를 보는 건 3년 만이다. 마지막으로 보았을 때는 말라깽이였는데 실제로는 꿈에서처럼 근육질이 되어 있었다. 이제는 더 신기할 것도 없었다. 나는 무대에서 뛰어내려 이운기에게 달려갔다. 이운기가 그런 나를 어색하게 맞았다.

"백유진 맞지? 얼마 만이야. 잘 지냈어?"

"인사는 나중에 하자."

"그래, 근데 너 방금 왜 무대에서……."

"그 얘기도 나중에 하자."

나는 이운기의 팔을 낚아채 무작정 끌고 달려갔다. 꿈에서 분명 체대 준비생이라고 했었지? 일단 데려가면 나나 서강일보다는 나은 면이 있으리라는 판단이 섰다. 나는 묵직한 이운기를 얼마간 끌고 가다 팔을 놓았다. 다행히 어느 정도 눈치가 있는지 알아서 내 뒤를 쫓아왔다.

우리는 벌판을 향해 전력 질주를 했다. 슬슬 숨이 차오르기 시작했지만 되는대로 숨을 막 내뱉진 않았다. 최대한 규칙적으로 호흡을 유지하려고 애썼다. 달리기는 그렇게 하는 거라고 했다.

오빠가 말이다.

꿈에서 반지를 훔쳤을 때, 내게 굴욕을 안겨 주며 오빠가 가르쳐 준 것은 달리기였다. 나는 그 가르침대로 달리며 잠시 뒤를 보았다. 이운기는 알아서 잘 달리고 있었다.

그렇게 앞만 보고 5분가량 질주하다가 슬슬 왼쪽으로 방향을 꺾었다. 지금이 정말로 꿈과 같은 상황이라면 틀림없이 있어야만 했다. 공원과 벌판을 이어 주는 쪽문이.

과연 펜스와 가까워지면서 왼쪽 맨 끝에 생긴 쪽문이 보였다. 1년 반 전에 이곳을 와 보았을 땐 없었던 것이었다. 저 문을 지나면, 펜스를 넘어갔던 '원흉'과의 거리를 상당히 좁힐 수 있을 듯했다.

나는 쪽문만을 보고 곧장 달렸다. 그러다 5미터 정도 앞에서 맹한 표정의 한 남자를 발견하고 발걸음을 늦추었다. 가뜩이나 벌판을 달리기에는 너무 지쳐 있었는데 천운이었다. 나는 남자의 이름을 크게 부르며 시선을 끌었다.

"김원석!"

나를 보는 김원석의 표정이 좀 전의 이운기만큼이나 얼떨떨했다.

"백유진?"

"그 오토바이 네 것 맞지?"

나는 앞에 있는 은색 오토바이를 가리키며 물었다.

"맞아, 맞긴 한데……."

"설명은 나중에 할게. 나 좀 태워 주라."

"뭐?"

나는 대답도 듣지 않고 오토바이 위에 올라탔다. 김원석이 의아한 표정을 지으면서도 나에게 홀린 듯이 앞에 탔다. 나는 김원석의 허리를 꽉 붙들고 말했다.

"저 앞으로 쭉 달려 줘. 벌판을 달리다 보면 컨테이너 공장이 나올 거야."

"잠깐만, 우리는 이럴 사이가……."

"빨리!"

나는 김원석의 등을 팡팡 치며 재촉했다. 동시에 바로 나를 뒤따라온 이운기에게 말했다.

"운기야, 이 오토바이를 쫓아서 곧장 공장으로 와 줘. 부탁해!"

나를 태운 김원석의 오토바이는 벌판을 빠르게 가로질렀다. 저 멀리 커다란 컨테이너 공장이 시야에 들어왔다. 역시 있었어. 1년 반 전에 펜스를 넘어서라도 확인해야 했는데. 하지만 이제 와서 후회한들 별수 없었다. 나는 김원석의 등에 꼭 붙어서 주위를 두리번거렸다. 샛노란 캔버스의 남자는 보이지 않았다. 벌써 공장으로 들어간 건가? 서강일과 만났으려나?

숨을 돌리며 머리를 굴리는 사이, 어느새 오토바이는 공장 앞에 도착했다. 기계가 좋긴 좋았다. 쪽문에서 걸음으로 20분이 걸리던 공장을 3분 만에 도착했으니 말이다. 나는 오토바이에서 내린 뒤 시간을 확인했다. 오후 5시 57분. 남은 시간은 단 8분뿐이었다. 나는 서둘러 공장 오른쪽으로 돌아갔다.

김원석이 내 뒤를 따르며 말했다.

"왜 거기로 가? 문 안 열어?"

"그 문은 어차피 안 열려."

공장 오른쪽 열한 번째 창문. 역시나 유리가 깨져 있었다. 나는 그 창문을 넘어 안으로 들어갔다. 그리고 공장 바닥에 발을 디디는 동시에 서강일의 이름을 불렀다.

"서강일! 어딨어?"

그런데 웬걸, 예상과 달리 서강일은 공장에 있지 않았다. 내가 당황해 서 있는 사이 김원석이 창문을 훌쩍 넘어오며 말했다.

"방금 강일이를 불렀지? 개가 여기에 있어?"

"응, 그래야 하는데."

나는 조심스럽게 몸을 움직였다. 일단은 벽 끝을 향해 걸어갔다. 왼쪽에 켜켜이 쌓인 박스를 치워 버리고, 1.5미터 부근을 살피자 인위적인 홈이 보였다. 홈에 손을 넣고 반대쪽으로 밀자 문이 스르륵 열리며 숨겨진 공간이 드러났다. 기대와 달리 그곳에도 서강일은 없었다. 하지만 설마 했던 물건은 있었다.

드럼통 스무 개.

나는 숨을 한차례 크게 쉬고, 다시 한번 시계를 들여다봤다.

정각 6시. 남은 시간 5분.

바로 그 순간 등 뒤에서 한 남자가 말했다.

"뭐야, 너희?"

들어 본 적 있는 목소리였다. 남자치고는 살짝 높은 톤의 목소리. 나는 천천히 뒤돌았다. 그러자 샛노란 캔버스의 남자가 보였다. 남자의 입술에는 한 줄기 연기가 피어오르는 담배가 물려 있었다.

"그건 또 뭐야?"

남자는 내 뒤에 있는 드럼통을 힐끔 쳐다보고 말했다. 반응으로 보아 방화는 아니었던 듯했다. 그럼 추위를 피해서 이 공장에 들어왔다가 실수로 불을 낸 건가? 나는 내 앞으로 성큼성큼 걸어오는 남자를 피하지 않으며 생각했다. 내가 도망치지 않고 버티고 서 있자 가장 당황한 사람은 나도 남자도 아닌 창문 앞에 서 있던 김원석이었다.

김원석은 별안간 몸을 날려 남자의 바짓단을 붙잡고 소리쳤다.

"뭐 하고 서 있어! 빨리 도망가!"

하지만 나는 도망칠 생각이 없었다. 어차피 여기서 불이 나면 다 끝인 걸 알았기 때문이다. 나는 깨진 창문으로 나가는 대신, 드럼통이 있는 공간 안으로 들어가 문을 닫았다. 어떻게든 여기서 버티며 불이 못 붙게 할 생각이었다. 여차하면 불길을 직접 잡을 작정으로, 겉옷을 벗고 준비 태세를 갖췄다. 현재 시각 6시 3분. 딱 2분만 버티면 되었다.

나는 온몸의 감각을 곤두세우고 손목시계에 집중했다.

초침이 동그랗게 원을 그리며 돌아가고 있었다. 12에서 다시 12로. 초침이 딱 한 바퀴 도는 동안 바깥은 상당히 소란스러웠다. 쿵쾅거리며 무언가 부딪히는 소리가 나고, 쨍강하며 무언가 깨지는 소리가 났다. 그리고 초침이 다시 1을 향해 돌기 시작할 때, 기어이 문 틈새로 검은 연기가 흘러들어 왔다. 젠장. 밖에서 불이 붙었구나.

나는 최대한 연기가 적게 들어오게 할 요량으로 홈에 손을 넣고, 문을 벽 쪽으로 밀착시켰다. 때마침 밖에서 쿵 소리가 들리더니 내가 붙들고 있는 문이 심하게 요동쳤다. 문에 무엇을 던진 것인지, 발로 찬 것인지 알 수 없었다. 뭐가 됐든 30초만 더 버티면 되는데, 이렇게 죽고 싶진 않았다. 나는 손이 하얘질 때까지 힘을 잔뜩 주며 문이 열리지 않도록 사수했다.

바로 그 순간 내가 있는 공간으로 빛이 한가득 쏟아져 들어왔다. 뿌옇게 먼지가 끼어 있던 왼쪽 스물두 번째 금 간 창문이 깨지면서 햇빛이 주변을 메웠다. 나는 눈을 찡그리고 빛과 함께 들어온 사람을 보았다. 히어로물의 전형적인 히어로처럼 등장한 서강일이 소리쳤다.

"이거 받아!"

서강일이 내민 것은 미니 소화기였다.

"쓸 줄 알아?"

"응, 들은 적이 있어."

나는 꿈에서 들었다는 뒷말을 끝까지 하지 않았다. 오빠를 미행하던 날 공연장에 불이 났을 때, 소싯적에 힘깨나 썼을 법한 아저씨가 이렇게 말했다. '안전핀을 뽑아요. 침착하게 수평으로만 뽑으면 돼요. 손잡이를 이렇게 잡고 꽉 움켜쥐면 끝이에요. 바람을 등지고 이렇게 뿌려요.' 나는 그 말을 떠올리며 일단 안전핀부터 뽑았다. 동시에 서강일이 미닫이문을 열어젖혔다.

문 바로 앞에는 두 사람이 있었다. 바닥에 뻗어 버린 샛노란 캔버스의 남자. 어느새 도착해 남자를 제압하고 있는 이운기. 조금 전 문이 크게 덜컹였던 건 이운기가 남자를 문에 던지며 난 소리 같았다.

힘은 없지만 용기 있는 김원석은 구석에서 우왕좌왕하며 불을 끄고 있었다. 떨어진 담뱃불로 시작된 불은 제지 공장 여기저기에 널린 종이를 타고 빠르게 번져 갔다. 검은 연기가 난 것은 그 탓이었다.

나와 서강일은 일이 커지기 전에 각각 소화기를 들고 재빨리 불길을 잡았다. 겨우 상황을 정리하고 시계를 보니, 시간은 이미 6시 10분을 지나 있었다. 잠시 후, 바깥에서 사이렌 소리가 들려왔다.

29

세상에는 대부분의 상황을 무마시켜 줄 수 있는 마법 같은 문장이 두 개 있다. 가장 보편적으로 쓰이는 문장은 이것이다. '기억이 안 나요.' 그리고 다른 하나는 이것이다.

"우연이었어요."

나는 경찰관의 질문에 일관되게 답했다.

"그러니까 학생이 갑자기 무대 위에 올라가서 공연이 취소됐다고 떠들어 댄 게 우연 때문이었다고요?"

"네, 제가 우연히 SNS를 가장 먼저 봤거든요. 그때는 공연이 취소됐다는 소문이 가짜인지 몰랐어요. 그래서 사람들에게 빨리 알려 주려고 한 것뿐이에요. 다들 새벽부터 자리 잡는다고 고생이 많았거든요. 하지도 않을 공연을 계속 기다린 걸 알면 열받잖아요. 제가 그 열받은 당사자였기 때문에 직접 무대 위에 올라간 거예요."

"그럼 버려진 공장에는 왜 갔어요?"

"우연히 거기에 볼일이 있었거든요."

"자칫하면 큰 사고에 말려들 수도 있었어요."

"그럴 줄 몰랐죠. 그 공장에 이상한 남자가 숨어서 담배를 피우고 있는 줄 몰랐어요. 그 공장에 인화성 물질이 있는지는 더더욱 몰랐고요."

"하지만 그 남자는 학생이 공장에 도착하자마자 벽을 열었다고 하던데, 거기에 그런 공간이 있는 줄은 어떻게 알았어요?"

"그냥 우연히 알게 됐어요. 옛날부터 그 공장을 아지트 삼아 종종 드나들었거든요. 그 안에 드럼통이 있다는 건 알고 있었지만, 한자로 쓰여 있어서 뭔지는 몰랐어요. 알 생각도 없었고."

내 말을 들은 경찰관의 얼굴에 '생각 없는 미성년자네.'라는 마음의 소리가 떠올랐다. 뒤이어 옆에 있는 서강일에게 질문을 던졌다.

"학생은 이 학생을 따라갔다가 싸움을 목격했다고 했죠. 그런데 왜 맨 처음에 경찰서가 아닌 소방서에 신고를 했어요?"

서강일은 잠시 고민하다가 이렇게 답했다.

"그게, 기억이 잘 안 나요."

경찰관은 이번에도 '더 생각 없는 미성년자네.'라는 마음의 소리를 굳이 숨기지 않았다. 우리에게 더 볼일 없다고 생각한 경찰관은 싸움의 당사자인 샛노란 캔버스의 남자, 이운기, 김원석에게로 향했다. 이를 보고 서강일이 속삭였다.

"괜찮을까? 저 애들 네가 따라오라고 했다고 얘기할 텐데."

"괜찮아. 사정은 미리 설명해 놨으니까."

"사정? 설마 꿈 얘기를 한 건 아니지?"

"그런다고 믿겠니. 나도 안 믿기는데."

"그럼 뭐라고 했는데?"

경찰관이 오기 전, 나는 두 사람에게 이렇게 상황을 설명했다. 서강일과 나는 비밀 연애 중인데, 서강일이 공장에서 바람을 피우는 것 같아 급습하려 했다고 말이다. 굳이 두 사람을 끌어들인 건 막상 혼자 가려니 겁나서였다고 둘러댔다. 애당초 공장에 가자는 말 외엔 아무 설명도 못 들었던 둘은 내 말을 그대로 믿었다. 그곳에서 양아치와 싸움에 휘말리고 불이 난 건, 재수 없어서라고 여겼다. 내가 간만에 괜찮았던 아까의 임기응변을 떠올리는 사이, 서강일이 한 번 더 재촉했다.

"응? 뭐라고 했냐고?"

나는 재빨리 대답하고 화제를 돌렸다.

"네가 바람을 피우는 것 같다고 했어, 미안. 그보다 넌 대체 어디 갔다 늦게 온 거야?"

"내가 뭘 했다고?"

서강일이 어이없다는 눈으로 나를 보았다. 하지만 내가 시선을 피하자 잠시 뒤 그냥 넘어가 주었다.

"됐다. 나는 바로 벌판으로 갔어. 가는 길에 손혜수를 만나서 공연이 취소됐다는 글을 올려 달라는 부탁을 했고. 꿈에서 병원 휴게실에 있을 때 네가 그랬잖아. 혜수가 SNS 스타라고. 공연이 취소됐다고 해야 사람들이 나갈 거라고 생각했어."

그 말을 듣고서야 의문 하나가 풀렸다. 갑자기 왜 그런 소문이 퍼졌나 했더니 얘가 손을 썼던 거군.

"근데 혜수가 순순히 올려 줬어?"

"순순히는 아니고 누구한테 들었냐고 묻길래 급한 대로 백도진 이름을 댔어. 그냥 갑자기 그 인간이 생각나더라고. 그러고는 바로 떠났는데 나중에 보니 정말 올려 줬더라."

"웬일이야? SNS 관리에 목숨 거는 앤데 그런 허위 사실을 퍼트려 주다니."

"그러게. 아무튼 그다음에 공원에서 소화기 두 개를 챙겨 들고 공장으로 갔어. 근데 막상 도착하고 나니까 어디서, 어떻게, 왜 불이 났는지 모르겠더라고. 그래서 일단 공장 주변을 돌고 있었는데 그사이에 그 양아치랑 너희가 들어간 거야. 뒤늦게 운기가 싸우고 있는 걸 보고 도와주려고 했는데, 갑자기 원석이가 벽 너머를 가리키더라고. 네가 거기에 있다는 뜻인 것 같아서 창문을 깨고 들어갔지. 다음 일은 너도 아는 대로야."

서강일의 설명이 마무리되었을 때 우리는 버스 정류장에 도착했다. 멀리서 폭죽 터지는 소리가 들려왔다. SNS 소동에도 불구하고 콘서트는 예정대로 진행되었다. 싸움을 벌여 경찰서에 불려 간 우리는 공연을 즐길 수 없었지만 전혀 아쉽지 않았다. 그저 모두가 무사하다는 것만으로 괜찮았다. 오빠가 미리 말했듯이 오늘은 너무 긴 하루였다. 나는 도로 위를 쌩쌩 지나는 차들을 보며 말했다.

"그들은 누구였을까?"

서강일이 손가락으로 하늘을 콕 찍으며 말했다.

"글쎄, 정말로 저기에서 왔던 이들이 아닐까?"

"그놈의 외계인. 너도 참 징하다."

고개가 절로 흔들어졌다. 하지만 나라고 딱히 다른 가설을 가지고 있지는 않았다. 그때 저 멀리서부터 다가오는 버스가 보였다. 나는 주머니에 넣었던 손을 빼서 서강일을 향해 흔들었다.

“먼저 갈게. 잘 들어가.”

그러자 서강일도 주머니에서 손을 뺐다. 하지만 나처럼 손을 흔들며 인사를 건네진 않았다. 대신 손에 쥔 휴대폰을 내밀며 이렇게 말했다.

“가기 전에 번호 다시 줄래?”

그리고 답지 않게 수줍은 기색으로 한마디를 덧붙였다.

“연락할게.”

살다 보면 별의별 일이 다 생긴다. 그 별의별 일에는 꿈속에서 만난 사람들의 도움으로 현실의 참사를 벗어나는 일도 포함된다. 그 사건 이후, 나는 자주 생각했다. 그들은 누구였을까. 정말로 다른 별에서 왔던 걸까. 어떻게 내 꿈에 들어왔을까.

어떤 질문에도 확답할 수 없었지만, 적어도 한 가지 사실만은 확실했다. 내 꿈이 단순한 개꿈이 아니었듯이 오빠와 언니도 단순한 환영은 아니었을 거란 사실. 머릿속에 신기루처럼 존재하던 그들이 어딘가에 실제로 살아 숨 쉬고 있는 존재라고 생각하니 신기함과 함께 뒤늦은 그리움이 몰려왔다. 도저히 가만히 있을 수 없었다.

그래서 그해 남은 겨울 내내, 나는 오빠와 언니를 찾아 헤맸다. 오랜 기억을 더듬어 꿈속에서 두 사람이 알려 주었던 출생, 학교, 유학 및 군대와 관련된 신상 정보들을 모았다. 그리고 그 정보를 바탕으로 현실에서 추적을 시작했다. 몇 날 며칠 피시방에서 밤을 새우며 검색했고, 직접 발품을 파는 일도 마다하지 않았다. 그 결과, 머지않아 짐작했던 일을 확인할 수 있었다. 오빠와 언니와 관련된 모든 정보는 거짓이었다. 그럴 줄 알았다. 딱히 실망스럽지도 않았다. 신상 정보 확인은 기본 절차에 불과했을 뿐, 처음부터 추적할 가치가 있는 정보는 그들이 준 것이 아니라 흘린 것뿐이라고 예상했었다. 예를 들면…….

매화산 너머 드높은 하늘 푸르기도 하구나. 우리도 저 정기를 따라 밝고 높게 크리.

공연장에서 유일 언니가 불렀던 노래. 꿈속에서 한동안 그 노래의 출처를 찾아 헤맸지만 아쉽게도 찾지 못했었다. 하지만 현실에서라면 다를지도 몰랐다. 나는 오빠와 언니의 모교를 재회의 유일한 희망으로 여기고 찾았다. 친구들이 대학 진학 전에 여기저기 놀러 다니는 동안, 폐인 같은 모습으로 피시방과 도서관만 전전했다. 덕분에 한파 주의보가 내린 어느 밤, 기적적으로 학교를 찾는 데 성공했다. 그 학교는 현실에, 정확히는 서울에 버젓이 실재했다. 그러니까, 불과 5년 전까진 말이다.

알고 보니, 오빠와 언니의 모교는 5년 전에 이미 문을 닫았다. 이름도 나이도 불확실한 졸업생의 기록을 얻을 수 있는 유일한 길은 졸업 앨범에 실린 사진을 모조리 살펴보는 것뿐이라 여겼는데, 학교 자체가 사라졌으니 앨범을 구할 길이 막막했다. 막다른 길에 봉착한 나는 다음 날 직접 서울로 가서 폐교가 된 학교를 두 눈으로 확인했다. 칼바람을 맞으며 텅 빈 운동장을 바라보고 있자니 실감이 났다. 하나뿐이던 희망이 차갑게 얼어붙어 산산이 깨지는 것이 말이다. 어쩐지 다시는 오빠의 얼굴을 볼 수 없을 것 같았다.

"꿈에라도 다시는 만나지 말자. 마지막에 이렇게 말했어."

나는 하얀 입김을 허공에 흩뿌리며 속삭였다.

"진심이었을까?"

그리고 고개를 돌려 잠자코 뒤에 서 있는 서강일을 보았다. 몇 주 전, 버스 정류장 앞에서 번호를 달라고 한 서강일은 연락하겠다던 말 그대로 정말 매일같이 연락해 왔다. 나만큼이나 가만히 있을 수 없었던 건지 함께 피시방과 도서관을 전전하며 오빠와 언니의 뒤를 쫓았다. 그리고 결국 이곳까지 함께 왔다. 내 물음에 서강일은 한참 뜸 들이다 이렇게 말했다.

"아니."

그리고 자신의 생각을 이어 말했다.

"백도진과 서유일이 우리의 친오빠, 친누나는 아니었지만 왠지 진짜로 마음을 써 주는 느낌이었어. 실제로 우리를 구해 주기도 했고. 진심으로 다시 보기 싫단 뜻은 아니었을 거야."

"그럼 왜 아직까지 안 나타나는데? 맘대로 남의 꿈에 나타나서 남의 인생을 흔들어 놓았으면 한 번쯤은 돌아와서 자초지종을 설명해 줘야지."

"맞아, 그랬어야 해. 또는 언젠가 그러든지."

"언젠가?"

"응, 생각해 봐. 우린 두 사람의 능력이나 상태에 관해 잘 모르잖아. 어쩌면 당장 만날 수 없는 둘만의 사정이 있을지도 몰라. 믿고 기다리면, 언젠가 아무렇지 않게 돌아오는 날이 있지 않을까? 처음 만났을 때처럼 무례하고, 뻔뻔하게, 자기들 마음대로."

일리 있는 말이었다. 믿고 기다린다는 대목이 마음에 안 들긴 했지만, 어차피 다른 뾰족한 수도 없었다. 나는 한 살 더 먹었다고 신기하리만치 믿음직스러워진 서강일의 얼굴을 빤히 보다 마지못해 고개를 끄덕였다. 그리고 서강일의 손을 잡고 폐교를 나섰다.

이후, 남은 겨울은 다른 친구들처럼 대학 진학 준비에 쏟았다. 턱걸이로 서울 중위권 대학에 겨우 합격한 뒤에는 서울에서 가장 좋은 대학에 합격한 연실이와 함께 자취할 꿈에 부풀었다. 우리는 착실하게 서울로 떠날 준비를 했다. 그리고 그 준비가 끝날 무렵, 드디어 고대하던 그날을 맞았다. 바로 제22회 화원여자고등학교 졸업식이었다.

졸업식 당일, 너른 운동장이 졸업생들과 그들의 가족들로 가득 찼다. 나는 이른 아침부터 부모님에게 꽃다발을 받고, 친구들과 기념사진을 찍고, 멀리서 찾아온 친척분들께 인사를 드리고, 다시 친구들과 눈물을 흘리며 작별을 나누는 정신없는 하루를 보냈다. 그 와중에 혹시나 해서 두어 번 주위를 살폈는데, 역시나 기대하던 이는 오지 않았다. 괜히 수상쩍게 눈알을 굴리다 더 수상쩍은 변장을 하고 온 동주 오빠와 눈이 마주쳐 머쓱한 인사만 나누었다.

나는 졸업식이 끝나자마자 고향을 떠났다. 그리고 새로운 둥지에서 새로운 일상을 맞이했다. 대학생이 되면 고등학생 때보다 숨 돌리고 살 줄 알았는데 현실은 그리 녹록지 않았다. 얼떨떨하게 마친 OT를 시작으로 폭탄 같은 과제, 줄줄이 사탕인 시험, 동기들 간의 신경전, 집안일 및 관리비 문제가 매일매일 새롭게 쏟아졌다. 덕분에 나는 생애 가장 정신없는 6개월을 보냈다. 그 와중에도 혹시나 해서 주위를 살피는 때가 종종 있었는데, 역시나 기다리던 이가 오는 경우는 없었다. 어느 순간, 문득 주위를 살피는 건 그냥 내 버릇이 되었고, 이 버릇을 버리자고 마음먹었을 즈음엔 이미 한 학기가 지나 있었다.

첫 방학을 맞아 짐을 한 보따리 싸 들고 고향으로 돌아갔다. 마을버스를 타고 얼마간 가자 곧 눈에 익은 풍경이 보였다. 화원역 사거리, 아파트 단지, 중고등학교, 그리고 근린 공원. 버스가 막 공원 앞을 지날 때, 저절로 지난 꿈이 떠올랐다. 수많은 인파와 반짝이는 잔디와 커다란 간이 무대와 색색의 풍선과 친구들의 웃는 얼굴이 파노라마처럼 펼쳐졌다. 심지어 그날의 공기까지 생생히 느껴졌다. 나는 아직 버리지 못한 버릇에 따라 무의식적으로 주위를 살폈다. 그 순간 갑자기 아, 목 근육이 뻣뻣이 굳으며 짧은 신음이 나왔다. 고개를 급하게 돌려서 생긴 통증 탓이 아니었다. 창밖에 선 한 남자를 발견하고 놀라서였다.

남자는 시계탑 앞에 서 있었다. 나는 그 남자에게 시선을 고정한 채, 손바닥으로 하차 벨을 연속해서 눌렀다. 그리고 튕겨져 나가듯 버스에서 뛰어내렸다. 그동안 남자는 한 발짝도 떼지 않고 나를 기다리고 있었다. 남자의 양 볼에는 인디언 보조개가 깊이 패어 있었다.

9 남매의 탄생

남남은 때로 남매가 된다

30

"오랜만이야."

오빠가 말했다. 나는 믿기지 않는 얼굴로 오빠 앞에 섰다. 믿고 기다리면 언젠가 다시 만날 날이 있을 거라고 생각했지만 오늘은 너무나도 뜻밖이었다. 눈앞의 현실을 도저히 믿을 수 없어 오빠의 뒤편에 서 있는 시계탑을 올려다보았다. 시간은 정확히 6시 5분이었다. 역시.

"이건 꿈인 거지?"

설마 하는 나의 물음에 오빠가 답했다.

"맞아. 대학생이 되더니 똑똑해졌네."

그리고 근처 벤치를 가리키며 말했다.

"저기로 갈래? 그늘에 앉자."

우리는 벤치에 나란히 앉았다. 곧 오빠가 여유 가득한 태도로 입을 열었다.

"네 짐작대로 이건 꿈이야. 일종의 AS인 셈이지. 한 번은 설명을 해 줘야 할 것 같아서."

"고맙긴 한데…… 그걸 왜 이제야 해? 오빠 꿈을 꾸고 정작 사건이 벌어진 건 1년 반 후였어. 지금은 사건이 일어난 지 반년이 넘었고. 왜 항상 뒷북인 건데."

"어쩔 수 없어. 그게 내 능력의 한계거든."

"그러니까 도대체 그놈의 능력이 뭐냐고?"

내 물음에 오빠는 이렇게 운을 떼며 이야기를 시작했다.

"나와 유일이는 꿈과 관련된 능력을 하나씩 가지고 있어. 먼저 유일이의 능력부터 설명할게. 그 편이 이해하기 쉬울 거야. 그 애의 능력은 간단해. 예지몽이야. 들어 봤지? 유일이는 꿈에서 미래를 봐. 단, 치명적인 단점이 하나 있는데, 기본적으로 타율이 너무 안 좋아. 이상하게 축구 스코어만 100프로 맞히고, 다른 일은 그렇지 못하거든. 유일이의 꿈이 맞을 확률은 잘 쳐줘야 20프로 정도야. 예언가라고 하기엔 형편없지."

오빠가 고개를 절레절레 흔들면서 이야기를 계속했다.

"하지만 열에 두 번은 맞히는 통에 완전히 무시할 수가 없어. 예지몽을 꿀 때면 그 애는 새가 된다고 해. 하늘에서 새가 땅을 내려다보는 시선으로, 꿈속에서 일어나는 일들을 관찰하지. 그 일도 그렇게 지켜본 거야. 근린 공원에서 일어난 일 말이야. 정중앙에 간이 무대가 있고, 그 주위를 수많은 학생들이 둘러싸고 있었대. 공원을 끝까지 날아가자 펜스, 쪽문, 벌판, 컨테이너 공장 그리고 그 안에 드럼통이 있었다고 해. 지금은 너도 알겠지만, 화재는 한 양아치가 공장 안에서 담배를 피우며 시작됐어. 그곳에서 폭발적으로 번진 불이 금방 벌판을 태우고 공원으로 넘어간 거지. 꿈속에서 유일이는 수많은 사람이 죽는 걸 목격했대. 특히, 한 여자가 대여섯 살짜리 남자아이를 민호라고 부르며 울부짖는 잔상이 오래 남았다고 하더라."

"그러면 그 민호라는 애는 아역배우가 아니야?"

"아니야, 원래대로라면 그 사고로 죽었을 평범한 아이야."

오빠는 냉정하게 말하고 설명을 이어 갔다.

"참사를 처음부터 끝까지 지켜보고 꿈에서 깬 유일이는 자기가 본 정보를 토대로 조사를 시작했어. 공원에 있던 시계탑 덕분에 사건 발생 시간은 어렵지 않게 알 수 있었지. 6시 5분. 또 플래카드를 토대로 장소도 알 수 있었어. 많은 학생들이 '동주 오빠,

고향에 온 걸 환영해'라고 적힌 플래카드를 들고 있었다고 하더라고. 동주라는 연예인의 고향을 검색해서 장소는 간단히 찾았지. 문제는……."

"날짜를 알 수 없었구나."

"맞아, 날짜를 알 수 있는 방법이 없었어. 그때 마침 널 만난 거야."

"우리가 실제로 만난 적이 있어?"

"응. 딱 한 번. 네가 나를 찾아왔었어. 그때 난 서울의 드림클리닉센터에서 일하고 있었어. 넌 몽유병 문제로 방문했었고. 나는 네 의료 기록을 보다가 네가 사건이 일어날 장소에 사는 학생이란 걸 알았어. 그래서 너를 통해 내 능력을 발휘하기로 한 거야."

"그러니까, 그놈의 오빠 능력이 뭐냐고?"

"세 가지야. 설계, 공명, 촉발."

오빠가 손가락으로 능력을 하나씩 꼽으며 말했다.

"얘기가 이쯤 진전됐으면 눈치챘겠지만, 내 첫 번째 능력은 꿈을 설계하는 거야. 판을 짠 다음 상대에게 불어넣지. 누구도 그 안에선 나를 이길 수 없어. 하늘을 날든, 칼을 던지든, 내 판 안에서 나는 뭐든지 할 수 있으니까. 맛집도, 카페도 모두 내 멋대로 만들고, 엑스트라들의 할 일도, 대사도 모두 내가 정하지. 하지만 네 주변인들을 만들 때는, 너의 무의식이 그대로 적용되도록 여지를 둬. 내가 하는 일은 새하얀 마네킹을 심어 두는 것뿐이야. 그러면 네가 주변인들에게 가지고 있던 이미지와 기대 심리를 반영해서 정체성을 부여하지. 대표적으로 김연실이 그런 케이스였어. 너는 내가 심어 둔 마네킹을 네 조력자로 삼은 거야."

'뭐야. 그런 거였어? 좋게 말해서 설계니 어쩌니 하지만 실은 내 무의식에 침범해서 날 완전히 가지고 놀았다는 거잖아?'

내 표정이 살짝 굳자 오빠가 서둘러 다음 설명으로 넘어갔다.

"하지만 내가 유일하게 건드릴 수 없는 사람이 있었어. 바로 너야. 너는 내 꼭두각시가 아니라 손님이니까 네 의지대로 생각하고 움직이게 되어 있었지. 덕분에 나도 애먹는 순간이 많았다고. 솔직히 네가 그렇게 호전적인 타입일 거라고 생각하지 않았거든. 근데 웬걸, 칼로 찌르려고 하지를 않나, 약을 먹이지를 않나, 툭하면 미행에 스토킹에 협박까지, 엄청 당황스러웠다고. 난 그저 네 옆에서 몇 가지 팁을 주려고 했을 뿐인데."

능청을 떨던 오빠는 자연스럽게 다음 단계로 이야기를 이어 나갔다.

"그리고 역시 눈치챘겠지만, 그 꿈속에서 자유 의지를 가지고 있던 사람이 너만은 아니었어. 너와 나 서유일, 그리고 서강일이 있었지. 그게 내 두 번째 능력이야. 나는 여러 사람의 꿈을 공명시킬 수 있어."

"잠깐만, 아까 날 직접 만나서 능력을 발휘했다며. 그럼 강일이하고도……."

"맞아. 그 애도 한 번 만났었어. 너와 비슷한 시기에 센터에서. 윤성현이 수면제를 구할 수 있었던 이유가 서강일의 불면증 병력 때문이라고 들은 적 있지 않아? 강일이는 그 문제로 찾아왔었어. 그때, 난 너희 둘이 한동네에 사는 걸 알게 됐고 너희의 꿈을 공명시켜 두면 좋을 거라고 여겼지."

"무슨 근거로?"

"유일이가 본 참사 현장에는 학생들이 대부분이었다고 하니까. 너희끼리 미리 정보를 교환한다면 유용할 거라고 생각했어. 실제로 서강일은 윤성현을 조력자로 삼아 움직였고. 그 밖에 이운기, 김원석, 손혜수 등등의 정보를 너희끼리 잘 나누었잖아."

"대박이다. 그런 것까지 계산하고 우리를 한 판에 넣은 거야?"

내 말에 오빠가 민망한 웃음을 지으며 말했다.

"솔직히 치밀한 계산을 한 건 아니고, 그냥 그 시기에 날 찾아온 그 동네 사람들을 다 넣은 것뿐이야. 그러다 보니 너희 둘 말고도 한 사람이 더 있었지."

왠지 짚이는 바가 있었다. 나는 오빠의 말을 가로채고 말했다.

"손혜영?"

"어떻게 알았어?"

"그냥 학교에서 그 언니를 마주쳤을 때 뭔가 이상했거든."

오빠가 머리를 긁적이며 설명을 보탰다.

"맞아, 네 친구의 언니라고 했었지. 그 사람 기운이 엄청 세더라고. 결국 도중에 내 정체를 간파하고 꿈속에서 먼저 나가 버렸어. 로그아웃하듯이. 나도 너희 꿈을 돌아다니면서 알게 된 사실인데 원래 무당이라며? 어쩐지 뜻대로 안 되더라고. 센터를 방문했을 때는 분명 에이 엔터테인먼트 홍보 매니저라고 소개했단 말이야."

에이 엔터테인먼트? 유니버스의 소속사다! 그제야 내내 풀리지 않던 의문 하나가 풀렸다. 사건이 일어난 당일, 혜수는 SNS를 통해 콘서트 취소 소식을 퍼트렸다. 그런데 사람들이 동요하여 공원을 떠난 건 고작 SNS 때문이 아니었다. 실제로 유니버스 공식 홈페이지에 취소 공지가 올라왔기 때문이었다. 그 점이 늘 이상했는데, 이제 보니 이름이 연결 고리였다.

꿈에서 혜영 언니가 오빠의 이름을 물었을 때 나는 백도진이라고 알려 주었다. 현실에서 서강일이 혜수에게 헛소문을 퍼뜨려 달라고 부탁했을 때도 백도진의 이름을 대었다고 했다. SNS 관리를 목숨처럼 여기는 혜수는 확인차 언니에게 전화를 걸었을 테고, 백도진이란 이름을 들은 혜영 언니가 감을 잡아 손을 썼던 게 틀림없었다. 이로써 오래 비어 있던 퍼즐 조각이 맞춰졌다.

"좋아, 두 가지 능력은 그렇다 치고 마지막은 뭐야? 촉발?"

잠자코 내 생각이 정리되기를 기다려 주던 오빠가 곧바로 말했다.

"말 그대로야. 꿈이 촉발될 시기를 내가 정할 수 있는 거지. 말했다시피 나는 사건이 벌어질 날짜를 알지 못했어. 그래서 메인 꿈이 되도록 빨리 촉발되도록 설정해 놨지. 사건이 벌어지고 나서 꿈을 꿔 봐야 의미가 없으니까. 반대로 이 AS 꿈은 네가 대학생이 되었을 즈음 촉발되도록 설정해 놨어. 유일이가 꿈에서 교복 입은 너를 보았다고 했거든. 사건은 무조건 네가 고등학생일 때 벌어지리라고 보고, AS 날짜를 그 한참 뒤로 잡은 거야."

"그 말은 메인 꿈을 만들 때, 이 꿈도 같이 만들어 놨다는 거네."

"그렇지."

"근데 마지막에 왜 그랬어? 우리 꿈에라도 다시는 만나지 말자, 그렇게 말했잖아. 그 말이 계속 마음에 걸렸는데."

내 말에 오빠가 야릇한 미소를 띠며 특유의 능청스러운 기색

없이 설명했다.

"내가 처음 꿈을 설계할 당시, 가능한 시나리오는 세 가지였어. 첫 번째, 사고 자체가 일어나지 않는다. 사실은 그 확률이 가장 컸어. 유일이의 예지력은 형편없으니까. 그 경우 이 AS 꿈은 촉발되지 않을 거였어. 두 번째, 사고가 일어나되 네가 참사를 막는다. 지금이 바로 그 케이스야. AS 꿈이 촉발되고 너와 내가 다시 만나는 이상적인 경우지. 그리고 세 번째, 사고가 일어나고 네가 참사를 막지 못한다. 그 경우에도 이 꿈은 촉발되지 않을 거였어."

오빠는 잠깐 뜸을 들이더니 천천히 말을 이었다.

"왜냐하면 네가 이 세상 사람이 아니었을 테니까. 얘기했지? 유일이가 꿈에서 교복 입은 너를 보았다고. 너는 무대 정중앙 첫 번째 줄에 앉아 있었다고 해. 네가 센터에 찾아왔을 때, 걔가 너를 알아봤어. 너의 죽음을 본 적이 있으니까. 유일이의 얘길 듣고 꿈을 설계하면서, 난 세 가지 시나리오 중 첫 번째를 가장 바랐어. 내 꿈은 단 한 번의 시뮬레이션 게임에 불과해. 거기서 얻은 팁만으로 네가 진짜 사고를 막으리라 기대하긴 어려웠지. 우리가 다시 안 만나도 좋으니, 사고 자체가 일어나지 않기를 기원하는 게 최선이었어. 그래서 마지막으로 그런 말밖에 할 수 없었던 거야. 모든 것이 한낱 개꿈으로 잊히길 바라면서."

그러고 보니 당시 여러 상황들이 잘 맞아서 간신히 저지에 성공하긴 했다. 단 한 순간이라도 삐끗했다면 죽었을 거란 생각에 뒤늦게 간담이 서늘해졌다. 나는 괜히 입을 삐죽이며 말했다.

"그렇게 중요한 일이었으면 그냥 제대로 말해 주지. 오빠가 누군지, 왜 내 꿈에 나타났는지. 그럼 팁을 주기도 더 쉬웠을 거 아냐."

"그랬다면 네가 믿었을 것 같아? 처음 보는 남자가 꿈에서 하는 말을? 아마 깨자마자 꿈 따위는 잊어버리고 신경도 쓰지 않았을걸. 하지만 그래선 곤란했어. 난 너에게 가능한 한 오래 기억되어야 했다고. 일부러 충격을 줘서라도 말이야."

그다음 말은 안 들어도 알 것 같았다. 나는 오빠의 말을 가로채서 대신 했다.

"그래서 내 친오빠로 등장했구나."

"맞아. 그 정도 충격은 필요하다고 생각했거든. 같은 이유로 꿈의 기간도 최대한 길게 잡은 거야. 몇 달 치 분량은 되어야 네 무의식에 깊이 각인될 테니까. 단, 유일이처럼 내 능력에도 맹점이 있어. 기간이 길어질수록 내 몸에 무리가 가거든. 꿈 안에서 쓰러지거나 꿈 밖으로 튕기는 등의 부작용이 생기지. 당시 너는 그 일들을 부적이나 돌탑 때문이라고 제멋대로 해석했지만, 실은 내 능력 부족 탓이었어."

딱 한 번 본 나를 위해 그렇게까지 무리해 주다니. 설명을 듣다 보니 새삼 고마웠다. 나아가 이렇게 설명을 따로 해 주는 것도 고마웠다. 덕분에 그간 궁금하고, 서운하고, 이상했던 점들을 거의 해소한 나는 마지막으로 남은 질문을 했다.

"그런데 그 능력은 어쩌다 가지게 된 거야?"

오빠는 슬슬 물을 줄 알았다는 듯 선선히 답했다.

"특별한 계기가 있던 건 아니야. 타고난 거지. 우리 할머니도 가지고 있던 능력이야."

"공연장에 있던 사진 속 할머니 맞지? 나중에는 오빠 방에도 있던."

"맞아. 꿈을 만들다 보면 네 무의식 못지않게 내 무의식도 끼어들거든. 그래서인지 의도치 않게 할머니가 여기저기서 튀어나오곤 해."

오빠는 손을 들어서 약지에 낀 은반지를 보였다.

"개인적인 물건이라고 했지? 이건 할머니의 유품이야."

"잠깐만, 유일 언니도 같은 반지를 끼고 있었는데."

"맞아, 그건 내가 준 거야. 할머니가 중요한 사람이 생기면 주라고 하나를 더 남겨 주셨거든. 유일이하고는 몇 년 전에 센터에서 만났어. 그전에 난 마음에 안 드는 사람에게 악몽을 선사하고, 유일이는 축구 스코어 내기로 돈을 버는 식으로밖에 능력을 못 썼는데, 서로를 알고 달라졌지. 피는 섞이지 않았지만 가족 같은 친구야. 세상 사람들이 하나둘 등 돌릴 때, 마지막까지 남아 있을 사람. 적어도 그럴 거라고 믿을 수 있는 내 편이거든."

그 말을 듣는 순간, 오래전 기억이 떠올랐다. 내가 미주한테 오빠의 의미를 물었을 때, 미주는 오빠야말로 그런 존재라고 했다. 생각이 여기에 미쳤을 때, 오빠가 말했다.

"난 언제나 네 편이었어. 앞으로도 그럴 거고."

오빠는 굳이 다음 설명을 하지 않았지만 나는 오빠가 무슨 말을 하고 싶어 하는지 알았다.

잠시 뒤, 오빠가 천천히 벤치에서 일어났다. 그리고 한 발 한 발 앞으로 나아가 햇빛이 내리쬐는 길 한가운데서 빙그르 뒤돌았다. 나는 그만 이 꿈이 깨질 때란 걸 직감했다. 그래서 갑자기 오빠가 사라져 버리기 전에 큰 소리로 외쳤다.

"있잖아, 오빠가 좀 특별한 능력을 가진 보통 사람이라면, 우리 다시 만날 수 있을까? 꿈이 아닌 현실에서. 오빠가 일하는 그 센터로 가면 볼 수 있는 거야?"

오빠는 빗방울처럼 떨어지기 시작한 햇빛 아래에서 고개를 갸우뚱 기울였다.

"글쎄. 확답하기 어려워. 난 2년 전에 이 꿈속에 남겨진 분신에 불과하니까. 아직도 내가 그곳에서 일하고 있을지 아닐진 알 수 없어. 하지만……."

그때 오빠의 어깨에 빛 덩이가 눈덩이처럼 투둑 떨어졌다. 오빠는 잠시 말을 멈추고 어깨를 털었다. 그동안 나는 목구멍까지 차오른 뜨거운 열기를 애써 누르며 잠자코 기다렸다. 잠시 후, 오빠가 다시 입을 열었다.

"네가 날 만나고 싶다면 내가 기다리는 곳으로 와. 매년 12월 1일. 이곳으로."

오빠는 손을 들어 한 곳을 가리켰다. 오빠의 손가락 끝이 향한 곳은 시계탑 아래였다. 나는 목이 막혀 대답하지 못하고, 대신 세차게 고개를 끄덕였다. 오빠는 만족한 듯 환한 웃음을 보였고 그 순간 머리 위로 햇빛이 폭포수처럼 쏟아졌다. 오빠가 서 있던 자리가 눈부시게 빛났다. 나는 본능적으로 눈을 질끈 감았다. 다음 순간, 눈을 떴을 때 보이는 건 차창 밖 풍경이었다.

마을버스는 이제 막 근린 공원을 지나고 있었다. 나는 부신 눈을 얼떨떨하게 비볐다. 바로 그때, 누군가 옆자리에 불쑥 앉아 말을 걸었다.

"깼어?"

고개를 돌리자 약속이라도 한 듯 자연스럽게 내 옆에 앉아 있는 서강일이 보였다. 나는 여전히 꿈속에 잠긴 듯 몽롱한 기분으로 말했다.

"방금 오빠를 만났어."

"안 그래도 네가 말하면 말하려고 했어. 어젯밤에 나한테도 누나가 왔었거든."

"언니도 기다리고 있겠대?"

"응, 12월 1일 시계탑 아래에서."

서강일이 잠든 사이 흐트러진 내 앞머리를 정돈해 주며 말했다.

"그때까지 시간이 꽤 남았는데, 어때? 다시 만나는 건 3년 만이고, 실제로 만나는 건 두 번째인데 괜히 어색하지 않겠어?"

"그럴 리가. 가족을 오랜만에 본다고 어색할 리 있어?"

"그래? 그렇게 생각한다면 미리 찾아볼까?"

"응? 어떻게?"

"요즘 세상에 사람 찾는 거야 뭐, 드림클리닉센터라는 단서가 생겼으니까 거기서부터 추적하면……."

"관둬라."

나는 장난스럽게 조잘대는 서강일의 입을 다물게 하려고 일부러 손을 꽉 잡았다.

"오빠가 어딘가에 살아 있는 인간이라는 걸로 좋아. 곧 만날 수 있다면 그걸로 됐어."

그러자 서강일이 그럴 줄 알았다는 듯 고개를 끄덕였다. 우리는 덜컹이는 버스 안에서 서로의 어깨에 기댔다. 버스는 막 시계탑 앞을 떠났다. 나는 어딘가에서 또 누군가의 가족으로 꿈속을 드나들고 있을 나의 오빠가 다시 만날 그날까지 언제나 안녕하기를 바랐다.

작가의 말

몇 해 전, 처음 『남매의 탄생』을 집필할 당시, 저는 유진이의 모험에 집중했습니다. 어느 날 갑자기 생긴 오빠를 물리치기 위한 여정을 재밌게 그리려 했고, 흥미로운 일상, 유쾌한 친구들, 멋있는 남자 친구를 부여하며 유진이의 학창 시절을 빛나게 해 주려 했습니다.

그런데 한참 후, 『남매의 탄생』 출간을 앞두고 원고를 다시 보니 모험 자체보다 더 주목되는 것이 있었습니다. 바로 모험을 마주하는 유진이의 마음가짐이었습니다. 정체 모를 오빠에게 결코 굴하지 않는 씩씩함, 몇 번을 실패해도 다시 일어나는 강인함, 어떤 상황에도 잃지 않는 웃음과 주변인에 대한 애정이 집필 당시보다 새삼 빛나 보였습니다.

지금의 저는 고등학교를 졸업한 지 10년이 훌쩍 넘은 어른입니다. 부딪치기에 앞서 피하고, 쟁취하기 전에 포기하고, 해결하기보다 넘어가는 일들이 많아졌습니다. 그런 제가 오랜만에 다시 만난, 밝고 기운찬 십

대 유진이는 새로운 자극이 되었습니다. 이 책을 읽으시는 모든 독자님들께도 유진이의 팔딱이는 에너지가 고스란히 전달되었으면 좋겠습니다. 살다 보면 별일이 다 생기는 인생이지만, 이미 일어난 일을 어떻게 맞이하느냐, 관건은 그뿐, 미래는 거기에 달려 있으므로 모든 분들이 이 책을 통해 활력을 받아 가시길 바랄게요.

개인적으로 『남매의 탄생』이 세상에 나올 수 있도록 힘써 주신 틴 스토리킹 심사위원분들과 비룡소 출판사 관계자분들께 감사 말씀 드립니다. 늘 곁에서 힘을 북돋아 주는 친구들에게도 고맙다는 인사를 전하고 싶습니다. 그리고 마지막으로 제 힘의 원천이자 늘 함께라는 믿음을 주는 우리 가족에게 무한한 감사와 사랑을 돌립니다.

안세화

청소년 심사위원단의 심사평 중에서

나도 모르는 새에 이리 튀고 저리 튀는 주인공에 휩쓸리게 되는, 하지만 그것이 절대 부담스럽지는 않은, 오히려 이 여정을 즐겁다 느끼며 다음 사건을 기대하게 하는 소설이다. 한마디로 이 소설은 "재밌다".

- 청담고등학교 2학년 나성아

한 편의 영화 같은 이야기! 내가 주인공인 것처럼 빨려들게 만든다. 마치 가상 현실 게임을 하듯 머릿속에 풍경이 자연스럽게 그려졌다.

- 성복중학교 2학년 오세림

학교 야자 시간에 『남매의 탄생』을 읽었는데, 쉬는 시간까지 생략하고 단숨에 다 읽어 버렸다. 갈수록 점점 몰입하게 되는, 빠져드는 소설!

- 선덕여자고등학교 2학년 박서현

행복하고 버라이어티한 꿈을 꾸고 싶은 사람은 이 책을 펼쳐라.

- 더불어가는배움터길 1학년 이현수

청소년에게는 조금 무거울 수 있는 주제와 판타지 그리고 주인공 특유의 엉뚱함이 잘 섞여 아름답고도 슬프지만 귀여운 면이 매혹적인 소설이다. 감동+슬픔+엉뚱함이 가득한 『남매의 탄생』을 꼭 읽어 보길!

- 창덕여자중학교 1학년 문영서

현실과 판타지의 경계에서 날 매료시킨 작품이다. 이야기의 결말이 궁금하면서도 흥미진진해 한편으로는 끝나지 않기를 바랐다. 읽지 않은 부분보다 읽은 부분이 더 많아졌을 땐 너무 아쉬워 일부러 약간 속도를 늦춰 읽을 정도였다.

- 대전관평중학교 3학년 전지현

『남매의 탄생』을 볼 때는 자꾸 웃음이 나왔다. 주인공 유진이의 엉뚱한 생각과 행동들이 나를 자꾸 풋, 풋, 하고 웃게 만들었다.
- 감계중학교 1학년 장세빈

지루함 없이 금방 몰입하여 한 번에 다 읽을 수 있을 만큼 재밌었다. 청소년에 의한, 청소년을 위한 완벽한 책!
- 상산고등학교 1학년 김리안

읽는 내내 나도 모르게 몰입해서 아직도 진한 여운이 가시지 않고 남아 있다. 책 속에서 일어났던 모든 일들이 너무 생생하게 느껴져서 나에게도 곧 그런 말도 안 되는 일들이 진짜로 일어날 것만 같은 느낌이 들었다.
- 신도림중학교 2학년 이다연

토네이도 같은 글이었다. 모든 걸 다 휩쓸고 빨아들였다. 끝날 듯 끝나지 않고 결국 내 머릿속에서 계속 살아 숨 쉬었다. 나는 내 기억 속에 오래 남는 이야기를 정말 좋아하는데, 『남매의 탄생』을 읽고 자니 꿈속에도 비슷한 이야기가 나올 만큼 계속해서 생각나는 이야기다.
- 금옥중학교 1학년 김하진

반전에 반전을 거듭하는 점이 매력적인 작품이었다! 판타지, 추리, 흥미진진한 내용 전개까지. 이것이 이 책을 '재미있는 책'이라고 말할 수 있게 한다.
- 전주서신중학교 1학년 박주영

제2회 틴 스토리킹 청소년 심사위원 모집이 궁금하다면 bir.co.kr을 참조해 주세요.

전국의 중고등학생들이 직접 뽑은 청소년 문학상
제1회 틴 스토리킹 심사위원을 소개합니다.

강병서 세광중학교 2학년
강승원 잠실중학교 2학년
강승희 잠실중학교 2학년
강시원 공항중학교 2학년
고강현 신도림중학교 3학년
고은결 안양예술고등학교 1학년
권예현 남수원중학교 1학년
권초원 학산여자고등학교 1학년
기은서 영림중학교 3학년
김규리 발산중학교 2학년
김규호 강릉명륜고등학교 3학년
김단비 중앙기독중학교 1학년
김리아 포항제철중학교 1학년
김리안 상산고등학교 1학년
김서현 홍익디자인고등학교 3학년
김유진 서울신도림중학교 2학년
김은서 화홍고등학교 1학년
김재준 구성중학교 1학년
김준직 성재중학교 3학년
김하진 금옥중학교 1학년
나성아 청담고등학교 2학년
남승재 신반포중학교 1학년
남에스더 별무리고등학교 2학년
도유승 불광중학교 3학년
라민서 혜원여자중학교 3학년
라윤서 혜원여자고등학교 2학년
문영서 창덕여자중학교 1학년
박서림 용인대덕중학교 2학년
박서현 선덕여자고등학교 2학년
박선우 대전하기중학교 1학년
박연우 광남중학교 1학년
박우현 전남보성고등학교 2학년
박유민 대전전민중학교 2학년
박주영 전주서신중학교 1학년
박지수 부산당리중학교 1학년
박치우 한솔중학교 1학년
박혜정 선주고등학교 1학년
배민지 이야기학교 1학년
백지원 인천원당중학교 2학년
신민아 금옥중학교 2학년
안지우 괴산북중학교 3학년
안지후 솔빛중학교 1학년
양서준 상명중학교 1학년
양원진 포산중학교 1학년
오세림 성복중학교 2학년
오현주 고양외국어고등학교 2학년
유서원 도래울중학교 1학년
유서정 성남외국어고등학교 1학년
윤석훈 천호중학교 2학년
윤소정 수원영덕중학교 2학년

윤은주 문산제일고등학교 2학년
윤주희 신도림중학교 2학년
이가온 서울여자중학교 2학년
이다연 신도림중학교 2학년
이민정 인천국제고등학교 3학년
이서영 이화여자고등학교 3학년
이서윤 이현중학교 1학년
이성진 청원고등학교 2학년
이세원 용천중학교 1학년
이소현 해솔중학교 3학년
이수민 선정고등학교 2학년
이예건 신도림중학교 2학년
이은율 백운중학교 1학년
이지안 봉은중학교 1학년
이지유 부산부곡중학교 2학년
이채원 정의여자고등학교 1학년
이현수 더불어가는배움터길 1학년
이효린 성화중학교 1학년
임초연 괴산북중학교 3학년
장서영 예일여자중학교 2학년
장세빈 감계중학교 1학년
장여원 방어진고등학교 1학년
장이음 이야기학교 1학년
전지현 대전관평중학교 3학년
정가은 풍동중학교 1학년
정민형 예일여자고등학교 3학년
정서진 개원중학교 2학년
정예원 삼현여자고등학교 1학년
정예준 이야기학교 1학년
조명근 대전고학교 2학년
조여진 태릉중학교 3학년
조은솔 수원청명중학교 2학년
조희주 문시중학교 1학년
천경민 안양예술고등학교 1학년
최봄 동인천여자중학교 1학년
최영진 무주중학교 2학년
추한영 망포중학교 3학년
한가연 서울용곡중학교 3학년
한별희 대덕중학교 2학년
한승욱 서울대학교사범대학부설중학교 1학년
한주은 예일여자고등학교 3학년
홍유진 은여울중학교 1학년
홍현우 동원중학교 1학년
황승희 청명중학교 3학년
황용준 서울석관중학교 2학년
황현주 분당중앙고등학교 2학년
황효정 운천고등학교 1학년

* 충남삼성고등학교 이OO 님, 김포외국어고등학교 맹OO 님, 원주삼육중학교 김OO 님은 개인 사정으로 심사를 중도 포기하셨음을 알려 드립니다.
* 청소년 심사위원들의 학년 및 학교명은 심사가 이루어진 2020학년도 기준입니다.

안세화

2016년 《한라일보》 신춘문예에 「클레의 천사」가 당선되고, 같은 해 e-book 「누군가 화분을 깼다」를 발표하며 작품 활동을 시작했다. 2017년 한국예술종합학교 전문사 극영화시나리오 학과에 진학한 후, 2018년에 '밤부'와 웹드라마를 작업, 2019년에 '수달'의 메인작가가 되었으며, 같은 해 스릴러 장편 소설 『마땅한 살인』을 출간했다. 2020년에는 왓챠 시나리오 공모전에서 장려상을 수상했다. 오늘처럼 내일도 글을 쓰며 살아갈 수 있길 희망하며 매일매일 글을 쓰는 일상을 이어 가고 있다.

남매의 탄생

1판 1쇄 펴냄 2021년 1월 25일
1판 6쇄 펴냄 2023년 11월 14일

지은이 안세화
펴낸이 박상희
편집주간 박지은
편집 김선영
디자인 정다울
표지 그림 윤예지
펴낸곳 (주)비룡소
출판등록 1994년 3월 17일 제16-849호
주소 06027 서울시 강남구 도산대로1길 62 강남출판문화센터 4층
전화 02)515-2000 팩스 02)515-2007
홈페이지 www.bir.co.kr
제품명 어린이용 각양장 도서 제조자명 (주)비룡소 제조국명 대한민국 사용연령 3세 이상

ISBN 978-89-491-3700-1 43810